LE GARÇON À LA LAVANDE

ÉDITIONS LA PEUPLADE
339b, rue Racine Est
Saguenay (Québec)
Canada G7H 1S8
www.lapeuplade.com

DÉPÔTS LÉGAUX
Bibliothèque et Archives
nationales du Québec, 2025
Bibliothèque et Archives
Canada, 2025

ISBN 978-2-925416-60-9

ROMAN

Burhan Kerim

TRADUIT DU BULGARE PAR
Marie Vrinat

LE GARÇON À LA LAVANDE

À ma famille

LA CHAMBRE DE LA MÉMOIRE

J'entre à minuit dans la sombre mosquée
Mû ni par la faim ni par un miracle ni pour prier...
Jadis j'y avais pris un tapis comme si j'étais pieux,
mais il m'en faut un autre : il est déjà vieux[1].

OMAR KHAYYAM

---

1. Les *rubaïyat* (quatrains de forme particulière) du poète persan Omar Khayyam (1048-1131) qui figurent dans le roman ont été choisis par l'auteur pour leur lien spécifique avec le texte dans leur traduction bulgare. Pour rester au plus près de cette résonance, la traductrice a fait le choix de les traduire directement du bulgare. (Note de l'éditeur.)

Presque cent ans après la mort de sa grand-mère, quand Hava[2] la reverrait pour la première fois, elle découvrirait qu'en réalité elle n'avait jamais quitté les limites de cette chambre. Dès qu'elle fermait les yeux surgissaient devant elle des images confuses, des grains de poussière dans l'air, des plumes par terre, l'odeur des pruneaux, la silhouette de sa grand-mère penchée au-dessus des pages, de longues mèches gris-blanc au-dessus du visage devenu plus sombre et ridé, et le chuchotement doux, semblable à une berceuse. Elle n'oublierait jamais la pièce à ras de terre au plafond bas dans laquelle sa grand-mère vivait, la porte ouverte sur l'arrière-cour pour que les poules puissent entrer et sortir. L'hiver, dans la journée, elle les laissait venir à l'intérieur, au chaud. Elle leur donnait des noms de fleurs, la poule Menekché[3], Violette, la poule Lalé, Tulipe, le coq

---

2. Ève. Un index des noms propres figure à la fin du livre. L'auteur y précise la correspondance entre les grandes figures de la Bible et celles du Coran.

3. Tous les noms et mots turcs étant transcrits en alphabet cyrillique (utilisé en bulgare) dans l'original, ils sont ici transcrits en alphabet latin français au plus près de leur prononciation. En note de bas de page sont indiquées leur signification et leur orthographe originelle en turc.

Zambak, Lys. Elle restait assise des heures durant dans le poulailler, leur parlait comme à des êtres humains et, elles, elles l'écoutaient. Sans conteste, la favorite était la poule Zumbula, Jacinthe, qui avait le rare privilège de rester été comme hiver dans la chambre, dormant même dans le lit.

Le souvenir le plus clair de l'enfance de Hava était celui d'un après-midi où Zumbula était tombée malade. Elle s'était si bien cachée qu'on ne l'avait trouvée qu'après l'avoir longuement cherchée. La grand-mère la mit sur ses genoux, lui caressa la tête, comme un enfant, puis elle demanda à sa petite-fille de lui apporter le couteau. Elle l'obligea à tenir Zumbula par les pattes tandis qu'elle la saisissait par la tête et l'égorgeait après de pénibles efforts. Pendant tout ce temps, elle pleurait. Pour finir, après avoir découpé la chair, elle nettoya l'estomac de la poule, souffla dedans comme dans un ballon et le donna à la fillette. À cet instant, Hava pensa que sa grand-mère n'avait égorgé Zumbula que pour lui faire un cadeau. Mais la vieille femme avait senti que le moment était venu. Elle s'assit dans la cour, ouvrit sur la poussière un livre ancien et se mit à lire. D'un côté on entendait mijoter le ragoût avec la carcasse de Zumbula, de l'autre, ayant flairé l'odeur, les poules jetaient des coups d'œil inquiets. Hava écoutait en retenant son souffle, elle tentait de déchiffrer les mystérieux dessins sur le papier. En réalité, sa grand-mère était analphabète, jadis, son mari lisait à voix haute, tandis qu'elle, à côté de lui, fixait des yeux les images et mémorisait chaque mot. À présent, de la même manière, pendant qu'elle bougeait ses yeux devenus gris au-dessus des lignes de lettres, à côté d'elle se tenait Hava qui, de ses pieds nus, avançait sur les eaux de l'incommensurable océan de la Création.

À partir de ce jour-là, elles commencèrent à vivre avec les prophètes. Le soir, elles s'endormaient dans la crèche où Meryem ana[4] avait mis au monde son fils Issa, le matin, elles se réveillaient près du buisson ardent de Moussa. Dans ses rêves, Hava arpentait le jardin de l'Éden, mangeait une grappe de raisin suspendue dans les airs, tandis que dans ses cauchemars, elle tombait dans le puits du prophète Youssouf et attendait que quelqu'un vienne la sauver. Sa grand-mère interrompait son récit après chaque page, elle lui demandait si elle avait bien compris ce qu'elle lui disait. Hava secouait énergiquement la tête en signe d'assentiment, bien qu'elle ne sût pas elle-même si elle avait compris, mais elle voulait que cela dure encore et encore. Par la suite, elle acquit l'habitude, quand les histoires devenaient angoissantes, de mordre dans les fientes de poules séchées par terre. La première fois que cela se produisit, elle était en train d'écouter l'épisode dans lequel le prophète Younous était tombé dans le ventre du gros poisson et y avait vécu quarante jours.

---

4. *Ana*, en turc, désigne une mère.

Pendant un long moment, sa grand-mère ne la regarda pas, mais elle sentit l'odeur obsédante, se tourna vers Hava et vit ses lèvres marron verdâtre. Elle essaya tout : elle ne put lui faire passer cette habitude. Pour finir, elle trempa une branchette de pin dans la jarre de miel et la tendit à sa petite-fille avant de lire.

Les années passaient, la grand-mère s'était déjà envolée vers les cieux, quant à Hava, elle grandissait. Elle baissait déjà la tête pour franchir la porte basse de la chambre vide de sa grand-mère. Parfois, elle emportait l'un des livres poussiéreux, s'asseyait sur le seuil, le visage tourné vers les buissons en fleurs, et le feuilletait. Elle fixait son regard sur les dessins et, mot après mot, répétait les récits enregistrés pour toujours dans son esprit. Le fils de leur voisin, le berger, grandissait aussi et regardait en direction de Hava par-dessus la clôture.

Moustafa marchait tête nue, constamment hâlé par le soleil, sa peau sentait les châtaignes. Son père l'envoyait déjà sur les collines avec les moutons. Dans la Vallée des puits, l'herbe était la plus drue, dès qu'il y arrivait, il laissait les moutons paître tandis qu'il taillait de petites branches creuses pour en faire des sifflets. Il écoutait le chant des oiseaux et déchiffrait leur langage. Lors d'un orage particulièrement fort, il s'abrita sous les feuilles d'un immense châtaignier et, par hasard, se rendit compte qu'il comprenait déjà cette langue étrange. Il traduisit le chant de la mésange mâle à la femelle et, le même soir, en parla à sa mère. Elle rit aux larmes puis lui interdit de dire des obscénités. Moustafa maîtrisa le sifflet, il escaladait les collines et remplissait toute la vallée de chants mélancoliques. Durant l'automne, il remarqua que les oiseaux migrant vers le sud étaient bien plus nombreux que l'année précédente. Il observait leur vol et rêvait, il voulait attirer l'attention de Hava.

Ne supportant pas l'agonie de son cœur, il sortit un soir dans la cour et se mit à siffler. Derrière les fenêtres, les voisins se demandaient, étonnés, d'où venait cet oiseau esseulé. Hava l'entendit, elle aussi, elle s'assit sur un tronc d'arbre près de l'enclos, et écouta jusqu'au matin. La nuit suivante, la même scène se répéta, puis la nuit d'après. Moustafa ne se trahissait pas, mais il finit par se résigner. Hava fut tellement impressionnée qu'elle voulut apprendre à siffler, elle aussi. Le fils du berger tailla un autre sifflet et se mit à lui donner des leçons. Ils sifflaient des nuits entières, tandis que les voisins, rassurés de voir que le mâle s'était désormais trouvé une femelle, s'endormaient béatement aux sons de ce chant d'amour.

Les soirs d'été, ils attrapaient tous les deux des lucioles, les attachaient avec un cheveu de Hava à une coquille de noix cassée et pourchassaient cette barque volante. Lors des grandes chaleurs, ils couraient derrière la charrette bigarrée du vendeur de glaces. C'était un homme à la peau basanée, au chapeau à larges bords, qui faisait le tour des villages et vendait une glace contre deux œufs. Tous les enfants s'attroupaient autour de lui et ceux qui ne pouvaient en acheter l'imploraient de les laisser au moins goûter. Hava et Moustafa fouillèrent le poulailler, mais ils ne purent trouver un seul œuf. Alors ils saisirent la poule la plus grasse, la serrèrent bien fort et elle pondit prématurément. Il s'avéra qu'elle avait tout juste quatre œufs mais que, par pure parcimonie, elle n'en pondait qu'un par jour. Leurs mères les observaient souvent et partageaient leur bonheur. Comme si, à travers eux, elles se rappelaient au moins pour quelques instants le frisson oublié de la jeunesse. Quant à la mère de Moustafa, elle se mit à tricoter des chaussons de bébé en cachette de tout le monde.

Auparavant, Hava n'avait jamais rêvé de sa grand-mère mais cette dernière, brusquement, s'installa dans ses rêves. Elles étaient de nouveau dans la chambre, elles se rappelaient la vie des prophètes. Le soleil se leva sans qu'elles se soient endormies. La grand-mère se leva de son lit et pétrit de la pâte pour faire des beignets pour les morts. Hava lui fit remarquer qu'elle aussi, elle était morte, mais la vieille femme ne répondit pas. Elles sortirent et, avant qu'elles n'atteignent le cimetière, de nouveau il fit nuit. La lune éclairait dans la nuit comme un soleil froid et illuminait la Terre entière d'une lumière fantomatique. Autour des pierres tombales flottait une brume dans laquelle les coquelicots scintillaient comme des yeux rouges. Elles marchaient en silence, de plus en plus péniblement, comme à travers de l'eau, s'éloignant du cimetière. Elles se retrouvèrent dans un champ crépusculaire, haché par les ombres des arbres. Devant elles surgit un abîme entouré de pierres taillées. La grand-mère vint se dresser devant le puits et se mit à y jeter les beignets, l'un après l'autre. Hava en fut horrifiée, elle lui demanda ce qu'elle faisait mais avant d'entendre la réponse, elle se réveilla. Ce cauchemar se répétait toutes les nuits, son humeur s'assombrissait de jour en jour. Moustafa percevait ce changement, il parla avec la mère de Hava, la pria de laisser sa fille aller avec lui faire paître les moutons.

Ils partirent au lever du soleil. Ils se turent tout le long du chemin, diverses pensées leur passaient par la tête, mais aucune d'elles ne se montra suffisamment audacieuse pour jaillir de leur bouche. Ils s'arrêtèrent près du trou d'eau d'Ibriam aga, les moutons trempèrent leur museau dans l'eau. Hava marcha sur les berges boueuses, elle se pencha et toucha l'eau froide couleur café.

— Fais attention à ne pas tomber ! la prévint Moustafa.

Entre-temps, une grenouille bien grasse leva la tête hors de l'eau et les observa, contente d'elle-même, tout comme le canard Satanael[5] observait les premiers hommes. Hava la remarqua et s'écria :

5. Dans des apocryphes slaves, Satan est un esprit malfaisant apparu sous la forme d'un canard.

— Un hérisson !

La grenouille, vexée, s'empressa de se cacher.

— Ce n'est pas un hérisson, mais une grenouille, rétorqua Moustafa. Il faut les voir, à midi, se chauffer au soleil. J'ai attrapé tellement de grenouilles, quand j'étais petit, que je ne sais pas combien il y en avait. Mais ensuite, je les remets toujours à l'eau.

— Moi aussi, je veux en attraper une.

— Elles donnent des ruades comme des chevaux, sont visqueuses comme de la morve et, si tu les touches, tu attrapes la gale !

— Pourquoi est-ce qu'on l'appelle le trou d'eau d'Ibriam aga ?

— C'est le nom de celui qui l'a creusé. On raconte que pendant de longues années, il était resté sans enfants et, lorsqu'un jour il est devenu père, son fils unique est tombé malade. Ibriam aga a prié Dieu de le guérir et a promis de faire une bonne action par laquelle il glorifierait éternellement le nom de Dieu...

Hava se rappela les nuits avec sa grand-mère, elle relia cette histoire au prophète Ibrahim et à son fils Ismaël. Ils reprirent leur marche. À leur droite apparut un champ couvert de mauvaises herbes et de pierres de formes et de tailles différentes, elles esquissaient les contours d'un endroit destiné aux morts. Hava avait la sensation de connaître cet endroit sans y être jamais allée. Moustafa lui montra un point confus au loin et lui demanda si elle voyait les deux pierres, là-bas, qui s'enlaçaient :

— Ce sont les tombes de grand-père Adem et de grand-mère Hava. Les premiers hommes.

Hava n'avait jamais appris où avaient été enterrés les ancêtres mais, avant qu'elle ne réussisse à dire quoi que ce soit, Moustafa lui demanda pourquoi on lui avait donné le nom de la première femme. Elle était la première-née d'un mariage heureux qui n'avait duré que quelques années, jusqu'à la mort accidentelle du mari qui avait laissé derrière lui trois filles et une veuve. Elle se rappelait confusément son père, elle avait déjà oublié son visage, ne se souvenant de lui qu'en train de se charger comme un bœuf avant de se mettre en route. Dans sa tête résonnaient les derniers mots qu'il avait prononcés.

Moustafa savait que Hava aimait les histoires fantasmagoriques, il la promena dans la Vallée des puits. Il lui raconta qu'en des temps anciens le Seigneur n'était pas assez tout-puissant pour ramener les âmes du lieu de la mort, aussi exigeait-il du mort qu'il passe par le grand puits et descende par la grande échelle vers l'*ahiret*[6]. Le mort devait ensuite traverser un pont aussi étroit qu'un cheveu entre le monde terrestre et le paradis, sous lequel se trouvait l'enfer. Seuls les justes parvenaient jusqu'au bout, les autres brûlaient dans les flammes de

6. L'au-delà (mot turc emprunté à l'arabe).

l'abîme. Ils se dressèrent devant le grand puits et Hava compris pourquoi elle avait l'impression de connaître cet endroit. Durant les semaines précédentes, chaque nuit elle venait jusque-là avec sa grand-mère dans son sommeil.

— C'est le puits dans lequel, dit-on, le prophète Youssouf est tombé, déclara Moustafa.

Hava s'approcha pour regarder l'eau tout au fond et, subitement, les moutons se dispersèrent dans diverses directions. Ils coururent derrière eux et les rassemblèrent. Ils eurent beau les recompter plusieurs fois, il en manquait toujours un. Moustafa lui demanda de les surveiller et il partit chercher la brebis égarée. Hava scruta le puits, incontestablement c'était celui dans lequel sa grand-mère jetait des beignets. Elle se pencha au-dessus du trou. C'était très bizarre, l'eau ne sentait pas la vase, mais autre chose. Dans les profondeurs, le parfum devenait de plus en plus fort. Des années plus tard, lorsque l'étranger Jean-Pierre offrit au fils de Hava la plante abhorrée, elle ferait le lien entre son odeur et ce souvenir précis. La tête se mit à lui tourner, elle laissa l'étrange force d'attraction l'attirer vers le fond. Mais elle ne tomba pas, au dernier moment une main invisible la souleva. Elle pensa avoir rêvé, prit peur et s'enfuit. Elle rentra chez elle, se coucha et demeura dans son lit des jours durant sans se réveiller. Le deuxième jour, ses proches commencèrent à se relayer à son chevet. Ce n'est que le troisième jour qu'elle ouvrit les yeux, et ses premiers mots furent :

— Grand-père Hadji[7] est mort !

Ils ne purent la comprendre, la firent répéter. Puis la voisine Kadrié dit que le vieux grand-père Hadji avait effectivement été malade, mais qu'il n'était pas encore mort. Hava sortit dans la rue, elle avait la sensation de voir tout comme à travers un brouillard, comme si elle rêvait encore. Elle remarqua, sur sa main, des traces de doigts. Au même moment, devant la palissade en bois de la maison, une vieille femme s'arrêta. C'était une voyante guérisseuse, elle n'avait rien mangé depuis des jours et demanda un peu de pain. Hava lui donna à manger. En échange, la voyante lui proposa de regarder les lignes de sa main. Elle prit sa main dans la sienne et la relâcha aussitôt. Elle fit demi-tour mais se retourna après avoir fait quelques pas :

— Le destin est comme une pâte, dit-elle, il prend toute sorte de formes. Ne désespère pas...

Hava rentra et, avant même qu'elle puisse parler de la voyante guérisseuse, Hanzadé haneum[8] fit irruption dans la maison et annonça la mort de grand-père Hadji.

---

7. *Diado* (« grand-père » en bulgare) est un terme de parenté mais aussi d'adresse employé pour les hommes de la génération des grands-parents. Quant à *hadji*, c'est un titre que porte tout chrétien ou tout musulman ayant fait le pèlerinage jusqu'aux lieux saints.

8. Madame ou mademoiselle (*hanım* en turc, placé après le prénom).

•

Immergé jusqu'à la ceinture dans le lac, Adem pêchait le poisson à mains nues sans soupçonner le moins du monde que son grand-père venait de mourir. Épuisé par les gémissements précédant la mort de ce dernier, il avait passé pour la première fois la nuit dans son royaume. Dans un endroit secret de la forêt dont il était le seul à connaître l'accès, près du lac aux nénuphars verts et aux grenouilles centenaires, où le parfum des acacias saturait l'air et où les fleurs fleurissaient éternellement, Adem s'était construit un rucher et, en tant que créateur et maître, il prenait soin de son jardin d'Éden. Ces derniers mois, son grand-père s'apprêtait chaque soir à mourir. Il faisait venir toute la famille autour de son lit et, jusqu'au matin, ils veillaient dans l'attente. Bien souvent, outre le soulagement de voir qu'un soir de plus le Hadji avait feinté la mort, le lever du soleil apportait aussi un désappointement... Une fois de plus, ça n'a pas eu lieu !

Le grand-père d'Adem était un vieux *djambazine*[9], il faisait le commerce de chevaux. Ceux-ci l'obsédaient tellement que, lorsqu'il acheta sa dernière jument, il découvrit qu'il avait commencé à l'aimer davantage que sa femme. Loin de s'en cacher, il le déclarait haut

---

9. Mot bulgare d'origine turco-persane : marchand de bestiaux (plus particulièrement de chevaux).

et fort. Son épouse en était tombée malade de jalousie et était morte peu après. Mais même alors, le cœur endurci du Hadji ne frémit pas, il se dressa parmi les invités à l'enterrement, cita son poète persan favori :

Tout fane sur terre et tout refleurit,
la mort est une roue dont nous faisons partie[10]...

Et, pour finir, il conclut par ses propres mots :
— Un mal en moins. Amen !

Il n'en faisait qu'à sa tête depuis sa jeunesse. Un matin, il s'était réveillé, avait fait ses bagages et s'était mis en chemin. Avant qu'il ne quitte sa maison, on lui avait demandé où il allait, et il avait répondu « Devenir un hadji ». Il aurait marché six mois dans la même direction, aurait fait son pèlerinage dans la ville sainte de La Mecque et serait rentré en six autres mois. Lorsqu'on lui demandait comment il s'était orienté sans connaître le chemin, il répondait toujours qu'il lui suffisait de fermer les yeux pour que la direction se dessine d'elle-même derrière ses paupières. Il avait quitté le village en jeune homme loqueteux, un an plus tard il revenait tout de blanc vêtu, un turban autour

10. Abu Abdallah Djafar ibn Muhammad Roudaki (NDA). En l'absence de l'original persan et d'une traduction française, la traductrice a traduit ces deux vers du bulgare.

de la tête, chevauchant un cheval arabe noir, avec la fierté du hadji. Personne ne croyait à son voyage jusqu'à la ville sainte. Ils soupçonnaient qu'il avait dû se cacher dans les villages voisins ou était parti avec les nomades et s'était adonné à l'élevage de chevaux. Son seul espoir de contrer les rumeurs se révéla être la sagesse des mystiques orientaux que le Hadji continua de réciter jusqu'à sa mort. L'incrédulité par rapport à ses histoires tenait pour une grande part à lui-même. Ses récits regorgeaient de haïdouks, de *haneum* enlevées et sauvées[11], de combats contre d'étranges bêtes fauves. Il relatait avec flamme la manière dont il avait traversé le désert d'Arabie en chevauchant un cheval dont le cou était aussi long qu'un homme. Dans le désert, les chats aussi, selon ses dires, étaient énormes, ils chassaient des bardots zébrés de noir et blanc, ce qui leur faisait pousser une abondante fourrure autour du cou, tandis qu'au sud, sur les glaces vivaient des hirondelles aussi grosses que des enfants de trois ans. « Suffit que tu égorges un *keurlangueutch*[12] comme ça pour avoir de quoi manger toute une semaine. » Les villageois l'écoutaient, ébahis, mais ensuite ils déclarèrent que c'étaient des balivernes de *djambazine* et ils cessèrent de le croire. Des années plus tard apparut le

---

11. Les chants populaires et les premières nouvelles bulgares développent abondamment ce lieu commun de la jeune fille enlevée par les Turcs et sauvée par les siens.

12. Hirondelle (*kırlangıç* en turc).

guérisseur ambulant, le docteur Moshé, et grand-père Hadji trouva enfin quelqu'un avec qui parler. Moshé lui racontait son voyage jusqu'en Inde, tandis que grand-père Hadji complétait en disant que lui aussi, il était passé par là en chemin vers La Mecque.

— Mais, Hadji, c'est la direction opposée !

— Je m'en suis douté, moi aussi, mais je me dirigeais déjà dans cette direction.

Le docteur lui parlait des pyramides, grand-père Hadji affirmait les avoir vues elles aussi.

— Est-ce que ce ne sont pas ces abris en pierre où les Arabes enterrent leurs rois ?

— Ce ne sont pas des rois arabes, Hadji, ce sont des pharaons !

— Oui, ben je ne sais pas comment ils les appellent en arabe.

Dans la tête de Moshé mûrissait la question de plus en plus obsessionnelle de savoir comment cet homme avait fait le tour du monde entier en une seule année, et ce, à pied.

Le docteur Moshé était prolixe, mais il ne parlait jamais de lui-même. Personne ne savait d'où il était venu, s'il avait des enfants, et si par hasard la conversation venait sur lui, il changeait habilement de sujet et concluait par des sentences qui résumaient le propos. On ne lui payait pas la visite, on l'invitait à déjeuner et, au moment où il partait, on remplissait son sac de nourriture. Le docteur ausculta pour une dernière fois le Hadji, lui fit la piqûre magique, il affirma même qu'un jour il avait fait ressusciter un mort grâce à elle, et s'assit pour déjeuner. Le fils de grand-père Hadji, Reudvan, lui demanda ce qu'il y avait de nouveau de par le monde. Moshé poussa un soupir, trempa son pain dans le ragoût de haricots et garda le silence un long moment. On n'osait pas l'interrompre, même s'il ne disait rien, on savait qu'il prenait le temps de réfléchir et que, sous peu, il prononcerait des paroles intelligentes et très importantes.

— Les géants enterrés sous la terre ont levé la tête et provoqueront un séisme sur Terre, dit le docteur. L'air s'est tellement réchauffé qu'il suffit de tendre une étincelle pour qu'elle s'enflamme. Espérons qu'on sera épargnés... - Il ramassa avec un bout de pain le reste du ragoût dans son assiette et conclut - mais nous ne serons pas épargnés.

Grand-père Hadji était l'homme le plus respecté des environs. En tant que commerçant ayant une longue expérience, il connaissait beaucoup de monde, sans compter qu'il avait accumulé des biens substantiels. La nouvelle de sa mort se répandit dans les villages environnants et fit venir une grande foule. Ce fut un afflux d'amis et de parents dont la place au sein du grand arbre généalogique pouvait difficilement être définie. Parmi les invités, il y avait aussi cinq Arabes du même âge, qui affirmaient être les fils du Hadji. Les portes de la maison étaient grandes ouvertes, on recevait tous ceux qui étaient venus honorer la mémoire du défunt. On planta quatre poutres dans la cour, on tendit autour d'elles des linceuls noirs.

À l'intérieur, le hodja[13] lava le cadavre, il l'enveloppa dans le *kefen*[14] blanc préparé depuis longtemps par le Hadji en personne, et on l'achemina vers le cimetière. Le cortège était conduit par la dernière jument de grand-père Hadji, si vieille qu'elle était aveugle, mais l'intuition la menait inconsciemment dans la bonne direction. Derrière la charrette avec le défunt marchaient les hommes – les adultes et, pour finir, les enfants[15]. Pendant l'enterrement, la jument favorite du grand-père brouta toute l'herbe du cimetière sans cesser de hennir d'enthousiasme. On dénoua les extrémités du *kefen*, on déversa le corps nu et desséché du Hadji et on l'enterra. Le cortège entier retourna dans sa maison.

Les parents proches furent installés dans les chambres, d'autres à la cave, au grenier, sous l'auvent, quant aux cinq Arabes, ils dormirent dans l'écurie. Apparemment, ils n'avaient aucunement l'intention de partir avant d'avoir soutiré une part de l'héritage. La

---

13. Prêtre musulman.

14. Drap mortuaire (turc).

15. Les femmes n'assistent pas à l'inhumation du corps (NDA).

belle-fille du Hadji, Hanzadé, se trouva bien embarrassée, elle était prête à les régaler autant qu'il était nécessaire, mais pas à leur donner de l'argent. La moitié des femmes du village lui vint en aide en se chargeant des travaux ménagers. L'hospitalité se prolongea durant toute une semaine, chaque jour on égorgeait quelques moutons de la bergerie. Les invités dormaient jusqu'à midi, le soir ils chantaient des chansons, dansaient jusqu'à une heure tardive. Ils étaient si satisfaits du service qu'ils promettaient de ne pas repartir.

Longtemps on raconterait qu'il n'y avait pas eu de si bel enterrement jusque-là. Le quarantième jour, on égorgea le dernier mouton de la bergerie et après la prière des morts vespérale, la foule commença à se disperser.

Hava et sa mère firent leurs adieux à Hanzadé haneum qui fit signe à son fils de les raccompagner jusque chez elles. Nazifé ne s'attendait pas à une telle marque d'attention et s'en étonna fort, mais ensuite, elle dit :

— On ne sait pas ce qui se cache sous la coquille de l'escargot !

Comme toutes les nuits, Hava rêva de sa grand-mère, elle l'observait en train de pétrir de la pâte pour les morts. Elles passèrent le long du cimetière et de ses coquelicots, parvinrent jusqu'au grand puits. Sa grand-mère commença à jeter dedans les beignets. Hava se pencha au-dessus du puits... C'est alors que, pour la première fois, dans le reflet de l'eau, apparut tout à coup le visage d'Adem. Elle se réveilla, trempée de sueur, sortit dans la cour et s'assit un instant sous les étoiles. Pourquoi lui était-il apparu, lui, précisément ? Elle se rappela la visite de la voyante guérisseuse qui lui avait dit de ne pas désespérer. De quoi ne devait-elle pas désespérer ? À quoi devait-elle s'attendre ? Sa poitrine frémit, elle inspira profondément, expira par saccades et retint ses larmes. Or, quelque part au loin, dans la maison noyée de rêves et de ronflements sonores, après la longue journée ennuyante, dans la cour, sous le grand ciel étoilé à découvert, Adem était assis, malade de la même maladie d'amour.

Après cette nuit-là, Hava commença à lui apparaître aux endroits les plus improbables. Le matin, il se réveillait sur sa natte et, sur les traces rouges de ses coudes, il déchiffrait ses traits. Chaque visage croisé dans les hameaux la lui rappelait. Il ne se passait aucun jour sans qu'il pense à elle, la recrée encore et encore dans son esprit, rêve d'elle - en rêve, mais aussi éveillé. Il restait couché sur le dos dans l'herbe aux alentours du lac, dans son jardin secret, fixait le regard sur les interstices clairs entre les épais nuages de feuilles des arbres immenses, tandis qu'au-dessus de sa tête bourdonnaient des abeilles. Il méditait nuit et jour. Il perdit l'appétit, perdit tout intérêt pour le monde, passait tout son temps dans la contemplation du silence entourant le lac, et pour finir, il se sépara aussi du sommeil. Le jour et la nuit se fondirent en un seul temps, sans obscurité et sans clarté, sans heures et sans minutes. N'existaient que lui et le monde vide dans lequel il évoluait comme un somnambule.

La forêt lui paraissait désormais étroite. Ses pieds aspiraient sans relâche à marcher au hasard, et il les laissait le mener toujours vers sa bien-aimée. Il partait et traversait le village mais, où qu'il passe, il tombait toujours sur la maison de la jeune fille. Chaque fois, il voyait Hava à un endroit différent, derrière la vitre de la fenêtre, dans la rue, dans la cour sous le noyer... Mais faisait-il mine de lui adresser la parole, elle détournait la tête et lui, décontenancé et honteux, il laissait ses pieds infatigables l'emmener bien loin.

Il ne s'écoula guère de temps avant que les visions lumineuses d'Adem ne s'assombrissent. Hava ne lui apparaissait plus seule, mais en compagnie de son voisin, Moustafa. Au début, il ne les surprenait que bavardant à travers la clôture, puis ils commencèrent à s'asseoir ensemble sur le banc devant la maison, sous le noyer de la cour et, pour finir, dans tout le village et les environs. Où qu'il se rende, ils surgissaient devant lui. Il comprit qu'il ne pourrait plus supporter ce cauchemar et s'enfuit de nouveau dans la forêt.

Depuis qu'il avait conduit Hava dans la Vallée des puits avec l'intention de lui déclarer son amour, le fils du berger se demandait comment réitérer cette tentative. Il l'emmenait chaque fois à différents endroits et, au moment où il allait entrer dans le vif du sujet, jaillissait de quelque part, dans un état de semi-éveil, comme dans un cauchemar, le petit-fils de grand-père Hadji, Adem, qui fixait sur eux un regard intrigué et effrayé avant de leur tourner brusquement le dos et de détaler. Moustafa essayait de garder son sang-froid, mais Hava éclatait d'un rire nerveux et injuriait jusqu'à la fin de la soirée « l'homme le plus dévoyé de la terre ». Le soir, après chaque vaine tentative, Moustafa tombait à genoux devant sa mère, lui parlait d'Adem – de la manière dont il faisait tout échouer avant qu'il n'ait dit le plus important. Sa mère l'écoutait attentivement, elle supposait que Hava très vraisemblablement pressentait la déclaration à venir et peut-être même l'espérait ardemment :

— C'est pour ça qu'elle est agacée par cet idiot !

Elle exhortait son fils à ne pas renoncer car l'affaire, disait-elle, était claire depuis longtemps, mais il fallait plus de patience.

Dans tout ce méli-mélo de passions et de souffrances, la nouvelle de la guerre éclata dans le village. Ainsi, le docteur Moshé avait eu raison. Sauf qu'elle avait commencé longtemps auparavant et était bien plus terrible que la Grande Guerre. Des rumeurs contradictoires circulaient. Certains disaient que le Bulgaristan ne s'était pas allié[16], cette fois, et qu'on s'en tirerait sans victimes. D'autres affirmaient le contraire, le Bulgaristan était entré en guerre dès le tout début, mais du côté des perdants et voilà que, maintenant, les ennemis viendraient pour massacrer le peuple. D'autres encore : pas du tout, les ennemis ne viendraient pas pour semer la destruction, mais pour libérer le pauvre peuple de l'autre ennemi qu'ils avaient choisi eux-mêmes en désespoir de cause. De peur que leurs fils ne soient mobilisés, les mères commencèrent à mal les nourrir et, s'ils étaient encore bons pour combattre, à diminuer également la ration de leurs époux. La règle générale était la suivante : si le mari était bon au lit, c'est qu'il était bon aussi sur l'autre front. Apparemment, la nature belliqueuse de la population mâle était si vigoureuse que même grand-père Lahman, avec ses cent-six ans, passa à un régime de pruneaux. Le fournil qui faisait cuire le pain une fois par semaine commença à fonctionner une semaine sur deux, voire sur trois. Les maîtresses de maison, qui avaient perdu la raison, distribuaient aux voisins les conserves pour l'hiver auxquelles elles avaient travaillé durant tout l'été. Les voisins les acceptaient mais ne manquaient pas de rendre la pareille.

16. « Bulgaristan » : la Bulgarie, en turc. Les monarques bulgares, Ferdinand Ier puis son fils Siméon II, d'ascendance allemande, se sont alliés à l'Allemagne durant les deux guerres mondiales.

Le plus terrible de cette nouvelle guerre s'avéra être les fours pour la crémation d'êtres humains. On entassait, disait-on, les *yahudi*[17] comme du bétail dans ces *odjaks*[18], on les brûlait vifs et on en faisait du savon ou des boutons de chemise. Les villageois ne pouvaient y croire, quelle fureur pouvait bien attiser les feux de cet enfer terrestre ? Nazifé et Kadrié commencèrent à se donner rendez-vous tous les jours afin de prier ensemble pour les âmes des mourants et se repentir de leurs péchés. Elles pensaient constamment au docteur Moshé, se demandant si lui aussi avait déjà été transformé en savon. Puis elles se répondaient à elles-mêmes :

— Il l'a été, oui !

Et elles avaient les larmes aux yeux.

L'épicier local s'affaira dans le village, il s'efforça de saisir les dernières tendances et remplit ses rayonnages de savons Moshé au parfum de lilas, mais, voyant les clients les éviter, il enleva le panonceau avec leur nom.

Durant des mois, il n'y eut aucun signe que la guerre approchait, mais l'inquiétude des villageois ne se calma pas pour autant. Au contraire, même, peu après parvinrent des rumeurs qui les effrayèrent encore plus. Les Russes arrivaient. Aucun habitant jusqu'à présent n'avait vu de Russe. Ce qu'ils savaient d'eux se résumait

---

17. « Juifs » en turc.

18. Four (*ocak* en turc).

à la description qu'en avait faite le grand-père Hadji qui avait prétendu s'être battu contre eux dans le désert d'Arabie. « Des haïdouks au nez rouge et aux énormes barbes. Ils vivent en haut, dans les neiges, et portent des colbacks en poil d'ours tué lors d'un combat à mains nues. Ils marchent à deux ou quatre pattes, parfois, même, ils rampent. »

C'est exactement l'image qu'ils s'en firent. Ils savaient qu'au moment où ils traverseraient le village, ils ne laisseraient probablement personne en vie. Mais il n'était plus là, le vieux Hadji, pour leur conseiller un moyen de sauver leur peau, ils devaient se débrouiller tout seuls. Ils imaginèrent un nombre incalculable de ruses pour préserver leur personne et leurs biens. À commencer par le bétail qu'ils cachèrent. Les caves furent vidées et transformées en bergeries ou en écuries. Au prix d'un effort incroyable, ils entassèrent les chevaux dans les caves et là, dans le noir, ils leur apprenaient à ne pas hennir – tout bruit suspect pouvait leur coûter la vie. Bien des nuits d'insomnie s'écoulèrent. Les chevaux désapprirent à hennir, mais durant toute la nuit ils ruaient contre les murs. Dindons, poules, canards, oies et autres volatiles furent hissés dans les greniers. Mais les villageois avaient beau faire, ils ne purent les éduquer au silence. Les chiens sentirent la tension et se mirent à lancer des regards suspicieux autour d'eux, comme s'ils guettaient, eux aussi, l'adversaire invisible.

Le régime alimentaire auquel étaient soumis les hommes n'était pas sans conséquences si bien que, honteux de la fatigue soudaine qui s'emparait d'eux, ils cédaient le travail pénible à leurs tendres petites *haneum* qui avaient échafaudé tout ce désordre. Vint aussi le tour des trésors de famille. Tous entreprirent d'enterrer dans leur cour ce qu'ils possédaient. Dans chaque foyer se trouvait également quelque relique familiale. L'opération fut initiée par Hanzadé, qui une nuit enterra en cachette tous les bijoux en or – boucles d'oreilles, bagues, bracelets et pièces de monnaie – qu'elle avait reçus pour son mariage, avant que cela devienne un secret de Polichinelle dans tout le village. Si, par hasard, vous trouviez votre voisin en train de bêcher dans son jardin à une heure inhabituelle, vous deviez rentrer et attendre, même si vous aviez un besoin pressant d'aller aux latrines.

L'hiver se passa sous le signe du silence, souffle retenu. À la maison, on parlait tout bas, les jours s'égrenaient avec monotonie. Les vieux se réveillaient en pleine nuit et, assis devant les fenêtres encombrées de neige, ils se taisaient des heures durant. Si d'aventure les enfants faisaient des bêtises ou pleuraient sans raison, les grands-mères les menaçaient de les donner aux Russes. Quelle idée l'imagination enfantine a-t-elle bien pu se faire de ces terrifiantes créatures ? Malgré l'attente, cet hiver-là, l'ennemi ne venait pas. Des bruits couraient que, peut-être, ils étaient passés en catimini parce que trois poules de l'un avaient disparu, les bûches d'un autre avaient été volées sous l'auvent, tandis qu'une grand-mère solitaire affirmait que, durant la nuit, on avait fracturé sa porte et tenté de la violer. On ne lui prêta pas attention, pensant qu'elle était vraisemblablement la proie d'émotions de jeune fille provoquées par la sénilité. Pourtant, ce fut le prétexte à une nouvelle alarme imprévue. Ils avaient oublié que, par-dessus le marché, les envahisseurs s'en prenaient aussi beaucoup aux femmes, comment allaient-ils protéger leurs filles ? Les mères prirent leurs grands ciseaux et, au prix d'intarissables larmes, elles coupèrent les longues tresses de leurs filles. Leur apparence n'en devint cependant pas assez repoussante pour éloigner d'elles ce qui les terrifiait. Aussi, elles firent monter une grande partie des filles dans les greniers et les y enfermèrent avec les canards et les poules.

La plus horrifiée était la mère de Hava : elle eut beau tout essayer, elle ne put ni couper les cheveux de sa fille ni l'enfermer, or sa fille devenait de plus en plus belle ! Pouvait-elle la laisser se gâter ? Mais, lorsque le printemps arriva, Nazifé changea subitement d'avis. C'était le temps des noces, or dans le village, il n'y avait pas de filles à marier. Il n'était resté que Hava. Leur maison se transforma tout à coup en auberge. Nazifé fut bien embarrassée : que de candidats pour sa fille, les uns tous plus dignes que les autres ! Elle devait faire attention, car non seulement le sort de sa fille en dépendait, mais aussi le sien propre. Elle comprit qu'elle ne s'en tirerait pas toute seule et invita sa voisine à l'aider à choisir. Kadrié faisait semblant d'examiner les futurs, et elle leur trouvait continuellement quelque chose qui clochait. Elle rentrait chez elle épuisée, mais ne manquait pas de tapoter l'épaule de son fils. Personne ne pouvait être un époux plus digne que lui. Elle était encore plus inspirée pour tricoter et coudre des nuits entières, il fallait bien préparer à temps le trousseau pour la belle-fille. Elle imaginait l'instant où les deux jeunes gens annonceraient leur mariage, Nazifé n'aurait pas préparé le trousseau de sa fille, et alors elle montrerait le grand coffre et on la choierait.

Malgré tout, Moustafa se rendait compte du danger. Il connaissait Hava depuis des années, ils s'entendaient bien, mais il n'y avait aucune garantie qu'elle refuse tout le monde rien que pour lui. Il était tout fier lorsqu'elle accourait vers lui après avoir vu les importuns, mais dès qu'il tentait une allusion à ses intentions, elle l'interrompait sur-le-champ « Tu ne vas pas commencer, toi aussi ! »

— Que dois-je faire ? demandait-il à sa mère.

— La petite est intelligente ! En temps de guerre, on ne doit pas faire de noces. Attends ! Elle se prononcera d'elle-même !

Le énième prétendant de Hava était Nousret, le fils de Nousreddine, le *djambazine* du village voisin.

Manifestement, dans les environs aussi, il y avait *keutleuk*[19] de filles. Nousret était un garçon grassouillet, avec des boutons purulents sur le visage et une moustache de puceau sous le nez. En le voyant, Hava faillit vomir, puis elle rit de sa chance. Les invités tournèrent le regard vers sa mère, celle-ci balbutia quelque chose et demanda à sa fille de venir l'aider pour préparer le café.

— Qu'est-ce qui ne t'a pas plu chez ce garçon ?

— C'est à ça que tu as envie qu'ils ressemblent, tes petits-enfants ?

Sa mère n'était pas particulièrement troublée par son aspect extérieur. Certes, il était plutôt laid, mais c'était aussi le fils de Nousreddine, le *djambazine*, l'homme le plus riche des environs. Elles retournèrent auprès de leurs invités, ils burent leur café, bavardèrent un peu et, à un moment donné, le futur eut envie de faire pipi. Nazifé enjoignit à sa fille de lui montrer où se trouvaient les latrines. Lorsqu'ils sortirent, Nousret avoua qu'il n'avait pas envie, les conversations des vieux l'ennuyaient. Il voulait se promener dans la cour. Il fit le tour en long, en large et en travers, inspecta tout, étudia tout, pour finir il entra sous l'auvent et vit dans le coin un petit coffre avec des instruments, il s'agenouilla à côté et fouilla dedans. Peu après, il poussa un cri :

— Oh, mais c'est très beau ! Vraiment très beau !

---

19. Pénurie (*kıtlık* en turc).

— Qu'est-ce que tu as trouvé ?

— Viens ! Viens voir !

— Qu'est-ce que je dois voir ?

Hava s'accroupit près de lui.

— Ça !

Il la coinça dans le coin, mit la main sur sa bouche et commença à la peloter. Hava essayait d'appeler Moustafa mais il ne pouvait pas l'entendre. À cet instant, dans le dos de l'agresseur apparut la silhouette d'Adem. D'une main, il attrapa le malfaiteur par son vêtement, le souleva bien haut au-dessus de lui, l'accrocha au clou destiné au harnais de l'âne et disparut. Hava courut vers les invités et s'écria :

— Le marié a fait pipi dans sa culotte !

Elle ne raconta à personne ce qui s'était réellement passé, mais son comportement changea sensiblement. Le fils du berger ne pouvait s'expliquer cette différence soudaine qui était pour lui source de tension. Il devint encore plus nerveux, surtout durant les heures où ils sortaient, Hava et lui, car Adem recommença à apparaître à leur suite. Ce qu'il voulait était évident... Moustafa devait être sur ses gardes ! Oscillant entre l'impatience et la peur, il n'arrivait pas à entreprendre quoi que ce soit. Il courait sur les talons de sa mère et s'en remettait à la seule chose qu'il puisse recevoir à ce moment-là : la consolation.

Enfin les Russes arrivèrent à leur tour. Contrairement aux attentes du village, au lieu de la grande armée de fauves farouches, on vit apparaître deux garçons perdus. Visiblement des militaires, mais si amaigris et épuisés par la marche que les villageois eurent pitié d'eux. Un grand-père les hébergea chez lui et refusa de les laisser repartir durant toute une semaine, ils lui rappelaient, disait-il, ses fils décédés.

La manière dont ils conversaient était des plus intéressantes. En un étrange mélange de bulgare, de turc et de langue des mains. C'est ainsi que le grand-père apprit que les Russes ne venaient pas du désert d'Arabie, comme l'avait raconté le grand-père Hadji, mais d'un autre endroit où, hormis la neige, il y avait encore beaucoup d'autres choses, mais il ne put en saisir les détails. Au moment de la séparation, les deux vieux remplirent leurs sacs avec ce qui leur était resté, et la grand-mère versa de l'eau pour leur porter chance[20]. Après le départ des Russes, la peur disparut, les jeunes filles descendirent à nouveau rejoindre leurs parents, les greniers se vidèrent des volatiles, on fit sortir le bétail des caves et la vie reprit son cours, comme avant.

Le village tout entier triomphait, il n'y avait que de la maison de Hava qu'on entendait des sanglots. Nazifé s'arrachait les cheveux et se maudissait pour son extrême cupidité – par sottise, elle avait laissé filer tous les candidats. Pendant qu'elles étaient enfermées dans

20. À diverses occasions importantes de la vie, on verse en Bulgarie un peu d'eau devant les personnes auxquelles on veut souhaiter bonne chance.

les greniers, les cheveux des filles avaient repoussé et dès qu'elles en ressortirent, toutes se marièrent sans même choisir.

— Tu vas rester vieille fille, tu vas voir ! menaçait Nazifé.

— Mais non ! Tu verras que non ! disait la voisine.

De fait, elle avait raison, sauf que ça ne se passerait pas comme elle l'avait prévu. Il ne restait guère de temps jusqu'à cette nuit d'insomnie où, à l'insu de tous, baignant jusqu'aux pieds dans des larmes amères, Kadrié détricoterait tous les napperons carrés, petites nappes, chaussons, vêtements de bébés, serviettes et autres ouvrages faits main qu'elle avait préparés des années durant en prévision du trousseau de sa future belle-fille. Et, pour finir, elle irait même jusqu'à brûler la laine défilée, afin qu'il ne reste aucune trace de cette cruelle illusion.

Ce même soir, Hava sortit dans la cour de la maison, elle s'adossa contre le tronc du noyer et contempla les étoiles. Alentour, on entendait le son des grillons, le coassement rauque d'une grenouille, au loin un coucou comptait les jours qui restaient d'une vie quelconque[21]. Tout à coup, elle perçut près d'elle une respiration. Elle se retourna, vit Adem, tourna la tête sans rien dire. Lui

21. Superstition bulgare : le coucou fait autant de coucous qu'il vous reste d'années à vivre.

aussi gardait le silence. Elle en fut si agacée que, sans réfléchir, elle lui dit :

— Je ne sais ce que tu veux de moi, mais arrête. J'ai déjà donné ma parole à Moustafa.

Adem voulut disparaître du monde. Ses pas le portèrent vers le lac et il comprit ce qu'il devait faire. Il se dirigea vers l'eau. Ses chevilles s'enfoncèrent dans la boue, il fut mouillé jusqu'aux genoux, jusqu'à l'aine, les reins, la poitrine... Un essaim d'abeilles voleta autour de sa tête, il les suivit du regard. Qu'y avait-il là-bas ? Une lumière fulgurante ? De la brume ? Il plongea dans l'eau, refit surface à l'autre bout du lac et courut vers le village.

Hava était toujours adossée au tronc d'arbre. Il s'approcha d'elle et lui murmura quelque chose tout bas. Elle n'avait aucune raison de lui faire confiance, mais quelque chose, en elle, avait déjà depuis longtemps pris sa décision et, en pleine contradiction avec sa raison, elle le suivit.

Tandis qu'ils traversaient les vignes, la lueur du soleil levant commença à colorer la bande d'horizon en rouge. Ils pénétrèrent dans la forêt profonde. Le sentier sur lequel ils marchèrent longtemps s'effaça. Même la lumière de la nuit disparut. Un éclair fugace apparut et Hava s'aperçut qu'ils contournaient une grotte par l'ouverture de laquelle des dizaines d'yeux les observaient. Elle se colla tout contre Adem, dit qu'elle avait peur et ne voulait pas continuer plus loin, mais il se contenta de lui faire un signe de la main et de lui dire chut. Ils atteignirent le champ de *tulu bouba*[22] qui brillaient dans l'obscurité et qu'Adem était le seul à rapporter au village. Elle insista en disant qu'elle ne pouvait pas aller plus loin, il ne l'entendit pas. Ils continuèrent encore longtemps, suivant des itinéraires confus. Pour finir, l'antique lac se découvrit à eux dans toute sa splendeur. L'arôme des acacias en fleur aiguisait les sens de Hava. Elle pouvait même percevoir le bruit des gouttes de rosée coulant sur les feuilles. C'était comme dans un rêve. Les rayons du soleil lointain atteignaient les recoins secrets de la forêt et, en se frayant un chemin entre les arbres hauts, les jeunes gens descendirent droit sur le lac. Il s'éclaira en longs rubans jaune-rouge entre lesquels les poissons faisaient des bonds. Le royaume d'Adem se mit à rayonner. Hava ne pouvait en croire ses yeux, existait-il vraiment un endroit pareil sur terre ? Qui était l'homme à ses côtés, Dieu en personne ? Elle retint son souffle, ses pupilles s'agrandirent comme pour absorber tout ce qui était visible.

Alors, Adem commença à enlever un par un ses vêtements, il se tint nu près de la plus grande ruche, les abeilles se mirent à voleter par essaims, elles se posèrent sur sa peau blanche. Il enfonça profondément la main dans la ruche, plongea les doigts dans

---

22. Pulsatille des montagnes (*tülü buba* en turc).

le gâteau de miel. Puis il s'approcha de Hava et passa la main sur son front. Le miel se mit à couler sur tout son visage, il atteignit ses lèvres, elle perçut son goût et des larmes jaillirent de ses yeux. Il ne lui restait plus qu'à tomber follement amoureuse de cet homme et à supporter patiemment, jusqu'à ce qu'il meure, toutes les offenses à venir.

Les enfants des dernières maisons, dans le hameau d'en haut, jouaient au *tchélik*[23] lorsque, au loin, ils virent apparaître un petit point gris. Peu après, ils comprirent que ce point gris était un être humain. Ils ne le connaissaient pas mais il leur sembla intéressant. Il portait un chapeau à larges bords, un imperméable gris, une mallette, de longues moustaches, son visage était rougi par la longue marche. L'un des garçons, celui qui tenait le bâton, menaça :

— Vous allez voir, je vais le faire tomber !

L'homme en gris s'arrêta à environ dix pas d'eux et leva amicalement une main. De l'autre, il fouilla avec précaution dans la poche de son imperméable et en tira des bonbons enveloppés de papier d'aluminium. Il les leur tendit mais attendit qu'ils viennent eux-mêmes les prendre dans sa main. D'un geste, le meneur de la bande indiqua à quelqu'un d'autre d'y aller à sa place, tandis qu'il serrait fermement

23. Jeu avec des bâtons (*çelik* en turc).

son bâton. Ils examinèrent les bonbons, défirent les papiers qui les enveloppaient, et le garçon le plus impatient s'enhardit à goûter le premier. Il le serra entre ses dents, passa la langue entre les deux moitiés tendres, les coinça contre son palais et faillit pleurer tant était délicieuse la sensation qui se répandit dans sa bouche. C'était la première fois qu'il goûtait du chocolat. Tous les enfants mangèrent leur bonbon au chocolat, ils éprouvèrent la même sensation et ouvrirent la main pour en demander encore. Le monsieur n'en avait plus et, pour prouver qu'il ne mentait pas, il retourna la doublure de ses poches. Les enfants l'entourèrent et menacèrent de ne pas le laisser partir tant qu'il ne leur aurait pas donné tous ses bonbons. Ils le forcèrent à ouvrir sa mallette, que pouvait-elle contenir d'autre, toutefois, ils furent désappointés à la vue de flacons transparents et de quelques livres. Ils s'écartèrent de son chemin, et il poursuivit sa marche en direction du village.

L'homme en gris ôtait son chapeau en croisant les villageois dans les rues, mais, en réponse, il ne recevait que des regards étonnés. Ce n'est que dans le hameau du milieu qu'une femme s'écria derrière lui :

— Moshé, tu n'es donc pas mort ?

— Non, je suis en vie !

— C'est qu'on t'avait enterré !

Le docteur Moshé se dirigea vers la maison du grand-père Hadji. Il n'espérait pas le revoir, mais son fils et sa belle-fille étaient aussi hospitaliers que le vieux. Il rit des angoisses qu'il avait involontairement suscitées chez les villageois, mais son rire fut vite assombri. Il ne faisait aucun doute qu'il n'était plus l'original insouciant d'autrefois, qu'il avait vieilli en quelques années. Il avait perdu ses cheveux, quant à son visage, il était sillonné de rides. Reudvan voulut l'amuser en lui racontant la folle idée de l'épicier de vendre du savon « Moshé au parfum de lilas », mais, arrivé au milieu de l'histoire, il y renonça. Il lui demanda quelles étaient les nouvelles dans le monde.

— Ce sont les nôtres qui ont gagné ?

— Lesquels ?

— Comment ça, lesquels ? Au village on a tous prié pour eux.

Moshé ne répondit pas.

— Ne t'inquiète pas, docteur. Pendant la guerre, on a donné l'hospitalité à deux ou trois d'entre eux et on est devenus amis, à partir de maintenant, on ne peut attendre que de bonnes choses.

Moshé regarda dehors par la fenêtre. Il aperçut, dans la rue, le fils de Reudvan, Adem, qui passait avec une jeune fille. Hanzadé s'empressa de la présenter :

— Elle s'appelle Hava, notre future belle-fille.

— Tiens, tiens ! « Adam connut Ève. »

— Il ne l'a pas encore connue ! Les noces sont pour bientôt.

Hanzadé haneum se promettait de faire une noce dont on entendrait parler dans tous les environs. Elle mariait son fils unique ! Elle aurait besoin d'argent. Elle décida de toucher aux trésors enfouis pendant la guerre. Elle s'arma de la pelle, se rendit dans la cour, atteignit l'endroit qu'elle avait marqué d'une pierre en forme de tortue et commença à creuser. Elle creusa un trou dans lequel elle entrait jusqu'aux genoux, mais ne trouva pas la jarre contenant l'or. Intriguée, elle prit la pierre dans sa main pour l'examiner, elle ressemblait bel et bien à une tortue. Il n'y avait pas de doute, c'était le bon endroit, elle continua à creuser. D'un œil, elle regardait le trou, de l'autre - la tortue. Lorsqu'elle fut fatiguée, elle reprit la pierre et hésita. Elle jeta un coup d'œil circulaire au cas où sa mémoire lui ferait défaut. À trois pas de là, il y avait une autre pierre qui ne ressemblait pas à une tortue, mais elle se dit que, dans la panique, elle s'était peut-être trompée. Elle creusa un deuxième trou sous le deuxième repère, mais là non plus, il n'en sortit rien. Elle courut appeler son mari, ils retournèrent la terre dans la cour durant tout l'après-midi, en vain. L'argent avait disparu. Folle de chagrin, elle accusa son mari de tout et ne lui adressa plus la parole jusqu'aux noces.

La mère de Hava n'était pas prête, elle non plus, pour les noces. Elle alla rendre visite à sa voisine Kadrié en colère pour lui demander conseil, mais cette dernière lui ferma la porte au nez. En attendant d'avoir une idée,

Nazifé s'assit sur le banc devant sa maison, et c'est à ce moment précis qu'apparut la voyante guérisseuse à qui Hava avait donné à manger quelques années auparavant. Elle lui fit part de son malheur et l'autre proposa de l'aider. De sa grand-mère, elle tenait que, pour qu'un couple soit solide, le plus important était le lit.

— L'homme a un visage sous le soleil, un autre sous l'édredon, dit-elle avec un clin d'œil.

— Je dois leur offrir un matelas ?

— Oui mais pas n'importe lequel, un *djidjich*[24] !

La voyante guérisseuse confia une vieille recette de Tsigane pour entretenir le désir chez l'homme et la sève chez la femme :

— Tu verras ! Sur ce matelas, on ne fait que des gaillards !

Des jours durant, elles cardèrent la laine, jusqu'à ce qu'elle devienne aussi blanche que le lait. Dans sept chaudrons, elles firent bouillir des plantes parfumées, trempèrent des quantités égales de laine et la laissèrent ainsi durant trois jours et trois nuits. Elles la cardèrent de nouveau, pour qu'elle devienne aussi légère que le vent. Elles la filèrent et en firent de menues tresses. Chaque parfum avait sa place précise dans ce bouquet complexe d'arômes. Pendant tout ce temps, la voyante guérisseuse chantait d'antiques chants et récitait des prières arabes. Kadrié, la voisine en colère, se joignit à

---

24. Bon, douillet (*ciciş* en turc).

elles deux, sa fureur n'était pas passée, mais elle ne put résister à la curiosité. En une dizaine de jours, les trois femmes, ensemble, terminèrent le travail et cousirent les extrémités du matelas nuptial avec un fil d'argent.

Avant que les deux autres ne repartent, Nazifé voulut ranger les outils et elle remarqua qu'une des aiguilles manquait. Elle s'agenouilla sur le matelas et se mit à le tâter. La voyante guérisseuse s'accroupit elle aussi pour la chercher, une si grande aiguille, où pourrait-elle disparaître ? Leurs vains efforts furent interrompus par le commentaire agacé de la voisine :

— La belle affaire, qu'elle ne soit pas là. Pourvu qu'elle atterrisse dans le derrière du marié, ça lui apprendra !

Mais elle ne se ficherait pas dans le derrière du marié. L'aiguille s'était cachée si profondément qu'il lui faudrait des dizaines d'années avant qu'elle ne réapparaisse subitement et ne change l'histoire de quelqu'un d'autre.

Les préparatifs, en fin de compte, n'eurent guère d'importance pour Hava, car du jour des noces, mais aussi de ce qui suivit, rien ne serait conservé dans la chambre poussiéreuse de sa mémoire. Dans sa grande vieillesse, elle se retrouverait dans la pièce à ras le sol de sa grand-mère, entre les poules et les anciens livres sur les prophètes, et c'est quelque part par là qu'elle passerait le restant de ses jours, calée dans ses années les plus heureuses.

LE JOURNAL DE YOUSSOUF

LE GARÇON DES RÊVES

Lorsque j'étais jeune, j'affirmais que tous les secrets
des jours je les avais percés. Ah, sottises sans fin !
Maintenant je comprends que je ne comprends rien,
mon chemin était désert, comme la nuit les maisons de thé.
OMAR KHAYYAM

Il faut croire que j'étais bête, disait grand-mère Hava lorsqu'on lui demandait ce qu'elle avait bien pu voir de si extraordinaire, alors, dans ce rustre :

— Il se met à te regarder de travers, froncer les yeux, réunir ses sourcils, la cigarette d'un côté, un vrai laideron, il te dit quelque chose et la dernière idée qui te vient à l'esprit est de lui refuser !

Elle n'avait jamais réfléchi à ce qu'aurait pu être sa vie s'il n'y avait pas eu « le grand-père de ton père ». C'est seulement après sa mort, l'hiver de 1990, le soir qui suivit son enterrement, que Hava se rappela les paroles du vieux Hadji et les répéta avec soulagement :

— Un mal en moins. Amen !

Sa plus jeune belle-fille, Meryem, enlevée par son petit-fils presque aussitôt après leur retour de Turquie, l'entendit et ne put en croire ses oreilles. Pour elle, grand-père Adem était le vieillard des contes. Le premier matin après son enlèvement, ayant peur de se montrer dehors, elle sortit de la chambre d'Alkan et, dans la cour de la maison, elle le vit et supposa que c'était le grand-père de son futur époux. Adem la remarqua et, sans enlever la cigarette de sa bouche, il tordit les lèvres de manière peu naturelle et la salua :

— Bonjour, dit-il, comme s'ils se connaissaient depuis toujours.

Meryem comprit qu'elle faisait désormais irréversiblement partie d'une famille dont elle ne connaissait pas encore les membres. Elle se rappellerait grand-père Adem avec sa chemise blanche, usée mais propre et soigneusement repassée, sa moustache qui blanchissait, l'odeur d'eau de Cologne et les quelques abeilles qui ne le quittaient pas.

— Bonjour, lui répondit-elle.

— Tu veux bien aller au magasin m'acheter des cigarettes ? Arda, sans filtre.

Elle n'arrivait toujours pas à croire qu'elle était mariée. Pourtant, c'était la vérité : la nuit précédente, à une heure, elle avait entendu une voiture s'arrêter devant leur maison, elle avait vu la lumière des phares et s'était souvenue de la semaine durant laquelle on les avait retenus à la frontière. On les avait contraints à quitter leurs villages, à ficher le camp du pays, mais de l'autre côté, on ne leur avait toujours pas délivré d'autorisation. Elle ne savait pas qu'elle reviendrait un jour, elle pleurait. C'est alors que s'était approché Alkan, il s'était présenté par son prénom et lui avait promis, lorsqu'ils reviendraient plus tard, de la prendre pour femme. Ils s'étaient engagés presque pour plaisanter, mais elle l'avait attendu, sinon, comment aurait-elle su aussi immédiatement que c'était lui. Elle s'était faufilée sans bruit, en faisant attention de ne pas réveiller ses parents, avait ouvert la porte avant de la jeep et pris place près du chauffeur.

— J'ai tenu ma promesse, dit Alkan.

— Je tiens la mienne, lui répondit-elle.

Meryem marcha longuement avant de trouver un magasin, puis elle ferma les yeux, imagina l'endroit et atteignit la baraque de Chombi[25] Ismaïl. Arda sans filtre, dit-elle à la vendeuse. La vieille mère de Chombi la toisa sévèrement et, de sa voix éraillée trahissant une longue vie de fumeuse, elle lui demanda si elle n'était pas, par hasard, la belle-fille de grand-père Adem. Meryem rougit sans répondre. Elle rentra à la maison, remit les cigarettes et entra dans la cuisine. Grand-mère Hava l'attendait avec deux cafés qui venaient juste d'être faits. Elles ne cessaient pas de regarder par la fenêtre. Peu après apparut à son tour Alkan, revêtu d'une tenue de camouflage, un fusil à double canon sur le dos et une douzaine de cailles à la ceinture. Meryem en déduisit que son époux était sans doute un chasseur et ce fut la première chose qu'elle apprit le concernant.

---

25. Le gros (NDA).

Le sourire d'Alkan se colla à la vitre de la fenêtre et embua presque tout le cadre de son souffle.

— Comme il est beau, se dit-elle.

Alkan entra dans la cuisine, il jeta le gibier sur la table avant d'aller jouer au tennis de table avec des amis. La grand-mère demanda à sa nouvelle belle-fille de l'aider, elles prirent place sous le poirier de la cour et entreprirent de plumer les cailles. Le silence tourmenta Meryem, ses yeux devinrent humides, une larme coula sur ses pommettes, goutta sur l'oiseau qu'elle tenait dans sa main et vint se dissoudre dans la tache sanguinolente. Le vent ballottait les feuilles du poirier, sifflait de sa bouche invisible, tandis que dans l'air un pressentiment confus se faisait de plus en plus pesant.

Vers midi, les vents du pressentiment s'apaisèrent et devant la maison vint se garer la même voiture que celle de la veille au soir. Il en sortit un homme d'âge moyen qui avait le même sourire qu'Alkan sur le visage et la même calvitie que grand-père Adem sur le crâne. Koudret, son futur beau-père, marchait lourdement, les coups de talons de ses chaussures retentissaient, sonores, sur la dalle de béton. Durant le déjeuner, toute la famille fixa sur lui des regards remplis d'attente.

— J'ai parlé avec ses parents, tout va bien. J'ai aussi déterminé une date pour les noces, dit Koudret, feignant la distraction.

— Dans ce cas, vive la mariée, s'écria Alkan en levant son verre d'ayran en guise de toast.

Il saisit son épouse par la main et la fit monter dans la voiture. Tandis qu'ils traversaient le village, il lui présenta les habitants le long de la grand-rue. Les noms de tous ceux qu'ils croisaient étaient accompagnés des liens de parenté, comme s'ils étaient les frères, sœurs, neveux, enfants et petits-enfants d'une même grande famille.

— Tu en as beaucoup, des parents, s'exclama Meryem.

— C'est mon arrière-arrière-grand-père, le Hadji, qui en est la cause. Dans tous les coins du monde nous avons de la famille.

Il devait avoir cinq ou six ans, un hiver, il était en train de faire un bonhomme de neige dans le jardin quand, devant la maison, s'était arrêtée une luge avec un vieil eskimo portant un colback et une pelisse en peau d'ours blanc, qui avait dit qu'il était le petit-fils du vieux Hadji, avait salué ses cousins et était parti vers le nord. Les histoires de famille eurent un effet encore plus saisissant lorsqu'Alkan tourna sur le chemin de terre et fonça à toute vitesse à travers les flaques. Meryem agrippa solidement la poignée de la portière et éclata de rire. Ils tournèrent vers le trou d'eau d'Ibriam aga. À l'une des extrémités de la berge se dressait un énorme socle en béton avec le buste de Kemal Atatürk.

— C'est mon arrière-grand-père, Reudvan, dit Alkan. Au moment de la collectivisation, il aurait refusé de donner ses chèvres au TéKéZéCé[26] et les miliciens l'auraient frappé à mort. Récemment, les gens du village en ont fait la première victime du régime dans notre contrée, presque un saint. Ils ont décidé d'honorer sa mémoire, mais malheureusement personne ne se rappelait son visage. Ensuite, ils ont fait venir un sculpteur de la ville pour qu'il dessine des esquisses d'après les souvenirs des villageois les plus âgés... et, pour finir, voici ce que ça a donné.

Meryem ne saisit ni l'humour ni l'absurdité de l'histoire, mais se sentit triste.

À l'horizon émergea une mer couleur lilas, par les ouvertures des fenêtres un parfum capiteux fit irruption. On entendait à peine le moteur de la voiture, comme si l'espace créait un vide. Ils mirent le pied sur la terre meuble, y laissant des traces. Alkan fit le tour des touffes, il cueillit des tiges de lavande pour en faire une couronne de fleurs et embrassa sa femme sur les cheveux. Presque en pleurs, Meryem posa ses deux mains sur son ventre et de tout son cœur aima l'enfant qu'elle élèverait de cet homme.

Les événements se précipitèrent à une telle vitesse que les jeunes mariés n'eurent même pas le temps de découvrir la relique familiale, le matelas de noces de grand-père Adem et de grand-mère Hava sur lequel avait été conçu leur premier enfant, ainsi qu'Alkan.

---

26. Acronyme désignant les kolkhozes bulgares.

C'est ainsi que, pour toujours, on espérait voir se perpétuer la tradition.

Durant la grossesse, grand-mère Hava allait souvent rendre visite à Meryem, elle touchait son ventre et attendait de sentir bouger « le petit Adem ». Mais, lorsqu'il naquit, l'arrière-grand-mère s'indigna : l'enfant portait non pas le prénom de son défunt mari, comme il convenait, mais celui du meilleur ami d'Alkan, du club de tennis de table. Youssouf vint au monde pendant un orage et il ne pleura pas. Ses yeux regardaient dans toutes les directions, il donnait des coups de pied, tétait et régurgitait, mais il ne pleurait pas. Toute la famille, et presque tout le village, s'en inquiéta. Dans la maison passaient des parents et des amis désireux de voir cet étrange enfant, ils espéraient être les témoins de ses premiers pleurs, mais chaque fois ils repartaient déçus. Puis ils acceptèrent l'enfant tel qu'il était. Seule Hava, avec sa grande sensibilité à l'égard des lois naturelles, ne pouvait se résigner. Elle guettait le bon moment pour faire peur au garçon par d'horribles grimaces, lui grondait à la face, lui pinçait les cuisses, mais elle ne recevait en réponse qu'un regard accusateur. Alors, c'était elle qui fondait en larmes et se pinçait devant lui pour lui montrer qu'elle avait compris sa propre bêtise. Youssouf la regardait fixement, mais son regard était aussi vide que celui d'un aveugle.

Ce n'est que vers sa première année, un dimanche, que tout à coup il se mit à pleurer. Au début, Hava s'en inquiéta, puis elle s'en réjouit et, pour finir, elle s'en attrista car l'enfant pleurait non pas pour quelque objet du monde, mais à cause de ce qu'il voyait dans son rêve. Elle comprit que, durant tout ce temps, Youssouf n'avait fait que rêver les yeux ouverts et que maintenant seulement il s'était réveillé à la vie. À partir de ce jour-là, Hava commença à lui raconter la vie des prophètes, comme l'avait fait jadis sa grand-mère, pour le préserver de la peur et pour qu'il ne se perde plus dans le monde des cauchemars.

•

— Grand-mère, demandait le petit Youssouf, assis sur les genoux de Hava, comment il a été créé, l'homme ?

— Lorsque grand-père Dieu a créé le monde, il a fait les plantes et les animaux, mais il n'avait personne avec qui parler. Dans une bassine, il a versé quelques poignées de terre, un peu d'eau et il a mélangé la pâte destinée à l'homme. Il s'est regardé dans le reflet de l'eau et a fait de la boue son image. Il a laissé l'homme cuire au soleil, tandis que lui-même allait faire un somme de quelques heures. Pendant ce temps, Iblis[27] a trouvé l'homme et, jaloux, l'a criblé de trous. Grand-père Dieu s'est réveillé, il a vu ce qu'avait fait le diable,

27. Nom arabe d'une figure du Coran que l'on assimile au diable des chrétiens.

s'est fâché contre lui et, pour le punir, l'a transformé en serpent. Il est revenu près de l'homme, a comblé les trous mais n'a pas réussi à l'arranger totalement. C'est la raison pour laquelle nous sommes ainsi, nous, les humains, nous ressemblons au Seigneur, mais nous sommes entièrement rapiécés, comme le pantalon de *baï*[28] Hassan qui fend du bois dans les cours des gens. Ensuite, grand-père Dieu a soufflé au visage de l'homme et l'a éveillé à la vie. Il l'a appelé Adem. Mais il ne le voyait plus à son image et il ne l'a pas cherché pour qu'ils conversent ensemble. Au bout d'un certain temps, il a eu pitié d'Adem qui arpentait, solitaire, le jardin d'Éden et, à l'image des autres animaux, il a fait une femelle pour l'animal humain. Il n'a pas eu le courage de pétrir à nouveau de la glaise, il a pris l'une des côtes d'Adem et en a créé la femme qu'il a appelée Hava.

— C'est de la côte de grand-père que le Seigneur t'a créée ?

— Ce n'est pas nous, cet Adem et cette Hava ont vécu bien avant nous.

— Comment tu te souviens de tout, puisque tu n'étais pas là ?

— Ma grand-mère y était. C'est elle qui me l'a raconté.

— Et ensuite, que s'est-il passé ?

---

28. Terme d'adresse marquant le respect envers tout homme de la génération du père.

— Le Seigneur leur a montré le paradis. Tout ce que vous voyez, a-t-il dit, est à vous, mangez de tous les fruits. Il leur a montré deux arbres, dont l'un était un mûrier - l'Arbre de vie -, l'autre un pommier - l'Arbre de la connaissance -, mais celui-ci, ils ne devaient pas y toucher.

— Pourquoi ?

— Parce qu'ils mourraient, leur a dit grand-père Dieu. Adem et Hava lui ont obéi, mais Iblis - tu te rappelles qu'à cause de l'homme il avait été transformé en serpent - a voulu se venger. Il a tenté Hava en l'incitant à manger le fruit défendu. Elle a joliment croqué dans une pomme, ça lui a même plu, et alors elle a tenté à son tour son mari. Le Seigneur est devenu furieux, il a ouvert grand les cieux et a chassé Adem et Hava du paradis. Quant au paradis, il est demeuré à la fois merveilleux et vide sans les humains.

— Adem et Hava, ils sont morts ?

— Non, ils sont tombés du ciel et ici, sur Terre, comme tu le sais déjà, il n'y a pas de vie éternelle, tout ce qui est vivant meurt et ensuite, autre chose naît.

— Ils étaient tristes en pensant au jardin d'Éden ?

— Arrête avec tes questions. Est-ce qu'ils étaient tristes - comment veux-tu que je le sache ?... Ils ont oublié le jardin d'Éden, ils n'y retournaient qu'en rêve.

— Ils-n'y-re-tour-naient-qu'en-rêve...

Il ne comprit pas le sens de ce retour, mais mémorisa la phrase. Ces années-là, Youssouf jouait à répéter de nouvelles combinaisons de mots et à les méditer. Les épreuves de la journée se fondaient naturellement en aventures vécues en rêve. Le quotidien était une expérience très dense pour les sens, qui se déployait sans cesse en arômes et matières. Il se réveillait au son de la radio que grand-mère Hava allumait très tôt le matin pour en monter le volume à fond sans plus l'éteindre jusqu'au soir. La maison s'agitait, de tous les côtés retentissaient bruits de pas, assiettes qu'on avait fait tomber par terre et, parmi eux, quelque juron bien senti de la grand-mère qui, sinon, était dévote.

Un peu plus tard, par les interstices des fenêtres faisait irruption une odeur de plat cuisiné, comme si la cuisine déménageait dans sa chambre. C'est ainsi que commençait la journée.

Le petit déjeuner se transformait en batailles incessantes menées par la grand-mère avec le matou blanc qui attendait l'arrivée du garçon pour s'incruster ni vu ni connu auprès d'eux. Ensuite venaient à tour de rôle voisines, parentes et amies de grand-mère Hava. Elles ne s'attardaient pas, ne gênaient pas, refusaient de boire ou de manger, peut-être d'ailleurs ne savaient-elles pas elles-mêmes pourquoi elles venaient, mais elles occupaient toute la matinée de la grand-mère qui, après leur départ, se sentait toujours épuisée. À bout de forces, elle parvenait à faire le déjeuner, envoyait chacun vaquer à ses occupations et se retirait béatement dans sa chambre pour une petite sieste. La maison devenait silencieuse un moment. Il n'y avait que la radio qui continuait de fonctionner, cette machine inlassable encore plus bavarde que les amies de grand-mère Hava. Mais dans la chambre de Meryem, le silence se ressentait encore plus fortement. Retenant sa respiration, Youssouf entrouvrait sa porte et l'observait les yeux rivés sur cette chose inutile nommée livre. Il restait ainsi un court instant et sortait pour aller jouer dans le jardin fleuri, pourchassait le matou, errait de pièce en pièce avant de revenir auprès de sa mère. Il la trouvait dans la même position, collée à sa chaise. Pour finir, n'y tenant plus, il brisa le silence en lui demandant ce qu'elle faisait.

— Je lis, répondit Meryem.

Elle le dit tellement bas que Youssouf parvint à peine à entendre toutes les lettres. Il répéta les deux syllabes et ressentit un tel chatouillement au palais qu'il éclata de rire...

Aujourd'hui encore, lorsque Sara s'approche de ma chambre et, me voyant entouré de livres, me demande ce que je fais, je réponds « je-lis » et ressens presque le même chatouillement qui me fait sourire.

Un jour, la radio de grand-mère Hava se tut. Dans toute la maison se répandit la sensation d'une absence inconnue jusqu'alors. Le garçon demanda ce qu'avait la radio.

— Elle est en panne, dit Hava.

Youssouf fixait du regard les étroites fentes sur la boîte d'où, jusqu'à la veille encore, retentissaient tellement de chansons et d'histoires qui n'existeraient plus, et il comprit qu'en réalité la radio fonctionnait toujours sauf qu'à la place de la musique elle émettait du silence. Une pensée analogue lui viendrait à l'esprit, plus tard, tandis qu'il examinerait de vieilles photos de ceux qui lui étaient les plus proches. Mais, en cette fin d'après-midi, la grand-mère fourra l'engin en panne dans un sac, dit à son arrière-petit-fils de ne pas être triste pour des bêtises et de la suivre.

— On va l'emporter où ?

— Chez ton grand-oncle. Lui, il la réparera.

— Grand-oncle... Il est qui pour moi ?

— Ton grand-oncle. Et moi, c'est mon fils.

— Je croyais que c'était mon grand-père, ton fils ?

— Tous les deux, ils le sont.

— Dans ce cas, pourquoi je ne l'appelle pas grand-père ?

Les nerfs de grand-mère Hava ne purent en supporter davantage et la discussion se termina comme à l'accoutumée :

— Quand tu seras grand, tu comprendras !

Cette promenade était la plus longue dans la vie du garçonnet. L'oncle Hikmet habitait à l'autre bout du village. En apprenant jusqu'où ils devaient aller, Youssouf dit qu'il valait mieux qu'ils rentrent :

— Il est impossible de faire un si long chemin, et en plus à pied.

— Ton aïeul, le Hadji, il est allé jusqu'à La Mecque.

— Lui aussi, c'est ton fils ?

— Non, c'est le grand-père du grand-père de ton père.

Sur cette dernière réponse, Hava s'empressa d'accélérer le pas pour devancer la question suivante qui perçait déjà dans le regard de Youssouf.

La maison de l'oncle Hikmet était vieille, quelconque, avec une immense cour. La porte s'ouvrit en grinçant, la grand-mère appela plusieurs fois son fils, qui apparut à l'entrée du garage au portail vert. Pendant que Hikmet étudiait la panne de la radio, le garçonnet examina l'atelier. Sur les murs étaient accrochés les portraits en noir et blanc de vieillards barbus, Youssouf reconnut le plus âgé d'entre eux :

— Le grand-père du grand-père de mon père. Le Hadji !

Hikmet éclata de rire et se hâta de démentir cette supposition.

— Le « Hadji » sur cette photo s'appelle Dmitri Ivanovitch Mendeleïev et, malheureusement, ce n'est pas notre grand-père.

C'était la première fois que Youssouf entendait pareil nom, il ne ressemblait à aucun de ceux qu'il connaissait. Par habitude, il commença à l'épeler, mais il se perdit dès le début. Il ouvrit de grands yeux, ébahi, et l'Inventeur vit en lui son ancien reflet. Il lui fit visiter l'atelier, lui montra l'établi avec les outils, autour d'eux, plantées à des clous pendaient des feuilles couvertes de schémas. Par terre, éparpillées les unes sur les autres, des inventions ressemblant en tous points aux dessins sur les feuilles. Ils s'arrêtèrent un instant devant les étagères aux bocaux. Il y avait une grenouille éviscérée, un serpent entortillé, un embryon de cheval et un cerveau de cochon, préparés et conservés dans des bocaux de formol. Où Youssouf était-il tombé ? Tout au fond du garage étaient fixés d'immenses rayonnages encombrés de livres qui n'étaient pas colorés comme ceux de sa mère, mais unis et épais comme des briques. Pour quoi tous ces livres pouvaient-ils servir à l'Inventeur ?

— Sais-tu comment ils s'appellent ? questionna Hikmet.

— Des livres..., répondit Youssouf.

— Et à quoi servent-ils ?

— On les lit ?

— Et qu'est-ce que ça veut dire, lire ?

Youssouf n'était pas très sûr, et il dit la première chose qui lui vint à l'esprit.

— C'est comme rêver, mais les yeux ouverts.

L'Inventeur pouvait continuer encore longtemps, mais grand-mère Hava était pressée :

— Allez, c'est l'heure de dîner !

Hikmet démonta la radio. Penché au-dessus de la boîte à musique démantibulée, Youssouf ne cessait de poser des questions auxquelles son grand-oncle répondait dans le détail. Rien ne le poussait à esquiver par la combinaison de mots salvatrice : « Quand tu seras grand, tu comprendras. » Il savait tout.

— On est en retard, on est retard ! répétait Hava.

— Encore un peu, grand-mère, encore un peu, suppliait Youssouf.

La surface de l'établi se recouvrit des entrailles de la radio. Youssouf regardait et n'en croyait pas ses yeux. Il n'avait pas soupçonné que cette simple boîte, avec quelques boutons au-dessus et une antenne cassée puisse contenir autant de secrets.

— Tout ce que l'œil ne voit pas, disait l'Inventeur, possède en son cœur un noyau invisible, palpitant et brûlant. C'est ainsi que fonctionne la machine.

Je pense qu'on peut en dire autant de la vie, même si, à l'époque, je n'ai pas pensé à le souffler à mon grand-oncle.

Il était stupéfiant de se dire que bientôt les innombrables pièces retrouveraient leur place et que la radio marcherait de nouveau. Pour finir, lorsqu'ils appuyèrent sur le bouton rouge et qu'à travers les interstices de la boîte la musique retentit, il se produisit ce que grand-mère Hava aurait appelé « magie ». L'Inventeur apporta l'un des livres du rayonnage. Il l'ouvrit et montra à son petit-neveu un schéma électrique complexe :

— Tout est écrit, il suffit de savoir le déchiffrer.

C'est à partir de ce jour que commencèrent les aventures de Youssouf comme inventeur. Les heures du début de l'après-midi devinrent le moment le plus propice aux péripéties. Le territoire du jeu s'agrandissait peu à peu. Le garçonnet ne se bornait plus au jardin fleuri, il faisait le tour des recoins les plus cachés de la maison. Il fouillait, à la recherche d'objets anciens et inhabituels, essayait autant que possible de deviner à quoi ils étaient destinés, puis les remettait en place afin que les grands ne soupçonnent rien. Si quelque chose lui plaisait beaucoup, il se permettait de le dérober. Grand-mère Hava se plaignait de la disparition, encore une fois, de la lampe à gaz par exemple, ou du moulin à café, mais personne ne lui prêtait attention. Son fils Koudret songea même à l'emmener passer une visite prophylactique : n'étaient-ce pas là les premiers signes de démence sénile ?

— Comment oublierais-je quelque chose que je n'ai pas touché ! s'indignait Hava.

Youssouf observait la pagaille dont il était la cause, il en riait intérieurement et se croyait totalement invisible. En réalité, ses parents le voyaient mais à l'époque ils estimaient encore que ses facéties étaient innocentes. Grand-mère Hava se priva de sa petite sieste de l'après-midi et décida de le guetter. Elle fit semblant de s'endormir et attendit qu'il s'agite dans la maison. Elle l'entendit entrer dans la cuisine, fouiller dans le tiroir aux couverts et se faufiler silencieusement dans l'arrière-cour. Il était évident pour elle qu'il manigançait quelque chose. Elle arriva à point nommé pour les surprendre agrippés, le matou blanc et lui, et se vautrant par terre. D'une main, le garçonnet serrait la tête de l'animal, tandis que, dans l'autre, dépassait la lame de l'énorme couteau de cuisine. La grand-mère saisit le couteau et cria – qu'est-ce que c'étaient que ces âneries ?

— Je l'ouvre pour voir ce qu'il y a dedans, répondit Youssouf.

Ses parents apprirent ce qui s'était passé. Ils expliquèrent que les chats ne « s'ouvraient » pas comme les machines ou, du moins, qu'il était impossible, ensuite, de les assembler de nouveau. Le garçonnet comprit la différence, il promit de ne pas réitérer l'expérience, mais désormais ils se méfiaient de lui. Ils le voyaient demeurer à l'écart, le regard sombre, écoutant en douce leurs conversations. À quoi pouvait-il bien penser ? Cette curiosité excessive atteignit ses limites lorsque, une nuit, Meryem se réveilla et vit la silhouette de son fils dans l'embrasure de la porte entrebâillée de la chambre. Depuis quand était-il là ? Youssouf ne s'en souvenait pas. Ils parlèrent avec lui, essayèrent de lui faire passer ses habitudes, mais la seule solution qu'ils trouvèrent fut de ne pas le laisser sans surveillance. Plus ils faisaient attention et le suivaient, plus il guettait les moments propices aux péripéties. Les petites vieilles qui venaient rendre visite dans la maison, averties par Hava, commencèrent à garder leurs cannes et leurs galoches. La présence continuelle d'invités imposait que l'on serve de la vaisselle supplémentaire. Youssouf observait son père en train de placer l'échelle en bois contre le mur dans la vieille maison de grand-père Koudret, y grimper, déplacer la petite porte du grenier, continuer plus haut et disparaître dans le noir. De là, Alkan poussait des cris, prétendait qu'il y avait des rats et redescendait hors d'haleine.

— J'ai eu du mal à m'en tirer, disait-il.

Youssouf n'en croyait rien mais il ne trahissait pas son désir de vérifier par lui-même. Lors du énième rassemblement familial, il se produisit un beau charivari - des parents vinrent en nombre de Turquie. Quand les adultes s'enfermèrent dans la cuisine pour évoquer le passé, il remarqua que, dans la cohue, son père avait oublié d'enlever l'échelle. Il profita de l'occasion pour monter dans le grenier. Dès qu'il eut mis le pied sur sa surface, il eut l'impression de s'enfoncer jusqu'à la cheville dans la saleté. Dans l'obscurité se détachaient deux taches claires. L'ouverture carrée de la petite porte éclairait les poutres couvertes de toiles d'araignées, tandis que la lucarne, sur le toit, étalait un long sentier de lumière sur la poussière du sol. Ses yeux s'habituèrent à la pénombre et Youssouf distingua les contours de l'espace. Il était immense, toute une maison au-dessus de la maison qu'il connaissait.

Il avança avec précaution à l'intérieur, en proie à la peur et à la satisfaction. Il trouva un carton rempli d'assiettes et de casseroles, rien d'intéressant. Au fond, sous le plafond mansardé, il tomba sur un vieux coffre orné de jolis motifs. Il l'ouvrit : que des vêtements et des chiffons. Il trébucha contre un appareil en bois qui ressemblait aux schémas de son grand-oncle. Plus tard, il apprendrait que c'était l'ancien métier à tisser de grand-mère Hava. Il atteignit l'unique lucarne. Essaya de l'ouvrir, mais la poignée était rouillée. Il essuya la vitre avec sa manche et regarda dehors. Comme c'était haut ! Il avait l'impression d'être plus proche des nuages que de la terre. À côté, sur le sol, il trouva une boîte semblable à une maisonnette pour oiseaux, mais aussi à une pendule. Tout en l'examinant, il tâta une petite clef qui dépassait, il la tourna. Des ressorts et des roues craquèrent, et à la petite fenêtre au-dessus du cadran apparut un coucou tout entier qui se mit à pousser un coucou avec un timbre métallique. Le garçonnet poussa un grand cri et laissa tomber la boîte. Sur la poutre, au-dessus de sa tête, de petites pattes se mirent à courir, les casseroles à tinter dans le carton, le couvercle du coffre se referma bruyamment, comme si les entrailles du plafond se mettaient en branle, à l'instar des rouages de la pendule.

Youssouf atteignit la sortie à grand peine, mettant si brusquement les pieds sur l'échelle qu'il la renversa. Il cria de toutes ses forces, mais personne ne l'entendit. Derrière lui, le coucou continuait à faire coucou, les poutres grinçaient et tambourinaient de partout, comme si elles allaient éclater et faire éclore le terrifiant visage de l'obscurité. Il pensait ne plus jamais pouvoir redescendre, on l'avait oublié, et personne ne songerait à le chercher. Il hurla désespérément jusqu'à en perdre la voix... C'est alors qu'apparut grand-père Koudret. Il tendit les bras vers l'ouverture, dit à Youssouf de ne pas avoir peur et de sauter. Comme il était grand, son grand-père ! Et il apparaissait toujours. Vêtu de son gilet en peau, de sa chemise noire et de son pantalon vert à carreaux. N'aie pas peur, disait-il, je suis là...

Pourrais-je l'oublier un jour ?

LES CHAMPS DE LAVANDE

Dès l'instant où le cheval céleste fut sellé,
les étoiles s'enflammaient sur le bleu de la nuit,
tout fut tracé, tout, au tribunal de l'éternité
pourquoi se sentir coupable en cet instant désiré.
OMAR KHAYYAM

Au-dessus de la cheminée en pierre était accrochée une carte postale jaunie, pliée au milieu, comme si elle avait été longtemps rangée dans une poche. En bas, à droite, étaient écrits les mots suivants : *Pour mon cher ami Coudrette de la part de Jean-Pierre*[29]. Youssouf ne pouvait les déchiffrer mais il voyait son grand-père rester immobile et silencieux devant la carte. Il la regardait lui aussi.

— De mon ami Jean-Pierre, disait Koudret. Un cadeau de la Provence française !

Il aimait raconter son histoire. C'était au moment du labour, un jeudi de la fin des années 1970. Seul au milieu du champ, alors qu'il manœuvrait pour la énième fois avec son tracteur, il avait remarqué une

29. Cette phrase est en français dans le texte bulgare.

voiture occidentale enlisée dans la boue. Il était accouru pour aider l'étranger, lui avait demandé qui il était et ce qui l'amenait dans le coin, toutefois, il n'avait rien compris de son français de Marseille. Jean-Pierre pataugeait dans la boue en costume blanc, il agitait énergiquement les bras en expliquant qu'il s'était trompé de chemin, avait pris par les champs et qu'ensuite sa voiture s'était enlisée dans une flaque, alors qu'il était pressé, bref des trucs que Koudret n'avait réussi à saisir que par la langue des mimiques et des gestes. Il l'avait aidé, l'avait invité chez lui, lui avait donné à boire et à manger, avait mis dans son coffre un bidon d'eau-de-vie et une citrouille. Le Français avait été drôlement étonné par tant d'attentions de la part d'un étranger dont il n'arrivait même pas à prononcer correctement le prénom. Koudret aussi avait été drôlement étonné, il lui avait demandé : « Vous vivez bien, là-bas ? » mais rien qu'en observant les manières de l'étranger, il avait répondu lui-même à sa question. Il avait pris congé de Jean-Pierre en l'enlaçant sans savoir encore que cette rencontre demeurerait son seul contact avec l'autre civilisation. Au moment de partir, le Français avait offert deux pots de lavande à la femme de Koudret, puis il s'était mis en route.

Arrivé à ce point de son récit, Koudret allumait toujours une cigarette. « La suite, tu la connais », disait-il, et il gardait le silence. Youssouf n'avait jamais entendu la suite de l'histoire, ni sa fin, pourtant il ne posait pas non plus de questions. Il y avait des choses dont il ne fallait pas parler. Des sujets qui suscitaient le silence. Durant ces minutes-là, même de grand-père Koudret commençait à émaner du silence. Youssouf ne le comprenait pas totalement, mais il sentait que par sa présence il comblait d'une certaine manière le vide chez son grand-père. À cette époque-là, il ne connaissait pas encore le mot « solitude », cette faille particulière du manque. Que de manques, en fait, il y avait. Et chacun avait ses propres signes distinctifs. Grand-mère Hava n'oubliait pas la faim et l'indigence dans les hameaux, les longs hivers avec les caves vidées et le bétail tremblant dans l'enclos ou sous l'auvent. Elle se rappelait les nuits d'insomnie de la famille grelottant de froid sous la fine natte de feuilles de maïs. Une grande partie des villageois vivaient aujourd'hui encore au seuil de la misère, leur manque était semblable à celui de l'enfance de Hava, mais en plus tolérable, semblait-il. Dans le cas d'Alkan et de Meryem, il en allait tout à fait autrement, la jeunesse a des manques particuliers, indéfinissables et insatiables.

Youssouf pensait-il à tout cela ? Peut-être le sentait-il seulement ? Il y avait un autre manque, spécifique, le plus difficile à percevoir, parce qu'il était invisible. Youssouf observait les gestes et le chuchotement doux de sa grand-mère au-dessus du petit tapis de prière, il s'efforçait d'en deviner le sens. Le silence de sa mère au-dessus des livres qu'elle lisait suscitait la même confusion. Il savait qu'il s'agissait de la même chose... Elle était partout et tissait une toile de fils transparents – de l'avidité avec laquelle grand-père Koudret tirait sur sa cigarette à l'air renfrogné de son père rentrant de la chasse avec des cartouches vainement gaspillées. La voisine bavarde qui venait rendre visite à grand-mère Hava mit un jour un foulard noir et sa voix devint différente. Le voisin Moustafa restait assis du matin au soir sur le banc devant sa maison, attendant quelqu'un ou quelque chose. Et où était Youssouf parmi tous ces manques ? Je ne sais pas. Il ne faisait que poser des questions et accumuler le superflu.

Une nouvelle arriva de la ville : l'intermédiaire, dans la vente d'essence de lavande, venait transmettre des questions qui avaient surgi lors de la négociation de la campagne à venir. Il était entré en contact avec un nouvel acquéreur, un étranger extrêmement prometteur. Ils avaient dû renouveler le contrat et s'acquitter des autres actions de routine. Grand-père Koudret entendit le nom du marchand, s'en étonna puis s'en réjouit avant de se plonger dans des réflexions. Le même étonnement se manifesta chez Jean-Pierre lorsqu'il comprit qu'il avait affaire à son vieil ami. Il l'invita aussitôt personnellement à ce rendez-vous pour lui rendre l'hospitalité comme il se devait, mais Koudret décida d'envoyer son fils et sa belle-fille :

— Ils sont jeunes. C'est bien qu'eux aussi voient un peu le monde.

L'idée de cette excursion imprévue était pour Meryem un cadeau tardif de lune de miel, quant à Alkan, il la prit comme un mal nécessaire. Par la suite, ils décidèrent de combiner ce voyage en France avec une visite à la famille en Turquie, au retour. Ils préparèrent leurs bagages et partirent pour un long périple. Youssouf fut entièrement confié aux bons soins de son grand-père. Koudret l'emmenait partout, il le présentait à ses collègues, lui montrait l'équipement technique de la centrale agricole. Il lui permettait de jouer avec les machines pour qu'il s'y habitue dès tout petit, espérant l'attirer vers ce métier familial. Youssouf posait des questions et mémorisait tout. C'est ainsi qu'un jour il demanda ce qui était écrit sur le nez du tracteur.

— UMS, répondit Koudret. Produit dans l'Usine de construction de machines du Sud.

Peu après, Koudret commença à lui apprendre aussi les lettres. Ils passèrent en revue l'alphabet tout entier et vint le moment de vérifier. Le grand-père eut l'idée de combiner l'apprentissage des lettres avec la mémorisation des mots nouveaux issus de la terminologie agricole. Grosso modo, l'exercice consistait en ceci : Koudret montrait une lettre prise au hasard sur la feuille et Youssouf répondait :

— V ! V comme « vilebrequin ».

— Aaa ! D'« agrégat » !

— R ! Roulement !

— Vanneuse !

— Gedore !

— Piston !

— Pulvérisateur, courroie, starter, timon...

Vint le moment d'organiser la moisson de la lavande et Koudret confia son petit-fils à grand-mère Hava. Pendant qu'elle vaquait à ses occupations domestiques, Youssouf restait gentiment assis sous la treille et dessinait des crochets.

— Quelle félicité, répétait Hava. Il dessine et on ne l'entend pas !

Youssouf n'avait jamais vu son arrière-grand-mère lire ou écrire. Toujours, lorsque le facteur apportait des lettres, elle lui demandait de lui dire par qui elles avaient été envoyées. Si vieille et elle ne sait rien, s'étonnait Youssouf :

— Grand-mère, quand tu étais petite, les lettres n'avaient pas encore été inventées, n'est-ce pas ?

— Exactement. C'est avant-hier qu'on les a inventées !

Youssouf ne la crut pas, mais son arrière-grand-mère avait déjà disparu et il ne put l'interroger plus en détail. Tard, en revenant du travail, son grand-père contrôlait les progrès du calligraphe et donnait des instructions supplémentaires. Mais, un soir, il rentra très tard, alla immédiatement se coucher et annonça :

— Demain, on se lève tôt. La moisson commence !

Les rayons matinaux du soleil de juillet vinrent précocement distraire son sommeil. Son grand-père était déjà en train de boire son café face à la fenêtre de la cuisine en fumant une cigarette. Il avait aussi préparé un verre d'eau sucrée colorée avec un peu de chicorée Inka, qu'il tendit à Youssouf :

— Les hommes boivent du café et fument beaucoup de cigarettes.

Les ouvriers, arrivés plus tôt qu'à l'accoutumée, apprêtaient les machines à la centrale, chargeaient les faucilles et les caisses en plastique. La cour se remplit peu à peu d'hommes et de femmes de tout âge. Un groupe de saisonniers monta sur les remorques, un autre partit en voiture. Grand-père Koudret actionna du pied la manivelle de son vieux sidecar Jupiter 5, hissa son petit-fils dans le panier et tous deux partirent en direction des champs. Les grands-mères, déjà fatiguées par le voyage, étaient allongées à l'entrée du champ. Youssouf bondit hors du panier et s'élança à travers les longues rangées de fleurs violet foncé. Il courait à travers le champ infini, le vent soufflait dans ses cheveux, la sueur coulait sur son visage et rien ne pouvait l'arrêter. Son pantalon léger gonflait dans le vent, se soulevait comme s'il voulait voler, tel un cerf-volant, mais la cordelette nouée autour de ses reins ne permettait pas pareille incartade. Il atteignit le point le plus éloigné du champ, se retourna, regarda la foule derrière lui. La moisson avait commencé. Les gens, minuscules, virevoltaient autour des rangées et ressemblaient à des essaims d'abeilles, ils tournaient autour de la lavande, récoltaient les fleurs et les emportaient dans la hotte en osier. Youssouf se pencha pour démarrer bas, rejeta la tête en arrière pour prendre de la vitesse et parcourut le chemin inverse d'une seule traite. Il s'installa au milieu de l'essaim humain, tenta de s'immiscer dans son travail, mais ils n'étaient guère loquaces - il les gênait et ils s'efforçaient de le faire partir. L'une des grands-mères brandit même la menace des guêpes noires aux yeux rouges dissimulées dans les touffes, mais cela ne lui fit pas peur. Peu après, une abeille se faufila dans son pantalon, Youssouf réussit à retenir ses larmes, mais il ne put cacher le rouge de la honte sur ses joues. Tout en boitillant sur une jambe, il parvint jusqu'à son grand-père, se jeta dans ses bras et éclata en sanglots. Koudret enduisit d'un baume l'endroit piqué et renvoya le garçonnet loin des plants de lavande.

Au bout du champ, à droite, deux garçons jouaient avec un chien efflanqué. Vêtus d'habits dépenaillés, ils ne ressemblaient en rien à Youssouf. Leurs têtes étaient démesurément grosses, leurs yeux vitreux, ils criaient presque en parlant. Youssouf s'invita en leur compagnie et leur demanda comment s'appelait le chien.

— Rex, s'écria Ahmet, l'aîné des frères.

— Mais ce n'est pas un chien policier ?!

Le cadet, Mehmet, protesta, il prit un bâton et le lança bien loin :

— Va chercher, Rexy !

Le chien fut si effrayé par son mouvement brusque qu'il s'enfuit. Mehmet reprit le bâton et les trois garçons attendirent le retour de Rex. Ils décidèrent que ce n'était pas tant le chien qui posait problème que son manque d'éducation policière, qui s'était transformée en entraînement par le jeu en attendant que Rex prenne conscience de sa vraie vocation. C'était la première fois que Youssouf passait du temps avec des enfants de son âge et, même si les deux garçons lui paraissaient un peu nigauds, il y trouvait du plaisir.

Quelques heures passèrent insensiblement, les entraîneurs se fatiguèrent et remirent à plus tard l'apprentissage de Rex.

À midi, les ouvriers s'assirent sur la terre meuble et s'adonnèrent à un festin. Koudret hissa son petit-fils sur sa moto et le ramena au village. Il lui proposa de le laisser à la centrale pour qu'il surveille le travail des tracteurs en disant que c'était une mission très importante et de haute responsabilité.

— Et ne reste pas trop près des tas de lavande ! ajouta-t-il.

La lavande fauchée, lorsqu'il s'agit de grandes quantités, chauffe sous la pression du poids et commence à diffuser des vapeurs denses qui souvent étourdissent les ouvriers. Youssouf n'était pas au fait de ces détails et il n'entendit pas l'avertissement de son grand-père. Le premier chargement de l'après-midi arriva, il l'accueillit devant le portail et, de loin, agita les bras comme un contrôleur. Le tractoriste lui sourit, il déchargea la lavande et repartit vers les champs. Youssouf fit le tour du tas, il mesura en pas son pourtour et calcula le nombre de kilogrammes nets de fleurs.

— Cinq tonnes !

Il escalada la montagne et se mit à sauter sur le trampoline de lavande, ce qui demandait beaucoup d'énergie car il avait du mal à garder l'équilibre sur la surface inégale. Lorsque ses forces se furent épuisées, il fit un dernier saut très haut, retomba, le dos sur le matelas humide de fleurs vivantes, prit une profonde inspiration et ferma les yeux. Il sentit le lourd parfum se nicher dans ses poumons. Ses muscles se détendirent, ses pensées s'envolèrent bien haut, sa respiration ralentit et Youssouf sombra dans un sommeil profond.

Le soleil se déplaça vers l'ouest, le travail avançait, les remorques arrivaient l'une après l'autre, elles se déchargeaient dans la ligne des autres tas. Tous étaient si occupés que personne ne s'inquiéta de Youssouf. Le soir tombant, les moissonneurs rentrèrent à la centrale et, inspectant sous tous les angles les tonnes de lavande sur le plateau, une femme remarqua le garçonnet endormi.

— Voilà où il s'était caché, le petit chef !

D'autres femmes et grands-mères curieuses vinrent s'attrouper. Koudret s'attendrit, il prit doucement son petit-fils dans ses bras et l'emporta. Dès leur arrivée, grand-mère Hava sentit l'odeur. Elle fit chauffer de l'eau dans un chaudron écaillé, remplit également une casserole d'eau froide. Elle plaça le vieux baquet dans la salle de bains, versa d'abord l'eau brûlante, ajouta peu à peu l'eau froide, vérifia avec la main, jusqu'à ce qu'elle soit d'une température agréable pour prendre un bain. Le garçonnet se déshabilla, prit place dans le baquet et la grand-mère commença à lui frotter le dos avec du savon. Elle plongeait la louche en bois dans le chaudron brûlant, mélangeait avec l'eau froide et rinçait la partie du corps savonnée tout en parlant du prophète Moussa – sa mère l'avait caché dans une corbeille en osier, comme le baquet de Youssouf, et l'avait lancé sur le fleuve, le confiant à la volonté du Seigneur. La souveraine l'avait découvert et adopté. Le petit garçon avait grandi puis avait guidé tout son peuple au travers de la mer Rouge...

— Grand-mère, l'interrompit Youssouf, j'ai rêvé que j'étais dans un champ, tout sombre, et qu'il n'y avait rien autour. Quelque chose me poursuivait, je ne savais pas ce que c'était. J'essayais de courir, mais je n'y arrivais pas. Je suis arrivé à un grand trou, je me suis penché, j'ai regardé en bas. Au fond, il y avait une eau noire et je me suis vu dans l'eau, comme dans un miroir. Mais je n'ai pas eu peur, au contraire, c'était si agréable que je voulais ne jamais me réveiller...

Hava était plongée dans son récit. Dans sa tête fit irruption le souvenir depuis longtemps oublié des cauchemars de son enfance lorsque avec sa grand-mère morte elles se rendaient au puits. Elle se rappela aussi le parfum merveilleux qui émanait des profondeurs. C'était le même arôme qui, maintenant, émanait de la peau de son arrière-petit-fils. Il est probable que Hava aurait continué longtemps d'errer à travers les labyrinthes de sa mémoire sans la question inopinée qui la fit oublier de mélanger l'eau et brûler avec la louche très chaude le dos du garçonnet :

— Moi aussi, je vais mourir, grand-mère ?

À l'aube, Hava entra tout doucement dans sa chambre. Elle se dirigea vers la fenêtre, entre ses pas rythmés perçaient des bribes de jurons fleuris. Elle ouvrit bien grand les deux battants et retourna à la cuisine. Peu après, elle fit son apparition vêtue de son tablier brun officiel, prête à sortir. En un tour de main, elle habilla aussi son arrière-petit-fils et l'emmena avec elle.

— On va où ? demanda Youssouf.

— Te faire fondre une balle[30].

La voyante vivait dans l'une des ruelles au bout du village. Sa maison ne se distinguait pas spécialement des autres, si l'on exceptait la présence du vieux cimetière à sa gauche. Elle n'était pas préparée à cette visite, elle avait l'intention de consacrer sa journée à

30. Ce rituel divinatoire de molybdomancie était très répandu dans le monde ottomano-turc et balkanique. Face à un problème, on fait fondre du plomb et l'on interprète les formes qui en découlent pour prédire l'avenir et trouver une solution.

rafraîchir la pièce en vue de prochaines séances. Tous les meubles étaient dans la cour. Youssouf jeta un œil dans le local récemment chaulé, puis il regarda les objets dehors sans pouvoir imaginer qu'ils puissent y rentrer, sinon par magie. Grand-mère Hava confia la raison de sa visite :

— Il a fait un cauchemar et a eu peur !

— C'est pas vrai ! se rebella Youssouf. C'était beau et je n'ai pas eu peur !

— Dans ce cas, raconte ce que tu as rêvé !

— J'ai déjà oublié !

Ils recommencèrent à se disputer comme ils le faisaient à longueur de journée. Et pendant ce temps, Nerimane abla[31] apporta son réchaud à gaz et les invita à entrer :

— Le plomb dira tout.

Tandis que le métal chauffait, la voyante récitait des prières en arabe. Youssouf remarqua que les lèvres de sa grand-mère se mouvaient aussi en un chuchotement tendu dont on ne comprenait pas bien si c'était une prière, un marmonnement ou autre chose encore. Nerimane abla versa la première écuelle de balle fondue et le bruit résonna si fort dans la pièce vide que

---

31. *Abla* : « grande sœur » en turc. Terme d'adresse qui s'emploie non seulement avec les sœurs aînées, mais aussi pour toutes les jeunes femmes plus âgées que les locuteurs.

Youssouf fit un bond. Puis elle trempa ses mains dans l'eau et sortit le plomb pulvérisé presque comme du sel.

— Le mal est fait, s'écria Hava.

La voyante la rassura, c'était déjà arrivé. Elle réitéra l'expérience, mais le résultat fut le même. Elle remit le plomb sur le réchaud et regarda fixement le garçonnet. Youssouf saisit la main de sa grand-mère et la serra fort. La pièce de la voyante se remplit peu à peu de l'odeur de lavande. Nerimane abla huma l'odeur, leur demanda s'ils la sentaient eux aussi, mais ils se contentèrent d'échanger un regard. Au troisième grésillement, le plomb demeura entier mais Hava n'eut pas le courage d'entendre de quoi il retournait, en secouant brusquement la tête elle montra du doigt Youssouf et déclara :

— C'est de lui qu'elle vient, cette odeur ! C'est pour ça qu'on est ici !

— C'est bien possible, mais regarde, l'eau aussi sent…

Hava s'approcha d'un pas hésitant du récipient dont il s'élevait toujours de la vapeur, elle inspira profondément, son regard s'assombrit, elle prit son arrière-petit-fils par le coude et ils se dirigèrent vers la maison. Youssouf insistait pour qu'ils rebroussent chemin, elle marchait à grands pas, marmonnait tout bas et n'entendait même pas ce qu'il lui disait. Puis elle comprit que Youssouf avait oublié son bonnet et elle le laissa courir pour aller le récupérer. C'est alors seulement que la voyante pensa à lui demander comment il s'appelait.

— Youssouf. On m'a donné le nom d'un ami de mon père.

— Ta grand-mère t'a raconté l'histoire du prophète Youssouf ?

— Le garçon qui voyait l'avenir dans ses rêves.

— Est-ce que tu rêves beaucoup ?

— Oui.

— Peut-être que tu deviendras toi aussi un prophète comme lui.

La voyante eut un large sourire et dans sa bouche béante apparurent des dents noircies. Youssouf trouva ça dégoûtant, il saisit son bonnet et lui tira la langue.

L'odeur de lavande, cet été-là, se révéla plus opiniâtre que Hava ne l'avait présumé. Elle déploya une riche palette d'expédients, de vieilles recettes de grand-mère jusqu'à des méthodes qu'elle inventait elle-même. Après avoir rôti son arrière-petit-fils sous les rayons brûlants du soleil pour faire sortir toute la sueur de sa peau dans l'espoir de puiser jusqu'à la dernière goutte d'huile essentielle – ce qui fit que durant plusieurs jours Youssouf fut rouge comme une tomate –, elle prit une poignée de laine non peignée, la trempa dans du vinaigre et le frotta de la tête aux pieds. Elle essaya aussi avec de l'oignon et de l'ail mais ne put venir à bout de l'odeur. Elle seule savait pourquoi il lui importait tant de curer Youssouf...

*En réalité, pour autant que je la connaisse, je présume qu'elle non plus ne le savait pas. Grand-mère ne se posait pas ce genre de questions – « tout ce qui ne provenait pas de la vie n'y avait pas de place ». C'est ce qu'elle disait avant de faire l'*abdest[32]*. Les frontières entre la fabulation et la magie, chez elle, étaient très poreuses, la prière de l'après-midi avait exactement la même importance que donner à manger aux poules.*

Un beau matin d'automne, Alkan gara sa voiture devant sa maison natale, à peine eut-il mis le pied sur le trottoir qu'il se tourna vers sa femme et dit « Plus jamais ! » Déjà en France, il en avait eu assez, son oreille ne s'était pas accoutumée à la langue ni son estomac à la cuisine. Il avait vu plus de toilettes publiques que de monuments. En revanche, les balades improvisées dans les rues de Paris demeureraient pour Meryem ses plus beaux souvenirs. Leur voyage en Turquie s'était vite ébruité, les parents s'appelaient mutuellement, les invitaient et ne toléraient aucun refus. Ils n'arrêtaient pas de sillonner le pays d'Istanbul à Trébizonde, de Muğla à Bursa, d'Eskişehir à Nevşehir, d'Izmir à Konya, de Lüleburgaz à Marmaris. Lorsqu'il avait quitté le domicile de son dernier parent, Alkan s'était interdit toute pensée d'excursion à l'avenir.

---

32. Mot d'origine persane qui désigne l'ablution rituelle avant la prière, la lecture du Coran, tout acte lié au culte musulman.

Ils déchargèrent leurs bagages et entrèrent sans faire de bruit dans la chambre de Youssouf. Dès la porte, ils perçurent le parfum de la lavande. Ils remplirent la chambre de cadeaux, de sacs et de friandises, de vêtements et d'accessoires pour la première rentrée scolaire. Youssouf ouvrit les yeux, il se jeta dans les bras de sa mère, elle l'étreignait, l'embrassait et lui caressait les cheveux.

— Avec quoi on te lave pour que tu sentes si bon ?

— Avec quoi le laver ?! renchérit grand-mère Hava, comme si elle n'attendait que cela. Depuis qu'il s'est endormi sur ces herbes, j'ai tout essayé, impossible de la faire passer, cette maudite odeur.

— Donc, il n'aura pas besoin de se parfumer lorsqu'il aura des rendez-vous un jour, répondit Meryem en riant.

Leur rire fut interrompu par la voix courroucée de grand-père Koudret qui parvenait de l'extérieur. Il s'en prenait à Youssouf qui avait encore éparpillé ses affaires un peu partout, bientôt il lui faudrait payer quelqu'un pour le suivre à la trace. Le garçonnet se précipita dans la cour et demanda ce qui se passait.

— Dis-moi un peu ce que c'est, ça, derrière l'escalier ?

Youssouf jeta un œil et vit le vélo de course de la marque Cross. Il sprinta, sauta sur son grand-père et faillit le renverser. On eut bien du mal à le retenir de s'élancer dehors en pyjama. Il roulait dans le village, faisait exprès de passer sur les trous pour éprouver les amortisseurs, changeait les vitesses. Il était si excité qu'il ne sentait pas la fatigue. Il atteignit la maison de l'oncle Hikmet et fit un crochet pour se vanter de cette nouvelle acquisition.

Depuis quelque temps, durant les heures de solitude nocturne, Hikmet faisait tourner à l'aide d'une manivelle des disques métalliques dont le frottement produisait un son strident. C'est ainsi que l'Inventeur avait enfin découvert la fréquence sonore exacte qui faisait résonner le bracelet en or accroché par un fil au-dessus de l'établi. Mais le clou du spectacle résidait dans l'autre dispositif, qui ressemblait à un diapason muni en son centre d'une petite aiguille mobile qui, lorsqu'elle tombait dans le champ de l'arc de vibration, indiquait l'endroit exact où se trouvait l'or.

— La première MKZS de l'histoire de l'humanité, se vanta l'Inventeur.

— Quelque chose comme un TKZS ? demanda Youssouf.

Hikmet lui demanda de sortir un instant de l'atelier, il cacha le bracelet en or puis lui remit la boussole magique et actionna la manivelle. Youssouf scruta, incrédule, l'aiguille qui ne bougeait pas, malgré tout il entra dans le jeu. Il se mit à tournoyer à petits pas dans le garage. Il passa devant le mur aux vieux calendriers, l'établi avec les instruments, l'autre mur avec les portraits de Mendeleïev, Lomonossov et

Marx. Les cartons pleins à ras bord, puis, lorsqu'il fut devant le buffet blanc, la petite aiguille, brusquement, se déplaça sur la droite en direction du petit tiroir latéral. Youssouf tira sur la poignée et trouva le bracelet. Il redemanda ce que voulait dire MKZC et l'Inventeur lui murmura, comme si c'était le prénom de son premier amour :

— Mouzikalna Koutia za Zlatni Seukrovichta, « Boîte à musique pour trésors en or ».

Youssouf enfourcha à nouveau son vélo et partit vers le terrain de jeu. En chemin, il croisa les garçons dont il avait fait la connaissance le premier jour de la moisson. Au grand dam de ses parents, il était devenu un élément inséparable de cette troïka. Ils se demandaient avec perplexité pourquoi il était devenu ami avec, selon les mots de son père, « la racaille du village ». Chaque soir, lorsqu'il rentrait après avoir joué dans le quartier, sa mère vérifiait s'il n'avait pas attrapé des poux. Elle lui interdit de sortir avec « ces pouilleux », mais sans succès.

Ce jour-là, Youssouf ne descendit quasiment pas de son vélo, poursuivi par le petit Mehmet en poussette, qui imitait avec la bouche le bruit d'une voiture. Entretemps, le chien Rex avait sensiblement gagné en intelligence, il ne craignait plus le bâton et même parfois le rendait après qu'on le lui avait lancé. Il donnait aussi la patte si on le lui expliquait suffisamment clairement et patiemment. Puis la petite compagnie se mit à parler de la rentrée scolaire qui approchait. Ahmet craignait de ne pas saisir l'astuce des lettres. Youssouf se vanta de pouvoir désormais écrire son nom complet sans une seule faute. Il prit le bâton et griffonna sur la terre. Ils l'observaient en retenant leur souffle.

— Et voilà, dit Youssouf.

— Il s'écrit vraiment comme ça, ton nom ? (Ahmet était épaté.) Puisque tu connais les lettres, pourquoi on t'inscrit à l'école ?

Mehmet objecta que ce n'était pas si difficile, il prit le bâton et commença à creuser la terre argileuse. Ahmet et Youssouf s'entendirent pour saboter ses tentatives, à chaque mouvement ils intervenaient :

— C'est pas comme ça !

— Ces gribouillis, ils veulent dire des choses complètement différentes...

— C'est comme ça qu'on écrit « pet » !

— Crotte...

— Cul de chien !

Il se souviendrait d'eux comme d'une photographie. Avec leurs longs cheveux ébouriffés, collés par la graisse, l'énorme tête d'Ahmet, à propos de laquelle il plaisanterait continuellement, la morve séchée sur les narines du petit Mehmet revêtu été comme hiver de culottes courtes, et Rex, le chien efflanqué, sur leurs talons. Un tableau qui lui manquerait jusqu'à la fin de sa vie. Mais ils étaient encore des enfants, et le jour touchait à sa fin. Mehmet s'élança à nouveau dans le parc, son frère et le chien à ses trousses, tandis que Youssouf enfourchait son vélo et actionnait furieusement les pédales derrière eux en direction du soleil couchant.

LA LUCARNE AVEC VUE SUR LA LUNE

Le coquelicot est une petite goutte embellie
par le sang d'un sultan enfin glorifié dans la terre.
Au-dessus de la jacinthe impérieuse et fière,
une boucle couleur de feu timidement frémit.
OMAR KHAYYAM

Le matin du premier jour d'école, Meryem s'assit sur le lit de son fils, se laissa griser par l'odeur de lavande. Elle le réveilla, lui mit de beaux vêtements, un nœud papillon sur sa chemise blanche. Elle-même se pomponna également, et tous les deux sortirent, très élégants. Dans la cour de l'école, la foule d'enfants, de mères et de grands-mères venus pour la solennité occupait tout l'espace. On édifiait sur la porte d'entrée un immense six[33] que la maîtresse de céans confectionnait en buis. Les élèves de première année devaient franchir cette entrée en courant et former le vœu d'avoir les meilleures notes, puis l'institutrice les conduisait vers leur salle de classe. Youssouf et

33. En Bulgarie, la notation va de 1 à 6 (la meilleure note).

Ahmet se dépêchèrent d'occuper deux places l'une à côté de l'autre, ils ouvrirent les abécédaires, le livre de lecture et les autres manuels scolaires et regardèrent avec enthousiasme les images. La maîtresse réclama de l'attention, elle se présenta, annonça le programme et disposa la classe en suivant l'ordre alphabétique. La place de Youssouf se trouvait dans le coin le plus reculé, sur le dernier banc, mais la vue qu'il avait par la fenêtre lui plut. Près de lui s'installa une fillette aux cheveux châtains très longs et au visage doux et sérieux. Sa colonne vertébrale très droite donnait une impression d'autosatisfaction, même si l'on voyait clairement sa déception d'être aussi loin du tableau. La maîtresse donna la parole aux élèves. S'ensuivirent des histoires de chiots et de perroquets, de petits frères et de petites sœurs, de petits camions et de petits trains et d'autres choses du même acabit qui ennuyèrent Youssouf. À la fin, lorsque ce fut son tour, pris par un furieux désir de se distinguer des autres, il raconta le jour où il s'était endormi au milieu des fleurs de lavande et se vanta de ce que l'odeur n'avait jamais quitté sa peau. Après un court silence, la classe éclata d'un rire inattendu. Youssouf devint rouge de honte. La maîtresse calma ses camarades de classe, l'encouragea, définit cet épisode comme un heureux souvenir qui lui resterait pour la vie, mais sa voix peu sincère lui inspira de la méfiance. Et, pour couronner le tout, la fillette, à sa droite, qui portait le prénom inventé de Hazal, lui dit :

— Menteur, tu sens comme n'importe quel autre garçon !

Youssouf se tourna vers la fenêtre et attendit avec beaucoup d'impatience la fin de ce jour stupide.

Ses parents écoutèrent ses impressions, ils n'entendirent que celles qui étaient positives, les rires et les quolibets leur furent épargnés. Ils demeurèrent contents et confiants pour leur fils et, le soir, sortirent fêter ça avec des amis.

Grand-père Koudret avait un peu trop bu sous le coup de l'émotion et c'est à peine s'il parlait. Il attendait son petit-fils depuis longtemps, voulant lui offrir un cadeau. Il ouvrit le tiroir de son bureau, en sortit un vieux carnet à reliure en cuir et le lui remit :

— Quand j'étais jeune, je voulais... Hips ! Écrire toutes les choses importantes qui... m'arrivaient dans la vie. Et je n'ai rien écrit... Hips ! Toi, fais-le !

Youssouf s'enferma dans sa chambre et avant de se coucher, il écrivit la première phrase de son journal :

Aujourdui la metrece ma mi près de la choze la plus degoutante de la tere... HAZAL.

C'est précisément depuis cette nuit, je crois, que Youssouf commença, lentement et irréversiblement, à connaître les niches secrètes de l'insomnie.

Ses observations de sa physiologie, durant les dernières heures, l'amenèrent à formuler sa première thèse sur les vérités simples, et il s'empressa de la consigner :

Si tu te tourne plus de mil foi, sa veut dire que tu ne va pas tendormire.

Il trouva que c'était une idée intelligente et décida qu'il serait bon, à l'avenir, d'inventer des choses aussi spirituelles. Puis il relut la phrase et la biffa. Le sommeil s'éloigna encore plus. Il descendit dans la chambre de grand-mère Hava. Il savait que s'il lui disait qu'il avait fait un cauchemar et qu'il avait eu peur elle l'écouterait toujours et lui raconterait l'histoire d'un prophète. Sa petite fenêtre était éclairée, Youssouf s'en étonna, il entrouvrit la porte. Son arrière-grand-mère n'était pas dans sa chambre, mais sur un petit tapis était étalé du nylon et, par-dessus, un baquet en zinc rouillé. Un instant plus tard, Hava revint avec une casserole d'eau très chaude.

— Qu'est-ce que tu vas faire, grand-mère ?

— J'allais me laver, pourquoi ?

— Pourquoi tu ne te laves pas dans la salle de bains ?

— Comme si on avait été élevés dans des salles de bains, nous !

Youssouf comprit que son arrière-grand-mère attendait que la famille s'endorme pour pouvoir se laver dans le baquet, comme les bébés. Il se retourna et se dirigea vers sa chambre. Hava l'appela, lui dit de revenir et de lui confier ce qu'il y avait.

— J'ai rêvé d'une énorme araignée noire, elle me poursuivait et ensuite, elle m'a attrapé et j'ai eu très peur.

Pour éviter que son arrière-grand-mère ne lui pose davantage de questions, il s'empressa de lui demander de lui raconter une histoire et promit qu'il s'endormirait aussitôt après. Hava soupira bruyamment, remit l'eau sur le feu et ils montèrent tous les deux dans la chambre de Youssouf.

— Que veux-tu que je te raconte ?

— Ce que tu choisiras.

— Il y a très longtemps, dans le Grand Désert...

— On lança Moussa dans un baquet sur le fleuve, il fut découvert, adopté, ensuite ce fut une flambée de mûres, grenouilles, sauterelles et sang. Moussa sauva son peuple et mourut. Tu ne me racontes que cette histoire...

— Apprends-la bien, dans ce cas ! Moi, plus je la raconte, moins je la comprends.

— J'en veux une autre !

— Et Mahomet sépara la lune en deux, on ne le crut pas, il la sépara de nouveau et de nouveau, on ne le crut pas...

— Comment on sépare la lune en deux ?

— Comment ! Comme la meule de fromage, tu prends les extrémités et tu coupes au milieu.

Cette image lui plut davantage que l'histoire qui s'ensuivit. Il s'imagina la lune comme une énorme tomme sur laquelle vivaient des gens, il vit aussi les mains énormes qui la séparaient en deux et s'endormit en y pensant.

C'était la première fois qu'il éprouvait un tel déplaisir à sortir du lit. Le soleil se levait à peine en cette heure très matinale, les membres de sa famille lui paraissaient extrêmement laids, et le petit déjeuner était amer. Il enfila le lourd sac à dos, ils partirent pour l'école. La voix cristalline de la maîtresse avec son éternel « Bonjour, les enfants ! » qu'il entendrait des années durant prononcé de la même manière, acheva de le décourager. Sur le tableau était écrite la lettre « A », les élèves devaient arriver jusqu'à elle par un chemin qui formait des pleins et des déliés. On s'arma de stylos à plume et l'on baissa la tête au-dessus des cahiers. Youssouf dessina dans le coin supérieur un grand « A », appuya le menton sur sa main et tourna la tête vers la fenêtre. Il se rappela les deux moitiés de la lune, sourit et entreprit de les dessiner. La maîtresse faisait le tour des tables, aidait là où c'était nécessaire. Elle hésita à interrompre l'occupation de Youssouf, puis dit :

— On a sauté directement à la lettre *c* magnifique !

Et elle passa à la table suivante.

La fillette à droite rit en entendant son commentaire, elle se pencha au-dessus du dessin et fronça les sourcils :

— Si tu crois que ça ressemble à une lune... tu te trompes.

Youssouf serra les poings, jeta un œil sur le cahier de Hazal et vit tout l'alphabet écrit sur la première ligne. Et pourtant, elle continuait de mettre des pleins et des déliés dans les cases vides.

— Comme c'est bête ! Puisque tu connais les lettres, pourquoi tu perds ton temps à griffonner pour rien ?!

— Pour ne pas écrire des stupidités comme toi !

Lorsque la dernière heure fut terminée, Youssouf courut à la maison, jeta le sac à dos devant la porte et ordonna à sa famille de le faire passer directement en troisième classe. Ses parents échangèrent un regard admiratif, mais son arrière-grand-mère s'indigna de ses cris.

— C'est comme ça que criait aussi le grand-père de ton père ! répondirent ses parents en riant, mais elle marmonna tout bas : Il a trouvé à qui ressembler !

Après le déjeuner, Hava mit son tablier marron, remplit son sac en toile de nourriture et enfila ses nouvelles galoches. En apprenant qu'elle allait chez son grand-oncle, Youssouf partit immédiatement à sa suite. Ils apporteraient les denrées et vérifieraient s'il allait bien, on avait appris que, la nuit précédente, il avait trébuché dans l'escalier et s'était cassé la cheville.

L'Inventeur les accueillit avec une jambe dans le plâtre, il relata avec force détails son accident mais, lorsque Youssouf jeta un œil en direction de l'atelier, il vit que le MKZS était cassé. Il remarqua également au passage les pneus boueux de la Moskvitch dans la cour. Il devina le mensonge mais préféra garder le silence devant grand-mère Hava. Il les laissa seuls. Il se dressa devant la bibliothèque du garage, retint sa respiration et passa un doigt sur l'une des couvertures. Il répéta le geste comme s'il s'attendait à la chatouiller, à l'entendre lui demander d'arrêter, mais le livre savait garder le silence jusqu'à ce qu'on le pousse à parler. Il le sortit du rayonnage, ouvrit la première page et, syllabe après syllabe, lut ce qui était écrit : *Fondements théoriques de l'électrotechnique*. Il n'essaya pas de déchiffrer le sens des mots, il fut impressionné par le nombre conséquent de consonnes accumulées, même s'il ne les appelait pas encore ainsi, comme une machine avec beaucoup de roues qui cliquettent, chacune avec un son spécifique, et avec, entre les roues, des interstices, petites respirations des voyelles arrondies.

— Ce livre n'est pas pour toi.

L'Inventeur surprit son neveu dans son dos. Quand s'était-il glissé jusqu'ici ? Comment se faisait-il que le bruit de la béquille n'ait pas été audible, Youssouf s'était-il à ce point évadé ? Hikmet le remercia de ne pas l'avoir trahi devant sa mère, tu mérites un cadeau pour ce geste, dit-il. Il lui demanda s'il savait déjà lire. Youssouf hocha la tête. L'Inventeur lui montra le rayonnage le plus élevé, lui dit de se hisser jusque-là et de descendre le livre posé par-dessus les autres. C'est avec des mains presque tremblantes que Youssouf l'ouvrit à la première page et lut lentement le titre :

— *Les trois mousquetaires...*

La première personne à qui il l'annonça fut sa mère. Elle ouvrit le livre et ses lèvres esquissèrent un mince sourire.

— Rends-le à ton grand-oncle, dit-elle, ce n'est pas pour toi.

— Comment ça il y a des livres qui sont pour moi et d'autres pas ?

— Regarde quand il a été publié, 1941[34], il est encore plus vieux que ton grand-père.

Elle lui montra une ligne au hasard, lui demanda s'il reconnaissait telle lettre, Youssouf secoua la tête. Et celle-ci ? Il fit non, de nouveau. Sa mère lui expliqua qu'en ce temps-là, certains mots étaient écrits différemment, il y avait des terminaisons supplémentaires et il valait mieux qu'il ne le lise pas maintenant, pour éviter de faire des fautes à l'école. Son conseil fut rejeté sur-le-champ. Évidemment qu'il n'allait pas tout foirer, il n'était pas idiot tout de même ! Dès le lendemain, il l'apporta à l'école, se mit à lire devant ses camarades, attira leur attention, mais la maîtresse lui demanda de le ranger. Durant la récréation, elle prit le temps de

34. La réforme orthographique de 1945 a remplacé certaines lettres et en a éliminé d'autres. Un enfant est difficilement capable de lire les livres publiés avant cette date.

l'encourager tout d'abord avant de répéter les mots de sa mère et, pour ne pas le démoraliser totalement, elle l'emmena à la bibliothèque de l'école :

— Tu peux lire tout ce que tu veux. Tout est permis.

Jamais jusqu'à présent Youssouf n'était entré dans une pièce remplie de livres. Même s'il s'efforçait de garder une mine renfrognée, sa tête levée vers les étagères parlait pour lui. On le laissa examiner les livres jusqu'à la fin de la récréation. Il n'arrivait pas à définir ce qui l'impressionnait mais pressentait le lien qu'il aurait avec ce lieu. La seule idée qui lui venait en tête était qu'il y avait là au moins vingt-huit fois plus de livres que dans l'atelier de son grand-oncle et cinquante-trois fois plus que dans la bibliothèque de sa mère.

— Veux-tu que je te propose un conte ? lui demanda la bibliothécaire.

— Je ne lis pas de contes ! dit-il, et il retourna en classe.

Il résista à la tentation et demeura fidèle au livre qui lui avait été offert. Aussi difficile qu'il soit, au début, de deviner les mots écrits avec des signes incompréhensibles, il continua à lire. Au bout d'un certain temps, sa mère fut avertie par l'institutrice que son fils écrivait les terminaisons supprimées :

— Vous en connaissez la cause. Faites quelque chose !

Meryem ne put raisonner son fils et elle rejeta la faute sur son mari. Alkan fit semblant de le gronder mais sa profonde indifférence à l'égard de ce problème ne fit qu'encourager davantage Youssouf. Peu après arriva un nouveau message : « Je vous préviens, vous allez en faire un analphabète ! »

L'affront blessa pour de bon ses parents. Ils gardèrent le silence entre eux. De ce qui était important ils parlaient rarement, comme si en user avec parcimonie ou ne pas l'exprimer abolissait son existence ou, du moins, frayait un chemin vers l'espoir, vers tel destin qui s'immiscerait et arrangerait spontanément le cours des choses. Était-ce dû aux circonstances, le régime s'était-il révélé défavorable ? Toujours est-il que Alkan et Meryem n'avaient pas pu faire d'études[35]. Résignés et découragés, ils s'en étaient remis aux événements et lorsque, plus tard, des possibilités s'ouvrirent à eux, ni l'un ni l'autre ne désira rattraper le temps perdu. Ils n'en retiraient pas de gêne, imitaient leur milieu environnant, accomplissaient leurs devoirs et étaient même heureux. De temps à autre seulement, une faille inattendue apparaissait chez Alkan, et il soupirait sans raison ni cause :

— C'est ainsi, disait-il. Nous, ici, on est des gens de seconde zone.

---

35. Entre la création d'un État-nation bulgare, en 1878, après la libération de l'Empire ottoman, et 1989, la politique à l'égard des Turcs demeurés en Bulgarie fluctue entre respect de leurs droits et interdictions (de porter le foulard, de parler le turc, d'avoir des journaux, d'étudier dans cette langue, etc.).

Ils n'avaient pas seulement des attentes à l'égard de Youssouf, ils exigeaient davantage de lui. Ils n'osaient pas exprimer quoi exactement, l'imaginaient-ils comme instituteur ou médecin ? Espéraient-ils autre chose, qu'il rencontrerait des personnes importantes, que lui-même se distinguerait un jour ? Leurs idées, demeurées tacites, de ce « un jour » confus reléguaient leurs rêves dans la sphère du hasard, et Alkan et Meryem s'en remettaient uniquement à l'accomplissement des tâches simples. Ils écoutèrent l'inquiétude de l'institutrice, achetèrent à leur fils une nouvelle édition des *Trois mousquetaires*, fouillèrent sa chambre et échangèrent les deux livres. Quelques heures plus tard, ils furent démasqués, une scène éclata, les responsables feignirent l'innocence, et la conséquence imméritée de tout cela fut que *Les trois mousquetaires* volèrent eux aussi par la fenêtre. Non seulement Youssouf se fâcha, mais il se jura de ne pas oublier cette trahison. Il était bien décidé à se venger, à recourir aux moyens les plus implacables, comme crever les pneus de la voiture, mettre le feu à la maison ou, mieux, fuguer, commencer une grève de la faim, se mutiler, pour que ses parents souffrent deux fois plus. Tandis qu'il méditait les différentes formes de vengeance possibles, son esprit le promena à travers le labyrinthe du rêve.

L'échelle pointait vers l'ouverture sombre du grenier. Il l'escalada, le grincement de ses pas se mêlait au bruit des morsures insatiables des termites sur les poutres, tout l'espace était rempli par l'écho de pulsations. Il mit le pied sur la surface, avança craintivement dans l'obscurité, donna un coup de pied involontaire à l'horloge par terre et le coucou qui dormait dans son coffre se mit à chanter. À sa suite, ce fut le métier à tisser, tout au fond, qui se mit en marche. Youssouf s'agenouilla, se couvrit la tête de ses mains et cessa de respirer. Tout devint silencieux. Il leva le regard, la lumière venant de la fenêtre aveugla sa vision. Il étendit les doigts devant ses yeux et avança. Dans le cadre d'un blanc fantomatique se dessina la silhouette à peine distincte d'un homme, plus ombre qu'être humain. Peu à peu, les jambes de Youssouf se firent pesantes, son visage se couvrit de sueur. Avec les dernières forces qui lui restaient il demanda en criant à la silhouette de lui dire qui elle était, mais avant d'entendre la réponse il se réveilla. C'était l'heure d'aller à l'école.

Durant toute la matinée, il fut d'une humeur massacrante, la maîtresse, en soupçonnant la raison, ne lui adressa pas la parole. Le désir de vengeance ne s'était pas dissipé et Youssouf savait désormais quels moyens employer. Il s'installerait dans le grenier terrifiant et n'en sortirait pas tant qu'on ne lui aurait pas rendu le livre. Il attendit que passe l'heure du déjeuner, que les membres de sa famille partent vaquer à leurs occupations et, dès que la radio de grand-mère Hava devint le seul élément à perturber le silence de l'après-midi, il se dirigea vers le grenier. Depuis qu'il y était resté coincé, on n'enlevait plus l'échelle. Il s'y hissa, passa de l'autre côté de l'ouverture et de la manière la plus inattendue trouva son livre. Il n'avait pas imaginé qu'ils aient pu le cacher là. Sa colère s'envola aussitôt mais il ne se dépêcha pas de redescendre. Il prit le livre, s'assit sur le rebord de la fenêtre claire et se mit à lire. À cette hauteur, Youssouf avait découvert non seulement l'objet perdu, mais aussi le sentiment de complétude qu'avec les années il ressentirait de plus en plus difficilement dans le monde sous ses pieds. Il ne trahit pas son secret mais le garder demandait des efforts, il comparait toujours le texte avec la nouvelle édition pour ne pas éveiller les soupçons lorsqu'il écrivait. Sans le vouloir, il fut le premier être humain à lire deux fois le même livre et, ce, en même temps.

Il annonçait à ses parents qu'il allait sortir avec des amis, guettait le moment favorable et montait au grenier. Il y restait jusqu'à ce que la lune se lève sur la toile orange pâle du ciel, la saluait à travers le verre embrumé et retournait dans le monde de ses proches. Le froid, en hiver, limita ses fuites mais la lecture se poursuivit jusqu'à des heures tardives avec une lampe de poche, sous les couvertures du lit. Lorsque le temps se réchauffa, il reprit ses visites dans son lieu favori. Il y demeura plus longtemps qu'à l'accoutumée, c'était la pleine lune, il se prit à rêver. Il la contemplait et méditait, se demandant si, jadis, elle n'avait pas été une tête décrochée des épaules d'un géant. Mais où le corps avait-il disparu, n'était-il pas en train d'errer quelque part, dans l'espace ? À moins qu'il ne soit toujours là, mais relégué derrière la tête détachée ? Oui, certainement, personne ne savait ce qui se cachait dans sa moitié sombre qui ne se montre jamais du côté de la Terre.

L'hiver de sa première année scolaire fut long. La peur de son meilleur ami de ne jamais réussir à apprendre à lire fut vaincue par la volonté de fer et la patience de la maîtresse, mais il demeura l'élève le plus faible de la classe. Il se laissait constamment distraire, avait du mal à retenir les leçons, il fallait lui expliquer spécialement chaque chose, il n'arrêtait pas de poser la même question. Les autres plaisantaient, disant que si, dans cette énorme tête, au lieu de paille il y avait au moins un peu de cerveau, il serait sûrement le meilleur de toute l'école. Le printemps le faisait rêver. Le regard vague dirigé vers la vitre sale de la fenêtre, Ahmet manquait avec le plus grand plaisir les subtilités de l'arithmétique déjà trop compliquées pour lui.

Ses camarades de classe avaient constamment les yeux rivés sur l'extérieur, eux aussi. Pendant que la maîtresse regardait en direction du tableau, l'un d'eux pliait une feuille en forme d'avion et le faisait voler dans la salle. Ils améliorèrent le jeu en inscrivant des messages secrets sur leurs ailes. La langue codée était le gourgoulitch, d'une facilité incroyable. Après chaque syllabe d'un mot, ou à l'intérieur de la syllabe, ils ajoutaient gui, gué, ga, go, gou ou gueu.

— Jegueu n'aigué pasga enganviegui degueu restergué iguicigui !

— Jegueu veuxgueu megueu cagassergué d'iguicigui moiga augossigui...

— Agallezgué laga sogonnette, vasga ygui, reguetentisgui !

Le plus drôle, c'était lorsqu'ils écrivaient sur la maîtresse.

— Vousgou agavezgué engantengandugu, laga maîguétreguesse aga péguétégué.

— Ongon aga engantengandugu, çaga sengantaitgué hogorriguibleguementgan maugovaisgué, ongon diguiraitgué quegue elleguelle aga mangangégué desgué fagayotsgo !

Furieuse à la vue des élèves qui pleuraient de rire, la maîtresse prit l'avion de papier et, plus tard, déchiffra la langue secrète. Durant la grande récréation, dans la cour, ils donnèrent des coups de pieds dans un ballon et, un instant avant que la seconde sonnette ne retentisse, ils s'entassèrent dans la petite baraque de Chombi Ismaïl. La vieille mère de Chombi avait bien de la peine à distribuer les hamburgers à la saucisse.

Le vélo de Youssouf ayant pris la poussière durant tout l'hiver dans le garage, il le sortit après l'école, l'essuya avec un chiffon encore plus sale et se rendit chez son grand-oncle. Cela faisait des mois qu'il ne l'avait pas vu. À la maison, on parlait rarement de lui, ses parents ne le mentionnaient presque jamais, quant à grand-père Koudret, il faisait preuve d'une indifférence peu naturelle à l'égard de son frère aîné. Grand-mère Hava était la seule à lui rendre visite, une fois par semaine, lui ne venait jamais. Comment en était-on arrivé là ?... On en avait peut-être oublié depuis longtemps la raison, mais la famille continuait de vivre avec ses conséquences irréversibles.

Penché au-dessus d'un tas de vieux journaux et magazines, l'Inventeur était assis devant le portail vert de son atelier et méditait. Youssouf crut que, sous l'effet d'une tension énorme, de la fumée s'échappait du cerveau de son grand-oncle mais il remarqua ensuite la cigarette dans la main sur laquelle sa tête prenait appui. Il s'assit près de lui, prit la pose du « penseur » et examina les illustrations des magazines. La photo fortuite d'un cerf-volant attaché à un vélo l'enthousiasma, il la lui montra et déclara :

— Cette nuit, je l'ai vu en rêve. J'avais accroché à mon vélo de grandes ailes, comme celles d'un avion, et je dévalais une pente, je pédalais très vite et juste avant le choc, je me suis élevé de terre et me suis mis à voler.

L'Inventeur tourna les pages du magazine et montra une autre photo :

— C'est de ça que tu as rêvé. Apparemment, le type a mis des ailes à son vélo, il a essayé de voler mais il est tombé. Les rêves ne disent pas toujours la vérité...

Youssouf posa des questions concernant les autres inventions visibles sur la même page.

— Les frères Wright ! dit l'Inventeur. Des Américains. Les premiers à avoir volé avec un aéronef.

— Et ça ? Qui ressemble à un oiseau ?

— Ça, c'est un inventeur idiot, il s'appelle Otto Lilienthal. On dit qu'il a fabriqué un grand cerf-volant et a volé quelques instants avant de se fracasser et de mourir. Les frères de la photo précédente avaient jusqu'alors un atelier de bicyclettes et, du matin au soir, ils réparaient et vendaient des vélos comme le tien, puis, en entendant cette nouvelle, ils se sont dit, si lui le peut, nous aussi !

— Et moi, comment je pourrais voler ?

Hikmet alluma une autre cigarette, il ne se pressait pas et ne donnait pas de réponse toute faite.

— Commençons par la gravitation. Tu sais ce que c'est ? - Youssouf secoua la tête. - La gravitation est un phénomène physique, ça vient du mot latin pour désigner le poids. C'est Newton, un physicien anglais, qui l'a découverte, au moment où une pomme lui est tombée sur la tête. Toute chose ayant un poids déterminé est attiré par ce qui pèse davantage. Il en est ainsi depuis la Création. Imagine un peu, au début, tout ne faisait qu'un, comme, par exemple... une poire. Mais les forces obscures se sont rompues, morcelées, et ces morceaux ont commencé à s'éloigner les uns des autres, bref, les graines ont volé dans toutes les directions. La gravitation est la force qui tente de réunir l'unité primitive de la matière, mais elle ne fait que ralentir la fin...

C'est ainsi que, dans l'atelier de mon grand-oncle, j'en ai appris davantage qu'en douze ans à l'école.

— Est-ce que tu peux dire quelle est la chose la plus lourde autour de nous ?

Il fit revenir à leur sujet son petit-neveu perdu dans ses pensées.

— Chombi Ismaïl ?

— Non, la Terre. Elle est si lourde qu'elle nous attire à sa surface, c'est ainsi qu'on marche dessus, sinon, on flotterait comme de petites plumes.

— Si la gravitation est si lourde, comment font les moineaux pour voler ?

— Ça aussi, c'est de la physique. En volant, les oiseaux rament dans l'air, ils rassemblent l'air sous leurs ailes et le propagent dans le ciel. Cela exige un gros effort, parce que la Terre ne les quitte pas des yeux. Elle les tire vers elle pour qu'ils ne s'élèvent pas trop haut, que leurs ailes ne fondent pas et qu'ensuite ils ne se perdent pas dans le milieu interstellaire. Mais les oiseaux savent chevaucher les vents. Comme les cerfs-volants.

— Et moi, comment je pourrais voler ?

Hikmet entra dans l'atelier, il trouva un sac en nylon noir, du fil en aluminium et une petite bougie. Il croisa le fil, le plaça à l'ouverture du sac, saisit d'une main ce dernier en le laissant pendre pour qu'il se remplisse d'air et posa la bougie qui brûlait au milieu. Peu après, l'air chauffé commença à soulever le sac qui s'envola. Youssouf fit un bond devant cette magie mais bien vite il fut déçu.

— C'est ce petit ballon qui va m'élever au-dessus de la terre ?

— Regarde comment ça va se passer.

Hikmet se mit à dessiner un schéma détaillé dans son carnet d'inventions.

— Tu dis à ton grand-père de réunir des sacs vides de nitrate de sodium, l'engrais blanc en boules, je les coudrai pour en faire un énorme ballon, je l'attacherai à une corbeille en osier, on allumera dessous le réchaud à gaz de la cuisine et on aura un lampion chinois cinquante fois plus grand que celui-ci.

L'Inventeur fit un clin d'œil complice et ils confirmèrent leur accord en se serrant officiellement la main. C'est alors seulement que Hikmet songea à lui demander pourquoi il en avait eu l'idée et à quoi cela lui servirait de voler. Il agissait toujours de la même façon : il échafaudait d'abord son invention et ensuite seulement il trouvait à quoi elle était destinée.

— Je vais te confier un secret, répondit Youssouf. J'ai compris que la lune n'était qu'une tête et que derrière elle se cachait le corps. Personne ne l'a vu jusqu'à présent, mais moi, j'ai l'intention de voler jusque là-bas et de réunir ses deux parties. Ensuite, je ne sais pas ce qui va se passer.

Hikmet rétorqua que son idée était fondée mais que les conditions, dans le cosmos, n'étaient pas très favorables. Il lui proposa une solution plus simple, fouilla dans tous ses placards et dénicha un vieux télescope.

— C'est la longue-vue de Galilée, du moins c'est ainsi que l'avait présentée mon instituteur.

— De qui ?

— Galilée, l'homme qui l'a inventée. Mais, d'après moi, le brevet date de bien plus longtemps, du temps des mystiques arabes, parce qu'en réalité c'est un appareil qui fait venir la montagne à Mahomet.

L'Inventeur régla la longue-vue, ne voulant pas semer plus de confusion en Youssouf. Il vint se placer entre les potirons du jardin et l'avertit : dès qu'il lui ferait signe, Youssouf devrait le regarder à travers l'œil du tube. Il poussa un grand cri, lança dans les airs une pièce de monnaie, l'attrapa et l'éleva bien haut :

— Dis-moi ce que tu vois ?

Youssouf jeta un œil à travers l'oculaire et il n'eut pas besoin de lire à haute voix l'inscription sur l'immense pièce de monnaie prise en étau entre les doigts tout aussi immenses. Ce tableau, qui était semblable à la première idée qu'il avait eue de la lune comme une meule de fromage, comment ne pas le reconnaître ?

L'Inventeur ne se contenta pas de lui offrir la longue-vue, mais il nettoya également le grenier dans la maison de grand-père Koudret, fit passer l'électricité pour qu'on puisse aussi l'habiter la nuit et il installa la longue-vue face à l'unique lucarne. Élevé bien haut au-dessus des lumières, le tube magique n'allait pas seulement dévoiler les mystères du ciel lointain : en regardant à travers celui-ci, Youssouf découvrirait de près le ciel au-dessus des têtes des habitants éloignés du village.

À TRAVERS L'ŒIL DE LA LONGUE-VUE

Éclair et tonnerre, et branches frémissant,
et pluie qui tombe – la larme la larme chassant.
Comme la mère pour sa fille est attristée,
ainsi la branche de saule verse une larme de rosée[36].
ROUDAKI

À partir du moment où il monta la longue-vue au grenier et regarda le monde à travers elle par la lucarne, le temps acquit de nouvelles dimensions. Les heures se transformaient en minutes, les mois en jours. La première pleine lune, déjà, réfuta sa supposition, à savoir que la lune était la tête d'un géant détachée du corps : il la vit en détail, devant lui brillait une planète entière, semblable à la Terre, mais morte. Cette découverte l'impressionna tellement qu'il ne put la garder pour lui seul. Il sortit son journal de son sac à dos et se mit à dessiner minutieusement la carte lunaire. Il décrivit les montagnes, les terres planes, les fleuves et mers

36. En l'absence de l'original persan et d'une traduction française, la traductrice a traduit ces deux vers du bulgare.

d'antan, les puits asséchés – c'est ainsi qu'il nomma les cratères. La longue-vue n'était peut-être pas celle de Galilée, mais Youssouf devenait le nouveau Galilée. Il eut du mal à attendre le lendemain matin pour sidérer ses camarades d'école.

— Et tu n'as pas vu les extra-terrestres ? Ahmet se fâcha.

— Ils vivent de l'autre côté, répondit Youssouf.

— Elle ressemble vraiment à la Terre ? demanda un autre garçon.

— Complètement, mais il y fait très froid et tout est figé. Toutes les planètes sont comme ça.

— La lune n'est pas une planète, mais un satellite, s'immisça Hazal.

— Ce n'est pas vrai ! s'écria Youssouf. Ça s'appelle des planètes, demande à la maîtresse !

Lorsque la maîtresse eut rétabli la vérité, Youssouf poussa Hazal et faillit la faire tomber par terre. Toute la classe poussa un cri, la maîtresse poussa un cri elle aussi, elle calma les élèves et mit Youssouf à une autre place.

— Ils ne peuvent pas savoir, chuchota Ahmet, tu es le seul à y être allé !

Durant les jours qui suivirent, il finit de cartographier, fit quelques esquisses hâtives de la nouvelle lune et des phases lunaires et là, son intérêt pour la planète-satellite s'évanouit. De même que s'était évaporé son désir de raconter à ses camarades de classe.

Il comprenait de mieux en mieux les raisons pour lesquelles son grand-oncle ne sortait pas de son atelier et ne partageait pas ses inventions. C'est qu'il y avait deux types de personnes : ceux qui étaient comme l'oncle Hikmet, et tous les autres. Il avait acquis une conviction fugace mais, très vite, celle-ci avait connu le destin de la plupart de ses thèses d'alors, elle s'était effondrée de manière fracassante. Un après-midi, était-ce le fruit du hasard, après le énième incident avec Hazal, il s'enferma dans le grenier. Il était tôt, la lune ne s'était pas encore levée. Il dirigea la longue-vue vers le village, regarda à travers son œil et lorsqu'il se retira, des années s'étaient écoulées insensiblement. Si on lui avait demandé si le jeu l'avait amusé, il aurait sans doute nié. Était-ce l'ennui qui le motivait ? Non ! Il observait un film ininterrompu, long, muet, sans début ni fin, sans personnages principaux ni sujet...

Grand-mère Hava tourne et vire dans la cour. Elle se dresse près de la clôture. Le voisin Moustafa apparaît, il s'approche sur le sentier. Ils s'échangent des assiettes par-delà la clôture. Une pleine et une vide. Regardent le mûrier, dans la cour. Moustafa fait de grands gestes. Une voiture se gare, à l'extérieur. Hava fait un signe de la main au voisin et s'éloigne. De la voiture descend Koudret, il en fait le tour et ouvre l'autre portière. Hava monte à l'intérieur, ils démarrent. Il conduit lentement pour que sa mère n'ait pas mal au cœur. Ils traversent le village. S'arrêtent devant le cimetière. Font le tour des tombes. Sur la dernière, Koudret laisse sa mère seule, il se dirige vers une autre. Ils s'attardent un peu. Restent encore. Repartent vers la voiture. Au loin apparaît un cycliste. Sur sa tête est noué un foulard, à son guidon est fixé un tournesol. L'idiot du village ? Il fonce sur la route tandis que sa barbe s'agite au vent. Il dépasse la voiture près du cimetière et poursuit sa course vers le village. Il tourne au premier croisement. Pédale plus vite, la rue court sous ses pieds. Un trou dans le bitume. Le vélo fait une embardée, le tournesol glisse par terre. L'idiot jette un œil derrière lui, il regarde s'éloigner ce qui est tombé. Le tournesol gît toujours sur le bitume. Il se chauffe au soleil et attend. Une ombre s'élève, glisse lentement sur le bitume. Elle recouvre les couleurs du tournesol. Des doigts crevassés entourent sa tige. Il s'élève, flotte dans l'air, vole vers la maison. Une clôture à moitié démolie lui barre le chemin, le vol est interrompu. Le tournesol est dans une nouvelle maison, il sourit à sa sauveuse. En face, la grand-mère lui sourit à son tour. Elle se retourne, en direction de la rue. Elle lève la main, son regard suit un sentier de grains sur la route. Grain après grain, elle arrive jusqu'au charretier qu'elle avait salué un instant auparavant. Les roues de la charrette sont tordues par le poids du blé qu'elle transporte. Les grains s'échappent à travers la ridelle arrière, ils se déversent comme le sable d'une horloge ancienne. Le paysan tire sur les rênes, il s'efforce de boucher la faille de l'horloge. D'une jambe qui boite, il fait le tour de la charrette, redresse les rayons pour qu'elle ne boite pas également. Sur les rênes se pose un moineau, il sautille sur le sentier en cuir, atterrit sur la mer de blé. Il becquette les grains. Le paysan remonte sur la charrette, agite les rênes. Le moineau prend son vol. Le soleil roule lentement à l'ouest. Le moineau se pose sur la clôture de l'Inventeur. Il le remarque, se lève du banc, marche dans sa direction. Le moineau s'envole. Le regard suit l'envol...

Était-ce la main qui orientait la longue-vue ou était-ce la longue-vue qui décidait elle-même de ce qu'elle devait montrer ? Youssouf observait de près les villageois et ne pouvait s'en détacher. Il fixait son regard sur un point auquel eux-mêmes n'avaient pas accès. Par quoi était-il si fasciné ? Il ne se posait pas la question, depuis un certain temps, autour des notes qu'il avait prises sur les phases de la lune, de petites histoires commençaient aussi à faire leur apparition.

La lune est vieille, maintenant, sa claire faucille s'achemine vers l'extinction, elle disparaîtra complètement, puis brillera de nouveau.

Une grand-mère sort deux chaises, s'assied sur l'une d'elles, sur l'autre se pose un coq.

La nouvelle lune est la plus sombre, on dirait qu'elle n'existe pas, mais moi, je sais qu'elle est là et qu'elle nous regarde.

Une femme s'enferme dans sa chambre, elle se dresse devant son miroir, revêt une robe de mariée jaunie, la fermeture éclair ne se ferme plus.

La jeune lune est la plus belle, elle montre sa corne derrière le nuage.

La lune ronde s'appelle pleine lune, elle brille avec le plus d'éclat.

Dans le parc, on frappe un ballon, le voisin change les vitres des fenêtres.

Une femme rassemble ses bagages, elle est en retard, sort en courant, attend, personne ne vient, elle attend, rentre, défait ses valises.

Un vieux couple marche dans la rue, ils ne se distinguent que par les vêtements.

Marché dominical, sur la place quelqu'un vend un seau percé.

Les heures que Youssouf passait là suscitaient l'inquiétude de ses proches. Pour fuir leurs têtes au regard curieux, il décida d'effacer les traces derrière lui. Il montait au grenier, tirait l'échelle en la faisant passer par le trou et, pour finir, fermait la trappe. Grand-mère Hava criait, en bas, lui demandant de descendre. Ne recevant pas de réponse, elle s'éloignait en marmonnant :

— Comme s'il ne suffisait pas que l'un vive dans son atelier, l'autre s'est installé sur le toit !

Bien qu'il passât presque tout son après-midi à observer le village à travers la longue-vue, Youssouf trouvait tout de même du temps pour son autre occupation favorite - lire. Lorsqu'il eut terminé *Les trois mousquetaires*, ce fut le tour d'un autre livre. Pour éviter les commentaires de sa mère, il guetta le moment de pouvoir examiner en catimini sa bibliothèque et d'en soustraire quelque chose. Les couvertures étaient différentes, les titres particuliers : *Les hauts de Hurlevent*, *Orgueil et préjugés*, *Anna Karénine*, *Gatsby le Magnifique*... Rien ne l'attirait autant que le cadeau de son grand-oncle. Peut-être les livres choisissaient-ils eux-mêmes leurs lecteurs ? Est-ce que le livre suivant ne s'était pas caché quelque part, l'attendant déjà ? Il lui vint l'idée de passer des doigts dans l'interstice entre les livres et le mur. Il avait raison. Il le découvrit ! Il tira à lui l'exemplaire poussiéreux, s'empressa de le feuilleter. Il fut surpris de voir autant d'images. Des femmes et des hommes nus, dressés dans des positions artificielles, des dessins des organes que l'on ne doit pas montrer. Il le referma aussitôt et lut ce qui était inscrit sur la couverture : *L'homme et la femme dans l'intimité*. In-ti-mi-té ? Le mot ne lui disait rien, mais il l'apprendrait bientôt. C'est alors que sa mère entra dans la chambre et lui prit le livre des mains :

— Celui-ci n'est pas pour toi !

— Celui-ci n'est pas pour moi, celui-là non plus !

— Pourquoi ne prends-tu pas un conte à l'école ?

— Moi, des contes, j'en lis pas !

Sa mère chercha quelque chose d'adapté, elle lui tendit *Moby Dick*, Youssouf refusa. Il saisit *Le cavalier sans tête* et monta au grenier. Il le jeta quelque part et s'installa devant la longue-vue. Il avait déjà fait le tour de presque tout le village. Où aller, maintenant ? Peut-être entreprendre un lointain voyage ? Les environs lui étaient étrangers, or il y avait bien des endroits intéressants, là-bas. Après le grand exode[37], quelques-unes des familles qui étaient revenues s'étaient installées dans les maisons les plus belles du centre, tandis qu'à la périphérie, il y avait abondance de bâtiments abandonnés. Il y avait même des vestiges des vieilles masures en briques datant d'avant la réunification des hameaux, du temps de grand-mère Hava. Il s'orienta dans cette direction. Il avait la même sensation que lorsqu'il se promenait sur la surface de la lune, c'était avec le même frémissement qu'il attendait l'apparition des premières formes de vie. Il dépassa la décharge, les ruines, enfin une maison avec un toit ! De la lessive pendait de l'étendoir, la cour était entourée de hauts arbres, et dans l'unique tache claire parmi les ombres se détachait un petit

---

37. Cinq ans après la campagne d'assimilation violente des Turcs de Bulgarie (ils sont obligés de changer leurs noms arabo-musulmans pour des noms slavo-chrétiens) connue sous le nom de « Processus de renaissance », le régime de Todor Jivkov provoque entre mai et août 1989, peu avant sa chute, leur migration vers la Turquie. Cet exode de masse (360 000), nommé cyniquement « la Grande excursion », a laissé de profondes blessures et a eu des conséquences durables au sein de la population en Bulgarie.

banc. Deux fillettes étaient assises, mais on ne voyait pas leur visage. Youssouf tenta de régler la longue-vue pour s'approcher davantage de l'image. Tout devint flou, le tableau disparut totalement. Il tourna patiemment les lentilles pour rétablir la mise au point et sous ses yeux surgit, telle une apparition, le visage de Hazal. Elle était la seule qu'il n'ait pas encore vue, il ne savait pas où elle habitait, il n'avait pas pensé à la chercher. Les premières secondes, il voulut déplacer la longue-vue, mais sa main ne lui obéit pas. Il continua à la regarder. Les verres usés brouillaient l'image sur sa périphérie, mais le centre était rempli par le visage de Hazal. Des rayons de soleil se glissaient entre ses cheveux, le vert de ses yeux renvoyait des reflets, et de petites lunes[38] peuplaient ses joues... Il était trop fier pour reconnaître ce qu'il voyait vraiment.

— De près, elle est encore plus laide ! dit-il à voix haute, et il sortit chercher ses amis pour qu'ils aillent tirer sur des pigeons avec leurs frondes.

Après la énième réunion parents-profs à l'école, ses parents rentrèrent décontenancés. La maîtresse, qui auparavant n'avait que des remarques à faire et leur donnait des conseils sur ce qu'ils devaient entreprendre pour le bon développement de leur fils, leur confia des observations confuses lors de leur dernier entretien.

---

38. En bulgare, les taches de rousseur sont des petites lunes.

— Cette fois, je n'ai rien compris, dit Alkan à sa femme. Il travaille, ce garçon, ou non ?

— Il travaillerait, mais il regarderait trop souvent par la fenêtre.

La question de savoir si Youssouf étudiait ou non demeura un mystère, mais ses parents se consolèrent, au moins, à la pensée qu'il aimait lire, particularité héritée de sa mère. Il ne faisait pas non plus de bêtises, que demander de plus ? Ils préférèrent ne rien entreprendre de peur d'embrouiller davantage le mécanisme complexe de la croissance. Sa vie secrète dans le grenier les inquiétait, mais ils décidèrent néanmoins de prendre leur parti devant l'inconnu.

Les après-midi, Hazal lisait des contes à sa petite sœur, qui jetait un coup d'œil aux illustrations sur les pages, montrait du doigt, s'enthousiasmait puis redevenait sage, afin d'entendre la suite. Youssouf écoutait, lui aussi, du grenier, cherchait les titres, relisait les contes et se tenait prêt, devant la longue-vue. Il scrutait les lèvres de Hazal, dans sa tête résonnait sa voix imaginaire, son œil roulait dans les interstices laissés par les mots, s'enfonçait entre les dents, se cassait en mille morceaux, entraînant aussi son cœur dans sa chute. Chaque jour, il faisait la même chose. Lorsqu'il avait regardé Hazal à satiété, il faisait le tour du village, lisait, se remettait derrière la longue-vue, la braquait vers le point le plus éloigné. Hazal disparaissait, le banc blanc devenait désert. Youssouf descendait du grenier. Mis à part les obligations inévitables de la journée, le cycle de sa vie se réduisait à l'alternance de ces éléments fondamentaux : la longue-vue, Hazal et les livres, mais surtout Hazal.

Entre les petites histoires du journal, on commença à voir apparaître des observations d'un autre ordre :

Grand-père joue au jacquet, il lance les dés, déplace les pions noirs, lance les dés, déplace aussi les blancs.

Aujourd'hui, Hazal a tressé pour elle une couronne de petites fleurs blanches et pour sa sœur une de toutes les couleurs.

Un homme promène une poussette, dedans : un agneau.

À l'école, Hazal a été gentille avec moi, sûrement parce qu'elle a un nouveau tee-shirt.

Une maison écroulée, le vieux propriétaire regarde par la fenêtre.

Hazal a un bouton au front.
Hazal n'aime pas les chiens, elle préfère les chats.
Hazal rend visite à sa grand-mère.
Hazal est rentrée.
Hazal n'est pas...
Hazal est...
Hazal...
...

Durant la moisson de la lavande, grand-père Koudret prenait son petit-fils avec lui. Les parents de Youssouf attendaient ce moment avec impatience : c'était le seul durant lequel leur fils se tenait avec des gens et même, pensaient-ils, se sentait bien. La différence entre la première moisson, où Youssouf avait fait la connaissance d'Ahmet et de Mehmet, et celle d'à présent, c'était que les deux frères travaillaient désormais dans les champs. L'aîné, Ahmet, portait les cagettes remplies de lavande, tandis que Mehmet revenait avec les vides. Youssouf les aidait, mais il demeurait souvent à l'écart. À force de regarder à travers la longue-vue, il avait fini par ressembler lui-même à une longue-vue. Au grand soulagement de tous, sa retraite prit fin aussi inopinément qu'elle avait commencé.

Presque trois ans après la première utilisation de la longue-vue, dans la partie la plus proche, à l'intérieur de son champ de vision, Youssouf remarqua du mouvement. Dans la maison voisine, depuis longtemps abandonnée et qui avait sombré dans l'oubli, une famille inconnue vint s'installer. Il ne songea pas à en faire la remarque dans son journal : peut-être n'avait-il pas trouvé, derrière ce tableau, une petite histoire à raconter ou ne devinait-il pas encore l'histoire, différente des autres, dans laquelle il serait entraîné...

L'ATELIER DU FORGERON MAÎTRE CHABANN

Dans le jardin de ma raison en automne
comme au printemps – dans les branches de l'amour.
Appelle-moi Prophète parmi les fleurs,
et toi – de la jeunesse le créateur[39].
ROUDAKI

La maison faisait partie de celles, en très grand nombre, qui avaient été abandonnées dans le village. Elle se trouvait dans le centre, à un croisement, entourée d'un immense jardin. Depuis que ses propriétaires étaient partis, au moment de la Grande excursion, elle tombait en ruines chaque jour davantage et l'été on voyait proliférer les serpents et les lézards dans l'épaisse forêt formée par la ciguë. Son emplacement avait plu à Chabann ousta[40] – forgeron, menuisier et, surtout, maître fabricant de charrettes renommé. Sa notoriété était largement établie dans la région, malgré

39. En l'absence de l'original persan et d'une traduction française, la traductrice a traduit ces deux vers du bulgare.

40. *Usta* en turc : maître, expert.

sa mauvaise réputation de radin et d'insupportable ivrogne. Il était presque toujours vêtu d'une salopette bleue, dans les rares cas où il se montrait en survêtement, on voyait la fente de ses fesses, ce qui ne le gênait pas, mais ce n'était pas une vue agréable pour ses clients.

Il était accompagné de sa fille de seize ans, aussi basanée et replète que son père mais douée d'une vitalité et d'une amabilité exceptionnelles. Gül[41] était l'enfant d'un amour passionné entre Chabann ousta et une *amprizoutka*[42], comme il décrivait son ex-femme. Ils avaient longuement débattu pour savoir quel nom donner à l'enfant, mais, malgré les prières de Chabann, elle s'était opposée à ce que l'enfant porte le prénom de sa grand-mère paternelle et en avait inventé un qui combinait ses deux fleurs favorites : le gardénia et la rose, Gardeniagül. Le maître l'avait suppliée de choisir quelque chose de plus traditionnel, l'*amprizoutka* s'était rebellée, pour finir il avait cédé mais avait honte d'appeler sa fille par son prénom.

Grand-père Koudret entreprit d'aider ses nouveaux voisins. Ils nettoyèrent la cour, changèrent quelques tuiles du toit, transportèrent les bagages et installèrent dans l'une des pièces le fleuron de la création de maître Chabann – une charrette avec des ressorts de

---

41. Rose (turc).

42. Femme légère, foutraque. « Ses ampères sont en panne » (NDA).

Moskvitch et des *kanats*[43] décorés. En un tour de main ils construisirent l'annexe en briques et, quelques jours plus tard, l'atelier ouvrit ses portes.

Le premier client du célèbre maître fut grand-père Koudret. Depuis des temps immémoriaux traînait dans son cagibi une vieille houe sans manche et il décida de la ramener à la vie. Chabann l'examina attentivement, comme l'orfèvre un bijou précieux :

— *Komchou*[44], ben, ces houes, c'est éternel !

Il arracha le reste du manche pourri, alluma le charbon de bois dans l'*odjak* et mit en marche le compresseur destiné à intensifier la combustion.

— Ça, je l'ai fabriqué à partir d'un vieil aspirateur, suffit d'inverser la direction : au lieu d'aspirer, faut qu'il chasse l'air, ça devient un ventilateur professionnel.

Koudret en fut fort impressionné.

— Mais, *komchou*, ajouta Chabann avec empressement, tout, dans cet atelier, a été adapté par un miséreux. Tiens, cette meuleuse d'établi, je l'ai faite avec une machine à laver cassée, tu te rappelles les vieilles EP-60, ma mère en avait une comme ça, mais quand elle est tombée en panne, je n'ai pas eu le cœur de la jeter à la poubelle. J'ai enlevé le moteur et j'me suis dit, qu'est-ce que tu vas en faire, Chabann, eh ben, c'est une meuleuse que tu vas en faire, Chabann !

---

43. Aile (en turc), ridelle d'une charrette (NDA).

44. Voisin (*komşu*, turc).

Le maître arpentait son atelier avec une agilité et un plaisir si inouïs que ses mouvements évoquaient des pas de danse. Il enfouit la houe dans le feu ardent de l'*odjak*, appuya dessus avec un morceau de profilé en acier pour qu'elle soit recouverte de charbon. Lorsque l'outil prit une couleur rouge vif, il le retira avec les grandes tenailles et le posa sur l'enclume. Il saisit le marteau de taille moyenne et frappa la houe. Il observait des amplitudes et des rythmes définis, commençait par un coup violent, diminuait les deux suivants. Après avoir exécuté cinq fois cette combinaison, il finissait par cinq coups réguliers et recommençait depuis le début. Ce son cadencé retentissait dans tout le quartier et donnait l'impression d'une musique antique. Le fer refroidit et se durcit, Chabann le remit dans le four. Puis il lâcha le métal brûlant dans la cuve en pierre où il grésilla et gargouilla un certain temps.

— Il bout, bout, lâche un œuf et il va cuire !

— *Achkolsoun*[45] *! Achkolsoun !* s'écria Koudret.

Pour finir, après avoir donné forme au manche, il lança dans l'*odjak* un bout de fer carré et pyrograva à l'une de ses extrémités les initiales « Ch ». Koudret en fut touché.

— Il faut aimer son métier, *komchou* ! dit Chabann.

— Elle est devenue carrément neuve, comme si je l'avais achetée !

---

45. Bravo ! (du turc *aşkolsun*).

— Meilleure, même, les neuves, c'est de l'arnaque. Gül ! s'écria le maître. Pourquoi tu restes à paresser à l'intérieur, fais-nous à chacun un café *keuproukli*[46].

Peu après, sa fille sortit de la maison avec un plateau violet à fleurs et servit les cafés. Alors qu'ils étaient en train de boire, quelqu'un d'autre se pointa, Koudret fit les présentations :

— C'est la Limonade. Un spécimen intéressant ! Paraît que ce matin il s'est trompé de chemin en allant vers la baraque d'Ismaïl le Merdeux et qu'il a demandé un verre de vodka gratis, tu parles ! *Koukich*[47] *!*

La Limonade prit place auprès d'eux, tandis que Gül rentrait dans la maison. Elle en ressortit presque aussitôt avec un verre de boisson non alcoolisée à l'intention du nouvel invité.

— Tu vas lui déglinguer l'estomac, le pauvre, s'écria Koudret. Apporte-lui une gnôle faite maison !

Après la Limonade arriva le Sacripaint, un homme d'âge indéterminé, décharné, à l'air maussade et à l'élocution difficilement compréhensible. Un jour, il avait voulu se plaindre de la misère et de l'inégalité entre les hommes et avait essayé de citer Botev[48],

---

46. Avec de la mousse (du turc *köpük*).

47. Indique le geste de la figue (le pouce entre l'index et le majeur) en signe de refus.

48. Khristo Botev (1848-1876), publiciste doué de l'aura du « poète national » qui fustigeait dans ses vers les notables, les nantis et les ecclésiastiques. Il fomenta une insurrection contre le pouvoir ottoman et mourut sur le champ de bataille en combattant contre les Turcs.

mais son bulgare boiteux avait déformé le mot « sacripant », d'où son sobriquet. Arriva également l'Ex.

— Ah non ! Je m'en vais, ici, ça s'est rempli de bons à rien ! Koudret se leva démonstrativement. Vous allez jeter le mauvais œil sur le nouvel atelier.

Il s'assit de nouveau mais ne put se retenir :

— L'Ex, elle est où, ta brosse ?

— Quelle brosse, *baté*[49] ? demanda-t-il, étonné.

— Tu ne colles pas des affiches du Parti dans les rues ?

Koudret haussa les sourcils et inclina théâtralement la tête d'un côté.

— Oh, *baté* ! Dis pas ça, moi, je vote que pour les nôtres ! se justifia l'Ex.

— Donnez-moi un couteau, on va voir quelle couleur va couler ?

Koudret se dirigea brusquement vers lui. Il renonça à son offensive et héla son petit-fils par-dessus la haie, pour qu'il lui apporte ses cigarettes.

— Le petit va venir maintenant pour vous instruire.

Depuis que les nouveaux voisins s'étaient installés, la longue-vue ne regardait que dans leur direction. Youssouf remarqua les grands gestes de son grand-père, il reconnut celui avec les deux doigts devant sa bouche, saisit le paquet de cigarettes et courut

---

49. *Baté* est un terme d'adresse utilisé pour un homme plus âgé. À l'heure actuelle, il sort de l'usage, mais est encore utilisé à la campagne, notamment par les Tsiganes.

rejoindre les hommes. Koudret l'interrogea devant tout le monde, il le poussa à énumérer les machines qui se trouvaient dans l'atelier et qu'il avait apprises la veille. La compagnie des bons à rien hochait la tête en s'exclamant « eh bé, eh bé ! ». Lorsque la leçon de forge et de menuiserie fut terminée, le garçonnet prit place à côté de son grand-père et demanda un café *köproukli*, ce qui enchanta encore plus les bons à rien, car derrière son comportement perçait l'auguste caractère de Koudret. Gül lui apporta le café, elle lui sourit, Youssouf lui sourit en retour, puis il la regarda d'un air sévère et redressa le dos. Elle éclata de rire et rentra dans la maison.

•

Le péché mignon de Gül, c'étaient les fleurs. Elles écoutaient ses tourments de jeune fille dans les moments les plus malheureux. La moitié de sa journée se passait à détacher les petites feuilles pourries, à arroser et dépoussiérer les pots. Gül aimait aussi la musique. Elle pleurait toujours en écoutant les chants d'Andrea Bocelli et de Céline Dion. Même si elle ne comprenait pas un mot, elle savait que, si la musique était lente, on chantait un amour triste, si elle était rapide, un amour heureux, en tout cas toujours un amour. Elle écoutait aussi Luciano Pavarotti, mais alors, elle baissait le son de la radio. On lui disait qu'elle ressemblait à une cantatrice d'opéra, on se moquait d'elle et elle s'enfermait avec ses fleurs pour pleurer en cachette.

Ce jour-là était, pour elle, une sorte de fête, enfin elle arrangerait les fleurs. Aux fenêtres des chambres elle disposa des orchidées et des jacinthes blanches, par terre quelques bacs de pélargonium. Dans la cuisine, les gardénias, bégonias, citronniers à fruits verts qu'elle aimait tant. Tous les rebords extérieurs de fenêtres, de même que la terrasse, elle les couvrit de géraniums et, sous le plafond du balcon, elle accrocha des lobelias, des bégonias tubéreux et des capucines. Sur les escaliers menant à la porte d'entrée elle disposa des pétunias, des pélargoniums et des géraniums. Vint le tour du jardin. Pour sa plus grande joie, la maison en avait un immense. Au loin, ils réservèrent un endroit à la culture des légumes et tout le reste pouvait être transformé en jardin floral. À l'emplacement le plus central, elle planta des roses rouges entourées de violettes. Le long de la clôture, en longs rubans, des dahlias, des œillets et des tulipes multicolores, quant à l'espace entre la fontaine et l'atelier, elle le combla d'asters jaunes, de pourpiers à grandes fleurs et de guimauves. Il lui restait encore beaucoup de fleurs, or elle n'avait plus d'endroit où les disposer... Alors, tout ce qui restait – ficus, colocasias, gerberas, cactus, philodendrons, aloé véra, langues de serpent et bien d'autres encore –, elle l'entassa dans la pièce spéciale. Celle-ci se remplit de fleurs, tandis qu'au centre, tel un spécimen de musée, trônait le fleuron de la création de Chabann – la petite charrette aux *kanats* décorés.

Outre les plantes, les soucis domestiques et la préparation des cafés pour les clients, le dernier quart du quotidien de Gül se passait dans la lecture du Coran. Chaque fois qu'elle éprouvait de la tristesse, elle s'abandonnait à la foi et supportait plus facilement sa solitude. Faire la connaissance de Youssouf apporta de la joie dans sa vie. Lorsqu'il était dans les parages, le monde devenait plus supportable. Gül l'écoutait et, sans s'en rendre compte, se prenait à rêver. Et comme il sentait bon, ce garçon...

•

La réputation du maître se répandit rapidement dans le village et en peu de temps il se forma une longue queue qui attendait devant son *ichlik*[50]. Chabann excellait dans son métier. Il n'y avait pas de clients mécontents. Sauf que les gens étaient estomaqués par la constante augmentation des prix. Plus le maître recevait d'éloges, plus la note grimpait. Il avait bien du mal à faire face à toutes les commandes, durant les jours de canicule il ruisselait de sueur. Pour éviter d'embêter les gens avec les émanations de son corps, près de l'annexe où se trouvait son atelier il en construisit une autre à ciel ouvert en guise de salle de bains d'été. Entre chaque client, il prenait une douche rapide.

50. Atelier (*işlik* en turc).

Par curiosité à l'égard du métier de forgeron, Youssouf proposa son aide dans l'*ichlik*. Chabann en fut étonné, mais il accepta. Il lui assignait une tâche en l'appelant « arpète » et, lui, il répondait « À tes ordres, ousta ! » Durant les pauses, Chabann lui permettait d'expérimenter à son gré. Gül ne cessait de lui faire des compliments pour son habileté et, pour le récompenser, elle lui préparait un autre café. À son contact, Youssouf apprit à s'occuper de fleurs, à confectionner des roses avec des serviettes en papier, des vases avec des bouteilles en plastique. Lorsque les voisins s'achetèrent une chèvre, même si, au début, il éprouvait du dégoût, il commença à la traire. La chèvre se révéla être un animal fort désagréable – outre le fait qu'elle sentait encore plus mauvais que le maître, elle ruait pendant la traite, renversait le lait ou fourrait son sabot dans le seau rempli à ras-bord. Le plus impardonnable, incontestablement, c'était quand elle faisait caca dans le lait. Gül écartait prestement à la main les crottes et rassurait le garçonnet en lui disant que lorsque le lait bouillait il ne restait rien.

Parfois, Chabann ousta s'accordait un congé et allait pêcher. Alors, des heures durant, Youssouf et Gül paressaient sur la terrasse ou écoutaient de la musique italienne. C'est dans le silence de l'un de ces après-midi dominicaux que l'idée vint à Gül de lui donner des cours d'arabe. Par grand-mère Hava, il connaissait un assez grand nombre de prières, mais il ne pouvait pas les lire dans le Coran. Elle sortit tous ses livres de grammaire arabe, et ainsi débuta l'une de leurs activités supplémentaires. Youssouf avait assimilé assez rapidement l'alphabet cyrillique et l'alphabet latin, mais ces étranges hiéroglyphes lui donnèrent du fil à retordre, sans compter que Gül expliquait de manière assez approximative, comme si elle faisait exprès de l'embrouiller. Il sentit qu'elle rusait, mais quelque part ça lui plaisait. Certains jours, ils étaient tellement distraits que les livres demeuraient ouverts pendant des heures sur la table et que la leçon se terminait avant même d'avoir commencé.

Un jour, Youssouf trouva par hasard un très vieux sifflet dans le coffre de grand-mère Hava et il courut le montrer à sa nouvelle institutrice. Il essaya de jouer un motif de « Be-sa-me-mucho », mais elle ne reconnut pas sa mélodie préférée. Il lui lança le sifflet dans les mains en disant :

— Puisque tu es si experte, joue-le, toi !

La réponse, confuse, fut :

— Je ne le mettrai même pas dans ma bouche ! Je jouerai d'un autre instrument.

Il lui fallut quelques années pour comprendre ce que voulaient réellement dire les paroles de Gül et se rappeler avec nostalgie le temps de leurs premières découvertes amoureuses. Gül devinait déjà en lui les premiers signes de puberté et commença à lui faire des avances de plus en plus osées, jouant avec ses cheveux, l'asseyant sur ses genoux, le serrant dans ses bras. Jusqu'à ce qu'un jour, au beau milieu du cours d'arabe, profitant de sa distraction, elle mit la main entre ses jambes et le saisit par cet endroit. Youssouf fit un bond, il poussa un cri, offensé. Il partit, indigné, en se promettant de ne plus jamais revenir. Chez lui, on sentit qu'il n'était pas dans son assiette, mais personne ne put lui en extorquer la raison. Il se coucha, dans l'idée qu'il avait été trahi, et se promit de ne plus jamais remettre les pieds chez Gül. Le sommeil ne venait pas, Youssouf priait pour oublier ce qui s'était passé et pouvoir s'endormir, mais l'incident ne cessait de lui sauter aux yeux, de manière de plus en plus obsédante. Cet instant se répéta et se reconstitua tant de fois dans sa tête que, brusquement, il comprit - par-delà le mur apparent de la honte perçait profondément en lui un plaisir inconnu et inexplicable qui l'effraya.

Il se réveilla tôt, l'étrange excitation avait quitté son esprit, mais elle s'était retirée, comme une fatigue, dans ses muscles. Il n'avait pas le courage de se lever du lit, l'idée de rester au soleil dans cette canicule lui demandait un effort. Il ne voulait pas non plus rester enfermé chez lui, dans cette insupportable touffeur. Il partit à vélo. Son sang se mit à circuler, la fraîcheur du vent qui venait en sens inverse dissipa les derniers restes de ses tourments, il n'avait pas soupçonné qu'après ce qu'avait fait Gül la veille, il puisse se sentir aussi bien.

Il fit un crochet chez l'Inventeur. Il appuya son vélo contre la porte métallique, se hissa sur la base en ciment de la clôture et cria. Hikmet ne se montrait pas, il n'y avait aucun autre endroit où il puisse être à cette heure-là, pourquoi n'entendait-il pas ? Quelques minutes plus tard, il apparut à l'entrée du garage au portail vert et demanda :

— Qui crie ? comme s'il ne l'avait pas reconnu.

— Moi. Youssouf. Ton petit-neveu et élève.

— Youssouf ? Ça ne me dit rien. J'ai déjà oublié son visage.

Youssouf perçut le reproche du fait qu'il n'avait pas cherché à le voir depuis longtemps.

— J'étais occupé à faire des découvertes.

L'inventeur fit demi-tour et retourna vers le garage.

— Dans ce cas, c'est bon. Entre !

Hikmet n'était pas fâché, mais il n'était pas non plus loquace. Le plan de travail, à nouveau encombré de rouages, absorbait toute son attention. Youssouf se contentait du privilège de pouvoir rester assis près de lui et d'être témoin de son processus mental que rien n'interrompait. Il se rendait compte qu'il n'avait rencontré chez personne d'autre pareille concentration, il en tirait de l'inspiration tandis qu'il l'observait. Il essaya, sans poser de questions inutiles, de deviner par lui-même ce qu'il était en train de fabriquer cette fois-ci. L'inventeur faisait tourner la poulie d'un système de moteurs électriques connectés tout en suivant sur le vieux multimètre la pression créée par le mouvement du rotor aux extrémités du stator. Il aperçut aussi le bracelet en or qui se balançait au-dessus de leurs têtes. Il lui demanda s'il était en train d'élaborer un nouveau modèle de sa Boîte à musique pour trésors en or. Hikmet répondit qu'il y avait déjà longtemps qu'il l'avait construite, mais sans trouver le temps de l'essayer. Il ne dit rien de plus, Youssouf continua à l'observer. Il suivit avec beaucoup d'attention chacune de ses actions, déchiffra le mécanisme complexe et déclara avec ravissement :

— C'est un moteur éternel !

— Oui, exactement. Perpetuum mobile. Mais ce n'est pas ce que je suis en train de faire en ce moment.

Youssouf fut totalement décontenancé - comment cela, il faisait quelque chose qu'en même temps il ne faisait pas. Hikmet intégrait diverses lampes au système, en vérifiait la luminosité, mesurait la température des moteurs, inscrivait les données, calculait les indicateurs et faisait de nouvelles tentatives. Youssouf se laissa distraire, il tourna la tête vers les portraits sur le mur, tant de visages parmi lesquels aucun n'était connu, aucun n'était proche.

— Il y a quelque chose qui me taraude sans que j'aie la réponse, avoua l'Inventeur en reposant les mains.

— C'est quoi ?

— Selon les lois de la thermodynamique, il est impossible de construire un moteur éternel. C'est précisément la raison pour laquelle j'ai dit que je faisais autre chose. Il n'y a pas de machine susceptible de résister à la déperdition d'énergie, que ce soit par frottement, conduction, interaction gravitationnelle... Ce processus, bien entendu, est protégé par la loi de conservation de l'énergie, mais j'ai le sentiment qu'il y a une troisième loi. Non pas physique, une autre, comme s'il intervenait une force invisible qui décomposait l'excédent, une faille par laquelle s'écoule l'existant qui se métamorphose avant de s'effacer. Quelle est cette loi ? Où va ce qui est effacé...

Youssouf soupira, il savait que son grand-oncle n'attendait pas de réponse, il n'essayait pas de l'aider. Dans sa tête jaillit une seule question, très certainement inadaptée à ce cas précis, qu'il ne put se retenir de poser :

— Mon oncle, est-ce que tu as déjà eu une femme ?

Hikmet retourna aux expériences, il répondit par une citation :

— Ce n'est pas l'amour qui me tente sur terre. *Être un créateur - c'est mon rêve le plus cher*[51].

— C'est pour ça que tu t'es éloigné de tes proches ? De ta famille ? De ton frère, mon grand-père Koudret ?

— Il faut choisir. Moi, c'est l'invention qui m'a choisi.

---

51. Alisher Navoï. Dans le vers original, ce n'est pas « créateur » mais « être humain ». Hikmet change le mot (NDA). Traduit à partir du bulgare (NDT).

Il se tourna vers Youssouf et le regarda d'un air intrigué.

— D'où te viennent des questions pareilles ?

— Je ne sais pas...

Youssouf baissa la tête.

Hikmet lui sourit.

— Moi, je crois deviner.

Avec le temps, la quantité de travail dans l'*ichlik* de Chabann ousta diminua. Les clients choisirent de donner leur argent au maître local qui travaillait lentement, mais était beaucoup moins cher. Chabann se lança dans la construction. Il faisait le tour des maisons, n'ouvrant son atelier que deux ou trois fois par mois. Il se mit à boire, à se disputer avec les villageois et à les offenser, il se mit même à frapper sa fille. L'outrage ressenti par Youssouf à l'égard de Gül s'apaisa et, peu après, il revint vers elle. Il lui apporta de vieilles cassettes audio qu'il avait trouvées dans la voiture de son grand-père et un peu par hasard, il s'était dit que peut-être elles lui plairaient. Ils renouvelèrent leurs leçons d'arabe en faisant attention à ce qu'elles ne durent pas trop longtemps. Ils ne parlaient quasiment pas d'autres sujets. Gül prenait garde à son comportement en présence de son père, Youssouf, lui, évitait de le rencontrer. Il était ébahi par le changement opéré chez le maître. Avait-il toujours été ainsi ou avait-il changé ces derniers temps ? Où était passé le Chabann spirituel qu'il appelait « ousta », recevant en réponse le qualificatif de « tchirak », arpète...

Pour plus de sûreté, lorsqu'il allait rendre visite à Gül, Youssouf guettait avec la longue-vue le moment où le maître quittait la maison. Le reste du temps, il se contentait d'observer la jeune fille à travers la vitre. La longue-vue ne se baladait plus dans tout le village, mais faisait alterner deux tableaux : la fenêtre de Gül avec les fleurs sur son rebord et le banc blanc de Hazal. Il ne les comparait pas, elles n'avaient rien en commun, sans compter que le sentiment confus qui emplissait Youssouf était, lui aussi, différent. Lorsqu'il pensait à Gül, il ressentait une chaleur dans ses membres, inspirait profondément, retenait l'air et entendait son pouls accélérer dans ses tympans. Hazal, en revanche, ralentissait son sang, la terre sous ses pieds s'attendrissait, il avait un trou noir sous les yeux.

Depuis qu'il avait fermé son atelier, Chabann ousta avait cessé d'utiliser la salle de bains d'été, alors que Gül l'adorait. Plusieurs fois par jour elle enfilait ses tongs roses, enroulait la serviette autour d'elle, franchissait à tout petits pas les quelques mètres qui séparaient la porte de la maison de celle de la salle de bains extérieure et entrait prendre une douche. À travers la longue-vue, Youssouf la voyait faire passer la serviette par-dessus le plafond ouvert de la petite annexe, un instant plus tard l'eau s'écoulait par la douche, la suite ne faisait naître que des fantasmes.

Un matin, Chabann ousta prit son sac à dos avec ses outils et dit à sa fille qu'il allait poser une dalle dans le village voisin, il ne reviendrait pas avant la fin de l'après-midi. Youssouf le vit partir, il prit son temps avant de se rendre chez Gül, il voulait attendre encore un peu. Lorsqu'elle eut terminé le travail domestique, elle enroula la serviette autour d'elle et se dirigea vers son endroit favori. Youssouf ne résista pas à la tentation, il saisit la longue-vue et se hissa sur le toit. Il la cala contre la cheminée, régla les lentilles et regarda la salle de bains d'été à travers le plafond découvert. L'eau s'écoulait sur les cheveux de Gül, bondissait sur son visage, continuait sur le cou, les épaules, inondait ses seins, toute la chair plus bas. Sa main frottait avec la savonnette, sa peau rougissait – de honte ou de plaisir ? La mousse couvrait les courbes, créait de petits secrets, Gül ne faisait pas que prendre une douche, elle dessinait son corps. Le soleil brûlait depuis tôt le matin, Youssouf avait déjà la tête qui tournait, ses jambes flageolaient, il vacilla, se rattrapa à la cheminée qu'il entoura de ses bras. L'eau s'arrêta, Gül se couvrit de la serviette, elle rentra chez elle. Youssouf s'assit sur les tuiles du toit et essuya la sueur de son front.

Deux heures plus tard, il alla chez elle. Aucun des deux ne fit allusion à un cours de lecture en arabe. Ils restèrent un moment assis sur la terrasse jusqu'à ce que la chaleur dehors devienne insupportable. Gül prit un drap et un petit coussin, elle les apporta dans la pièce aux fleurs, les disposa dans la charrette et mit, sur le lecteur de cassettes, des chansons de Charles Aznavour.

Allongés sur ce lit improvisé, ils jouirent tous les deux de la musique pendant un long moment, puis décidèrent de jouer à « Action ou vérité ». L'écho des réponses gênantes aux questions gênantes retentissait de manière prolongée dans le silence avant de sombrer irréversiblement dans la chambre close de la mémoire. C'est alors que pour la première fois Youssouf entendit le prénom entier de sa meilleure amie et rit beaucoup avant de compatir. Les provocations étaient prévisibles et, peu après, ils furent bientôt en sous-vêtements. La sueur des deux corps serrés l'un contre l'autre se confondait, s'écoulait à grosses gouttes sur les fleurs et embuait les vitres de la fenêtre par laquelle une abeille étourdie tentait de s'enfuir. L'air se chargea d'une forte odeur de lavande.

— Tu sens toujours merveilleusement bon..., s'attendrit Gül.

Youssouf se souleva, lui jeta un regard acéré, avant de se laisser aller et de s'adosser en poussant un soupir :

— Lorsque j'étais petit, je me suis endormi sur de la lavande... ça vient de là.

— Tu me fais marcher, chuchota-t-elle.

— Grand-mère Hava dit que ce serait l'odeur de la mort, mais elle raconte ce qui lui passe par la tête.

— La mort pue la charogne.

— Au contraire, elle ne pue pas, parce que... parce que, parce que voilà !

— Convaincant, je suis d'accord avec toi, Garçon à la lavande !

— Tu ne peux pas ne pas être d'accord, Gardeniagül. Choisis - Action ou vérité ?

— Je choisis la seconde.

— Est-ce que tu te rappelles... Nous avions une leçon et tu as fait quelque chose... Et après, je t'en ai voulu...

Avant même qu'il n'ait achevé sa phrase, Gül mit la main à l'endroit de son corps en question et demanda d'un air totalement détaché :

— Tu veux parler de ça ?

Youssouf frémit, pourtant, cette fois, il ne poussa pas de cri, ne s'enfuit pas, mais s'abandonna à la sensation envahissante.

— C'est honteux, pourquoi le fais-tu ?

— Parce que ça me plaît. Lorsque je me marierai, je ne ferai que cela à longueur de journée.

— Peut-être pas seulement ça ?

— Je ne descendrai pas de mon mari avant qu'il ne perde ses forces.

— Moi, je ne sais toujours pas comment on fait... cette chose-là. Le faire...

— Très simple - ça, là, ça entre dans ça, rien de plus.

— Jusqu'où ça doit entrer ?

— Jusqu'au fond.

— Et tu n'auras pas mal ?

— Si, mais ce sera la douleur la plus douce. Maintenant, c'est à toi, qu'est-ce que tu choisis ?

— La vérité.

— Dis-moi un secret.

— Je suis amoureux. Elle s'appelle Hazal. Une fille de ma classe.

— Est-ce qu'elle le sait ?

— Elle est la seule à le savoir.

— Et alors, qu'est-ce qu'elle dit ?

— Si je n'arrête pas avec mes sottises, elle préviendra la police.

— Vraiment ?

— Bon, j'invente un peu. Mais, un jour, je lui avouerai.

— Donne-lui une fleur.

— Tous les jours, je lui achète des gaufrettes, elle les mange, mais après, elle se fâche à nouveau.

— Les gaufrettes, c'est une chose, les fleurs autre chose. Essaie, et on en reparlera.

— Et toi, tu vas me dire un secret ?

— Je veux m'enfuir. Avoir ma propre maison, pour que mes fleurs ne gênent personne. Allumer en permanence la radio, écouter ce qui me fera envie, avoir un chat, un perroquet ou un chien... et un mari qui m'aimera. Qui non seulement m'aime mais me le dira chaque nuit, dans un murmure, avant que nous ne nous endormions, épuisés par l'amour. Nous promener les après-midi dans le parc sans connaître personne. Sans connaître mon père. Je veux être heureuse avant de mourir.

— Je peux me marier avec toi.

— Ah bon ? Et Hazal ?

— Ben, si ça ne marche pas avec elle.

— Promis ?

— Promis.

Ce fut leur dernier été. Lorsque les premières feuilles d'automne tombèrent, Gül reçut une lettre inattendue et, sans rien dire à personne, elle quitta pour toujours la maison paternelle. Et ils ne se revirent jamais plus, Youssouf et elle.

LES LETTRES DE SÉMIRAMIS LA FIDÈLE

Dans ton jardin ne pense pas aux fruits,
les saules ne font que pleurer pour la vie.
Devant le jardinier sois vigilant !
Poussière – sous cette voûte passe avec le vent[52].
ROUDAKI

La longue-vue gisait par terre dans le grenier, quelqu'un l'avait renversée. Youssouf pensa au pire. Il la souleva, vérifia qu'elle n'était pas cassée, il n'y avait pas de dommages visibles. Il la repositionna derrière la fenêtre, il devait regarder à travers pour s'assurer qu'elle était en bon état. Il s'enhardit, approcha l'œil de la lentille. La lumière très forte l'aveugla. L'image était blanche comme neige, sans êtres humains ni animaux, sans maisons ni arbres, sans horizon, rien au-dessus, rien au-dessous. Youssouf commença à changer le focus, le ciel devint peu à peu bleu clair, la terre s'assombrit, des tiges vertes se mirent à y pointer, leurs fleurs faisaient une tache mauve sur le fond céleste. Autour d'elles, des

52. Traduit du bulgare.

abeilles se mirent à bourdonner, une main cueillit une gerbe de lavande, une autre la coupa avec une faucille. Les fleurs se déversèrent dans la casquette remplie, quelqu'un la souleva et l'emporta. Était-ce Ahmet qui la portait ? En face de lui courait un garçon avec un chien, oui, c'étaient ses meilleurs amis. C'était la moisson, le champ grouillait de monde. Quelque part, parmi eux, appuyé contre son vieux Jupiter 5, se tenait aussi grand-père Koudret, qui surveillait les ouvriers. Mais pourquoi n'avait-il pas appelé Youssouf ? L'avait-il oublié ? Non, il n'oubliait jamais... Et apparaissait toujours.

Youssouf devait lui rappeler son existence, à vélo il arriverait immédiatement. Il se retourna et traversa le grenier sombre en direction de l'échelle. Le sol grinçait, les poutres, sous ses pieds, étaient pourries, s'il continuait à avancer, il tomberait. Il se figea sur place et tourna la tête en direction de la fenêtre, dans son dos. Devant le cadre était assise une ombre désincarnée qui regardait par la longue-vue. Elle lui sembla familière, comme s'il l'avait déjà vue une autre fois, sans se rappeler quand. Il tenta de lui adresser la parole mais l'air lui manquait, et il ne pouvait libérer les mots de sa bouche.

— Tu ne vas pas pleurer parce que cette *kopanarka*[53] n'a pas réussi à t'apprendre *elif-ba*[54] ? prononça

---

53. Tsigane d'origine valaque, chrétienne.

54. Les deux premières lettres de l'alphabet arabe.

l'ombre d'un ton traînant avec la voix de grand-mère Hava.

— Quoi ?! hurla Youssouf de toutes ses dernières forces.

— Allez, debout ! s'écria encore plus fort grand-mère Hava à travers la porte de sa chambre. Un *hakiki maalim*[55] vient d'arriver au village, il t'attend dehors !

Youssouf se réveilla, c'était donc un cauchemar. Puis il apprit qu'un enseignant d'Imam Hatip[56] était arrivé, il recrutait des enfants pour un séminaire religieux. Un nombre important de grands-mères, au village, avaient inscrit leurs petits-enfants pour un cours de lecture du Coran, Hava la première.

Le jeune hodja, enjoué et opiniâtre, avait réponse à tout. Il aimait parler des choses importantes et trouvait le moyen de les rendre accessibles. Qu'est-ce que la foi, disait-il, sinon ce qui nous rappelle au moins un peu l'odeur de la terre du paradis ? Les enfants impatients renoncèrent dès la première semaine, l'enseignant ne se découragea pas pour autant :

— La foi n'est pas pour tous ! dit-il en haussant les épaules.

Les élèves les plus grands, entraînés dans les vertiges de la jeunesse, ne manifestaient quasiment aucune curiosité, mais ils ne partaient pas pour

---

55. Un vrai instituteur (en turc : *hakiki mualim*) (NDA).

56. École religieuse dont les élèves deviennent habituellement des hodjas.

autant. Ils trouvaient une utilité à l'école d'été, surtout durant les récréations pendant lesquelles ils allaient se cacher à l'ombre des noyers où, attristés par la pression qu'exerçaient sur eux le sexe opposé, ils larmoyaient sous leurs slips. Pendant ce temps, le hodja racontait des histoires à ceux qui étaient restés, s'efforçant de les rendre encore plus attractives, afin de retenir l'attention du peu de fidèles qui avaient survécu.

Ce que Youssouf trouva le plus impressionnant, c'était l'histoire du *tekké*[57] du village. Des années après sa mort, le saint, dit-on, poursuivait son *ibadet*[58] terrestre. La clef ouvrant le *turbé*[59] se trouvait en la possession d'une femme qui vivait près du cimetière et s'y rendait chaque jour pour aider. Elle versait l'eau de la bassine, ajoutait de l'eau dans l'*ibrik*[60], changeait les serviettes, car, durant la nuit, le saint homme faisait son *abdest* et s'inclinait pour le *namaz*[61]. Youssouf ne parvint pas à en apprendre davantage mais on lui conseilla de parler avec l'imam Mourat Hodja. L'imam allait sur ses soixante-dix ans, c'était un homme d'une maigreur extrême, mais énergique. Il était toujours vêtu de bleu

57. Lieu de culte derviche.

58. De l'arabe : expression de la foi, soumission, humilité, respect des commandements d'Allah (NDA).

59. Tombeau, mausolée (turc).

60. Récipient avec bec verseur (turc).

61. Prière musulmane (turco-persan).

et d'une casquette de retraité, il n'était pas difficile de le croiser dans les rues, puisqu'il allait cinq fois par jour chanter depuis le haut du minaret. Sans plus attendre, Youssouf partit à sa rencontre et entendit l'histoire intégrale :

— Ça s'est passé il y a plus de deux-cents ans, dit Mourat Hodja. Il y avait trois frères, destinés à devenir des saints. Leur mère les avait allaités uniquement aux moments où le muezzin chantait. Les frères n'enfreignaient jamais les interdits du Coran, ils savaient déjà ce qui est bon et ce qui est mauvais. Ils n'avaient commis aucun péché...

— Il est impossible que, pendant toute une vie, on ne commette aucun péché ! l'interrompit Youssouf.

— Attends un peu, poursuivit Mourat Hodja, nerveux. C'est vrai, nous naissons dans le péché et mourons dans le péché, mais, entre les deux, certaines choses dépendent de nous... Disons qu'ils n'avaient pas commis de graves péchés, quant aux péchés mineurs, ils s'en repentaient immédiatement et priaient pour obtenir le pardon. Ils vécurent plus de cent ans et, lorsqu'ils vieillirent, le Seigneur les fit rayonner de lumière. Quand nous marchons sous le soleil, nous avons une ombre, c'est notre péché à chacun de nous, tandis que les trois frères n'avaient plus d'ombre. Ils ne mettaient pas les pieds sur la terre mais évoluaient un empan plus haut. Ils moururent le même jour et les villageois les enterrèrent dans trois villages voisins. Après l'enterrement, ils construisirent une maison au-dessus de chaque tombe et dressèrent un *turbé* pour que les gens puissent prier. C'étaient les derniers *ermiches*[62], conclut l'imam, à présent, il ne naît plus de véritables croyants...

— Est-il vrai que, la nuit, ils revivent un instant pour prier ?

— On prétendait que Nerimane abla entrait parfois dans le *turbé* pour faire du ménage et qu'elle racontait ce qui se passait à l'intérieur, mais qui sait. La vérité se trouve dans les cœurs et non dans les yeux.

Youssouf ne fut guère enchanté par ce récit, l'imam ignorait ce qui était justement le plus intéressant dans cette histoire, mais il lui vint l'idée géniale de s'y rendre et de se convaincre lui-même de l'existence d'une vie après la mort. Il persuada ses deux amis de visiter avec lui le *turbé*, au coucher du soleil, ils se tiendraient sous la fenêtre du saint homme et réciteraient les prières qu'ils avaient apprises avec le jeune hodja. L'esprit, s'il existait vraiment, devrait avoir pitié d'eux et leur apparaîtrait. Vers le soir, ils entrèrent dans le vieux cimetière, Youssouf vint se dresser en tête et chanter comme un muezzin, derrière lui les deux frères s'assirent, entonnant des Amen. Ils firent tout ce qu'ils pouvaient, mais dans le *turbé*, il ne se produisit pas le moindre frémissement. À un moment donné, Nerimane abla entendit

62. Saint (du turc *ermiş*).

leur brouhaha, elle sortit et les chassa avec un bâton. Le soir, Youssouf écrivit dans son journal quelque chose qui l'inquiéta alors :

Je crois qu'il n'existe pas, mais, pour l'instant, je suis le seul à le soupçonner...

Cette nuit-là, le voile noir du ciel se déchira et il en tomba une lettre. C'est Memich le Tambour qui la trouva. C'était le petit-fils d'Ermich aga qui, bien avant le regroupement des hameaux, faisait le tour de l'agglomération pendant le mois de Ramazan, frappant sur son vieux tambour et réveillant le peuple pour le jeûne. Après la mort de son père, Memich hérita du métier familial. La lettre atterrit presque à ses pieds et faillit le faire tomber. La mystérieuse missive commençait par *Discours d'adieu de Sémiramis la Fidèle*. Memich la lut à la va-vite – on avait accusé la jeune fille de fornication et, pour prouver son innocence, elle s'était suicidée. La conclusion, cependant, était inquiétante :

Ne m'ignore pas ! Si tu ne recopies pas mon message sept fois et si tu ne le diffuses pas, que ma malédiction atteigne jusqu'à tes enfants !

Memich n'avait pas d'enfants, à sa connaissance, mais il ne voulait pas prendre de risques. Il décida de demander conseil à quelqu'un de plus compétent et fit un crochet chez la fameuse voyante. Nerimane abla examina la lettre et douta fort de sa provenance : ni les lois de Moïse ni le saint Coran n'avaient été écrits au stylo bille lorsqu'ils étaient descendus du ciel. Voulant s'assurer de son authenticité, elle tira d'une étagère un livre volumineux contenant les vies de toutes les saintes traitées injustement par leur mari. Le livre était écrit à la main et se transmettait de génération en génération, accompagné de la recommandation de le compléter.

La première victime de cette liste était sainte Hava, la mère de tous, vivants et morts. Les saintes écritures montraient Hava se promenant dans le jardin d'Éden, près de l'Arbre de la connaissance, et, trompée par le serpent, tentant son mari par le péché originel. Mais la vérité était tout autre. En ces temps-là, Adem était un jeune homme évaporé qui passait ses journées à arpenter son royaume en long en large et en travers, se délectant de la nature. Mère Hava lui reprocha son comportement irréfléchi, ce à quoi il répondit :

— Je suis un homme, toi une femme. Tu n'as pas à t'en mêler !

En réalité, c'est lui que le serpent avait trompé. Hava l'avait déjà averti, mais Adem avait détaché le fruit de la connaissance et l'avait mangé. Hava n'avait fait qu'y goûter, et ce, qu'un tout petit peu, mais, par manque de témoins dans la communauté du paradis, toute la culpabilité avait été rejetée sur la sainte Mère.

Nerimane abla mouilla son pouce de salive, ouvrit le livre à la dernière page, celle de l'index alphabétique, et chercha la lettre « S » – « Sabrié la Patiente, Safinaz la Généreuse, Semahat la Charitable... Sémiramis la Fidèle ! »

Selon cet antique répertoire des saintes traitées injustement par leur mari, Sémiramis était la fille du berger Seliaydine. Elle était née environ trois-cents ans auparavant. À l'âge de quinze ans, elle sortit un soir pour fréquenter le lieu d'aisance quand, tout à coup, le saule de leur jardin prit feu. Elle s'approcha et, entre les branches de l'arbre en flammes, elle aperçut le visage du Seigneur. Il lui adressa la parole :

— Tu es la plus belle de toutes les créatures que j'ai créées jusqu'à ce jour. Je te veux pour femme !

À elle aussi il lui plaisait, mais elle ne se donna point. Elle lui dit qu'il devait la demander à son père et rentra chez elle. Le lendemain, Seliaydine écouta son récit. Il se fâcha contre elle et lui interdit de répéter de telles sottises. Durant la nuit, le saule s'enflamma de nouveau.

— Je ne puis vivre sans toi, pleurait le Seigneur, sois ma femme !

La jeune fille s'enfuit et cessa d'aller faire ses besoins la nuit. Et alors, ce fut le chaos. En plein été il tomba de la neige, les pluies sentaient l'urine, tandis que les bêtes, dans l'étable, s'oubliaient et s'accouplaient avec n'importe quoi. Les plus lésées furent les poules qui, après un plaisir fugace entre les pattes des chèvres en chaleur, demeurèrent sans souffle du fait de leurs hémorragies amoureuses. Sémiramis prit conscience du fait que la cause de tous ces maux, c'était elle. Pendant la nuit, elle retourna à l'arbre et alors, elle se donna dans sa chair à son bien-aimé. En entendant ces lignes, Memich eut les larmes aux yeux, mais Nerimane abla n'interrompit pas sa lecture.

Des mois plus tard, le ventre de Sémiramis gonfla, mais personne ne voulait croire qu'elle portait l'enfant du Seigneur. Son père la chassa et la jeune fille, désespérée, se pendit au même saule. C'est ainsi qu'elle se donna aussi dans son âme à son homme. Seliaydine vit sa fille morte mais, lorsqu'il voulut s'en approcher, l'arbre s'enflamma et emporta la jeune fille à travers le ciel qui s'était ouvert, quelque part entre la lisière du temps et le silence de l'infini, dans l'étreinte de son seul aimé. De Sémiramis il ne resta qu'une poignée de cendres que les vents dispersèrent sur tous les coins de la Terre.

Nerimane abla poussa un lourd soupir et referma le livre. Il ne faisait aucun doute que la lettre était vraiment tombée du ciel. Mais quels desseins la sainte poursuivait-elle par cet acte - la question demeurait ouverte.

— Ne sois pas étonné, dit la voyante à Memich. Parfois, lorsque nous nous éloignons du droit chemin, les morts nous envoient des avertissements.

Le lendemain matin, sept familles du village furent réveillées par la missive de Sémiramis. Les grands-mères concernées, intriguées par la provenance de la lettre, rendirent aussi visite à la voyante. Nerimane abla les recevait une par une et leur lisait les passages de son livre. Elles commentaient en disant que des choses de ce genre étaient loin d'être rares à cette époque. Elles firent venir également la plus vieille, grand-mère Atché, invalide depuis des années, à qui les voisins avaient gentiment fabriqué une remorque compacte, tirée par deux personnes, et qu'ils faisaient passer par la petite porte arrière avant de la conduire dans tout le village. Dans la rue elle se mit à pleurer :

— Nous sommes de si grands pécheurs que même si une poste tout entière se mettait au travail elle ne parviendrait pas à distribuer les lettres des morts.

Encore un jour plus tard, quarante-neuf maisons reçurent le message de la sainte. Nerimane abla laissa tomber travail et famille, elle accueillit toute la journée durant des visiteurs alarmés. Les feuilles se propageaient si rapidement qu'avant la fin de la semaine tous les habitants du village étaient courbés sous le poids de ce fardeau commun.

Durant les semaines qui suivirent, les femmes guettaient à travers les fenêtres, elles inscrivaient le nom des messieurs qui laissaient les lettres, les dévoilaient à leurs époux et démasquaient les traîtres cachés dans leur entourage. Bien des amitiés en furent brisées. L'exemple le plus dramatique fut celui de Youmer le Coléreux qui renia son frère à jamais. Alors, les anciens du village se mobilisèrent et proposèrent une solution raisonnable. Puisque le message de Sémiramis avait été trouvé par Memich, c'était à lui de s'occuper de la distribution. Pendant un certain temps, tout sembla s'être apaisé. Jusqu'à ce qu'un beau matin un miracle ait lieu, les lettres disparurent d'elles-mêmes. Mais la joie des villageois fut de courte durée. Il s'avéra que le postier avait pris une cuite et perdu sa sacro-sainte sacoche. Cependant, ce n'était pas ça le plus terrible : dans son délire dû à l'ivresse, Memich s'était introduit sous les draps d'une vierge de dix-sept ans et l'avait mise enceinte. La demoiselle se justifiait :

— Ses yeux brillaient tellement que je l'ai pris pour le Seigneur !

Quant à l'accusé, il se défendait ainsi :

— Je ne sais pas moi-même comment ça s'est produit.

Mais la conclusion de cet accident ne pouvait être que la suivante - la malédiction de Sémiramis la Fidèle agissait bel et bien.

Alors, le premier jour de Ramazan on creusa une tombe près du *turbé* du *tekké*, et l'imam Mourat Hodja prononça le *djenazé namaz*[63]. Afin d'apaiser l'âme de la sainte, on égorgea une poule déplumée et l'on enterra toutes les lettres de Sémiramis la Fidèle. Sur la tombe, on planta une pousse de saule pleureur qui donnerait chaque printemps des fleurs aux couleurs éclatantes et c'est ainsi que l'on mit fin à la malédiction.

---

63. Prière funéraire (*cenaze namazı* en turc).

Le charivari qui avait entouré les lettres redonna à Youssouf le désir de guetter le vieillard du *turbé*. Il admit en son for intérieur que l'idée de se tenir avec ses deux meilleurs amis devant sa petite fenêtre et de réciter naïvement des prières était dès le début vouée à l'échec. De son grand-oncle Hikmet il avait appris les sentences : « les miracles se produisent avec une rareté miraculeuse » et : « ce que les gens nomment miracle est, pour la science, mathématique à l'état pur. » Il combina ces deux phrases et obtint : « Les miracles se produisent par pure mathématique. » Avant de mettre au point une nouvelle stratégie, il apprit que le mois de Ramazan venait de commencer. Il ne pouvait pas le savoir à l'avance, l'hégire avançant un peu chaque année en fonction du calendrier grégorien.

Durant le mois de Ramazan, le seul désagrément était l'invasion des doryphores, c'est ainsi que les locaux appelaient les habitants du village partis vivre en Turquie en 1989. La plupart des émigrés peuplaient les faubourgs des grandes villes. Ils se vantaient de leurs salaires élevés à l'étranger, de leurs maisons à trois niveaux, de la vie mondaine qu'ils menaient. Animés par la nostalgie de leurs souvenirs d'enfance, ils revenaient pour quelque temps au village et terrorisaient involontairement les parents chez lesquels ils résidaient. Ils commentaient chaque acte de la vie quotidienne – « Nous, ça, on le fait comme ça. Chez nous, c'est très différent ! » Quant à leurs enfants et petits-enfants, ils étaient horrifiés à la vue des latrines. Tous les matins, à neuf heures trente, un microbus partait pour la ville voisine, afin de permettre à ceux qui le désiraient d'effectuer avec succès la phase terminale de leur digestion dans les toilettes des restaurants.

Petits et grands se rassemblaient à la mosquée pour dire le *Teravih namaz*[64]. Les rituels vespéraux étaient observés même par ceux qui ne connaissaient aucune des prières. Ce qui faisait partie de la tradition non officielle, c'était l'habitude des hommes de s'asseoir après le *Teravih namaz* dans le bistrot d'en face pour y consommer ensemble de la bière, péché qu'ils se pardonnaient eux-mêmes. Mourat Hodja était un fervent croyant, mais lui non plus ne s'interdisait pas les tentations terrestres :

— Lorsque le Seigneur a interdit l'alcool, la bière n'avait pas encore été inventée.

Youssouf se rendait lui aussi au bistrot, il buvait de la limonade en compagnie des adultes et s'imprégnait avec fascination de leurs histoires. Des prières du soir, si l'on ne se mettait pas à parler politique, on passait naturellement aux histoires d'esprits, de magies, de choses effrayantes et merveilleuses sur la vie des morts. Lorsqu'il rentrait à la maison, Youssouf demandait aussi à grand-mère Hava de lui raconter des histoires et, le lendemain matin, cela continuait à

---

64. Prière du soir durant le mois du ramadan (*teravih namazı* en turc).

l'école. Ramazan devint le mois des mystères. Durant les cours de technologie et de travaux manuels, les élèves étaient assis autour de deux immenses tables de dix personnes chacune et, tout en fabriquant diverses figures avec de la tôle, ils échangeaient des informations sur les légendes nouvellement apprises :

— Il y a cinquante ans, lorsqu'on a réuni les sept hameaux, à la place de l'école se trouvait un très vieux cimetière. Et maintenant, le bâtiment s'élève sur les os des morts ! Si l'on écoute attentivement, on peut entendre les voix des esprits et le grincement des squelettes.

Tous se taisaient, ils tendaient l'oreille et attendaient d'entendre quelque chose. Après un court silence, ils poursuivaient :

— Il y a vingt ans, une nuit, grand-père rentrait au village à cheval et en face de lui, dans la forêt, sont apparus deux garçons à vélo. Ils étaient vêtus de blanc et brillaient comme des étoiles et, au moment où ils allaient heurter la charrette, tout à coup, ils ont volé au-dessus de la tête de grand-père et ont disparu dans le ciel.

Ahmet en fut si impressionné qu'il cria très fort et poussa brusquement un « oh » de douleur en recevant une gifle derrière le cou de la part du prof. Youssouf ne put se retenir d'éclater de rire et reçut lui aussi sa part. Tout le groupe se calma un instant avant de reprendre :

— Dans la Vallée des puits, au fond de chaque puits vivait un dragon qui dévorait des enfants. C'est pourquoi seuls les grands allaient y puiser de l'eau.

— C'est pas vrai ! J'y suis déjà allé et j'ai regardé le fond de chaque puits, mais j'ai rien vu !

— Parce que c'était dans la journée, c'est la nuit qu'ils apparaissent.

— N'importe quoi ! La nuit, les dragons n'apparaissent pas, ce sont les morts qui se rassemblent près de la clairière pour faire la fête.

— Qu'est-ce qu'on peut bien fêter quand on est mort ?

— Sûrement le fait qu'on n'est plus en vie.

— C'est vrai qu'ils se rassemblent là-bas ?

— C'est vrai, et chaque nuit en plus !

— On va les attraper, s'écria Youssouf qui reçut une nouvelle tape derrière le cou.

Durant la récréation, ils se mirent d'accord : le lendemain, la nuit venue, chacun s'éclipserait de chez lui et ils se rendraient ensemble dans la Vallée des puits. Mais au matin, leurs plans furent changés, car après le *Teravih namaz*, dans le bistrot en face de la mosquée, Youssouf apprit une nouvelle bien plus intrigante.

L'imam Mourat Hodja déclara que le lendemain était le vingt-sixième jour de Ramazan – *Kadir guedjessi*[65] –, moment précis où les vers du Coran avaient

65. En turc *kadir gecesi*, nuit durant laquelle le Coran a été révélé au prophète Mahomet. La nuit de Kadir, dans le Coran, est mentionnée comme « nuit plus sainte que mille mois ». Cette nuit-là, tout le monde musulman prie et demande pardon pour ses péchés (NDA).

été dictés par Allah à Mahomet. *Kadir guedjessi* faisait se réaliser tous les vœux. À minuit, le ciel s'ouvrait et les anges en descendaient. Youssouf prit une décision : ils organiseraient une battue aux esprits et aux anges dans le cimetière, auprès du vieillard du *turbé*.

C'est pendant le cours de dessin, avec le même prof de technologie et de travaux manuels, que la classe échafauda son plan. Ils devaient profiter de l'occasion, ce n'était pas tous les soirs que le ciel s'ouvrait. Il leur sembla plus propice de se rendre ensemble au *Teravih namaz* et, de là, au lieu de rentrer chez eux, de se diriger directement vers le cimetière. Quelques jours auparavant, la télé avait diffusé le film *Chasseurs d'esprits*[66]. Il avait produit un tel effet sur eux que quelqu'un proposa d'attraper un ange et de le forcer à réaliser leurs vœux. Cette idée fut suivie d'une autre, meilleure : ils allaient carrément en faire leur esclave. Les anges ne mangent pas, ils ne boivent pas d'eau non plus : ils l'enfermeraient dans la cave et ne lui rendraient visite qu'en cas de besoin, pour le racketter. Ils votèrent sur-le-champ et décidèrent de l'enfermer dans la grande cave de la gare routière inachevée, là, personne ne pourrait le trouver. Ce plan se révéla être génial, mais, très vite, ils découvrirent une faille dans sa réalisation. Comment l'attraper ? Personne ne savait à quoi ressemblaient les anges ni si, d'ailleurs, on pouvait les voir à

---

66. Titre bulgare du film *Ghost Busters* (*S.O.S fantômes* en français).

l'œil nu. Dans le film, les savants disposaient de hautes technologies qui n'étaient pas à la portée des élèves, et puis, malgré tout, c'était un film, il faut toujours être suspicieux quand on regarde la télé. Youssouf eut l'idée de la solution :

— S'il est quelqu'un au monde qui sache comment attraper un ange, c'est mon grand-oncle Hikmet !

Après l'école, il courut chez lui et le trouva agenouillé dans son atelier. L'Inventeur remarqua sa présence :

— Je fais les présentations, voici Eleonora, mon amie – et il montra du doigt le poêle dans un coin.

Jadis, au lycée, Hikmet grelottait dans les logements qu'il habitait, mais il s'était trouvé une petite copine : Eleonora la potelée qui le réchauffait durant les soirs de froidure.

— Eleonora n'est pas qu'un simple poêle à bois, dit l'Inventeur. C'est une boîte thermique avec des plaques en aluminium recouvrant les tuyaux coudés de la cuve en fonte hermétiquement fermée et régulée par un ventilateur automatique, qui émet la chaleur du combustible sans aucune perte. La loi de conservation de l'énergie est observée au maximum. Joule doit certainement m'applaudir du ciel !

L'Inventeur s'assit sur sa chaise pivotante devant son établi et se régla sur le mode écoute de son petit-neveu.

— Professeur Hikmet, je vous engage pour une mission importante : inventer d'urgence un piège à esprits ou anges. Vous disposez d'une demi-heure !

— C'est impossible, professeur Youssouf, ces deux concepts sont incompatibles. Le piège est un dispositif pensé pour des objets physiques, tandis que les esprits et les anges sont des métamatières, impossibles à capter par le monde visible.

— Un grand savant m'avait dit : « Les miracles se produisent par pure mathématique. » Dommage qu'aujourd'hui il n'en naisse plus des comme lui...

Hikmet accepta la critique. Bien qu'il ne crût pas que l'on puisse créer une chose pareille, il s'y attela néanmoins. Il alluma une cigarette et n'ouvrit pas la bouche avant de l'avoir fumée jusqu'au bout. Youssouf savait que lorsque son grand-oncle allumait une cigarette et réfléchissait, c'était qu'il inventait quelque chose. Sous les yeux de l'Inventeur jaillit une image, il ne l'imagina pas, c'était comme s'il la captait. Il tenta de pénétrer dans cette vision. Il ne soupçonnait pas que quelques années plus tard cette invention, précisément, changerait sa vie. Il commença à prendre des notes, outre le résultat auquel ils souhaitaient parvenir, l'équation contenait beaucoup d'inconnues. Son hypothèse de base reposait sur le désir potentiel de tout esprit de prendre la place d'un homme de chair et de sang. Ce qui voulait dire que le piège possible serait le plus vraisemblablement le corps humain. Sur l'étagère qui se trouvait sous les yeux de Hikmet apparut le prototype de la Boîte à musique pour trésors en or, il eut l'idée de remodeler cette invention et de créer une machine reproduisant les trois pulsations essentielles de l'être humain : le rythme du cœur, celui de la respiration et de la circulation du sang, afin d'attirer l'attention des farfadets avides de vie. Il ébaucha rapidement dans son carnet le schéma du piège à esprits et entreprit de l'assembler.

La manivelle fondamentale du premier prototype de la BMTO actionnait un mécanisme de roues et d'engrenages qui émettaient le son sifflant du vent - ce serait le principal arrière-fond - la circulation du sang. Il démonta son vieux réveil, le reformata et le régla pour qu'il maintienne le rythme régulier du cœur et, avec le soufflet d'un enfumoir d'apiculteur, il fit un poumon. Il tourna la manivelle et l'étrange Monstre de Frankenstein prit vie :

— Aujourd'hui, j'ai de la chance, outre M. Joule, Mary Shelley aussi m'applaudira du ciel..., se vanta Hikmet.

— Ils ne seront pas les seuls, moi aussi je t'applaudis, et ce, de la Terre ! déclara Youssouf qui prit l'invention et partit.

— Quand j'aurai capturé un esprit, je vous présenterai ! cria-t-il une fois dehors. Comme ça, tu auras un autre ami en plus du poêle Eleonora.

Aussi sérieux que fût leur accord à l'école, ne vinrent au *Teravih namaz* qu'un tiers de ses camarades, ensuite, outre Youssouf, Ahmet et Mehmet, seulement deux garçons se dirigèrent vers le cimetière. C'était une dangereuse mission, si quelqu'un les voyait à une heure aussi tardive, il les balancerait sur-le-champ. Ils devaient prendre garde surtout aux doryphores. Ces derniers n'ayant rien d'autre à faire, ils rôdaient toute la nuit durant dans les rues, allaient d'amis en amis et ne savaient pas garder de secrets. Les garçons organisèrent une campagne militaire jusqu'au cimetière, en tête marchait le petit Mehmet qui vérifiait s'il n'y avait personne dans les environs, au milieu Youssouf et Ahmet traînaient le piège à esprits, plutôt lourd, quant à leurs deux camarades d'école, ils guettaient une éventuelle apparition de l'ennemi dans leur dos.

Outre les doryphores, il y avait un autre danger dans le cimetière - la méchante sorcière Nerimane qui avait chassé la bande de Youssouf avec des bâtons lors de leur précédente action. Les garçons se cachèrent derrière les buissons près du *turbé* du *tekké* et retinrent leur souffle, prêts à la grande attente. Ils s'assurèrent que le terrain était sûr et Youssouf tourna lentement la manivelle du piège à esprits. Dans le silence de la nuit, les sons de la machine retentirent comme une musique lugubre. Mehmet se mit à pleurer tellement il avait peur, les autres s'aplatirent contre terre, seul Youssouf, le regard fixé sur la petite fenêtre du *turbé*, continuait à actionner le mécanisme mystérieux. Les chiens errants se mirent brusquement à aboyer, les coqs à chanter, et un vent puissant s'éleva dans l'air. Mehmet les suppliait déjà de partir, il ne voulait pas en voir davantage. Les garçons, autour de lui, reconnurent eux aussi qu'ils avaient peur, mais Youssouf ne renonçait pas :

— C'est maintenant ou jamais. Le vieillard va enfin m'apparaître !

C'est alors que, au grand effroi de tout le groupe, apparut non pas l'esprit du *turbé*, mais une mariée vêtue de sa robe de mariage, qui traversait le sentier du cimetière en chantant un chant triste d'une voix masculine. Youssouf arrêta de tourner la manivelle, les cinq garçons allèrent se cacher derrière une énorme dalle funéraire inclinée d'où ils suivirent des yeux la mariée. Ahmet se mit à bégayer :

— Allah ! Ce-ce-c'est pas le vieux, mais la ma-ma-ma-mariée Sémiramis la Fidèle, celle qui s'est pen-pen-pen-pendue dans sa cour !

— C'est Sémiramis la Fidèle ! renchérit l'un des garçons.

— Elle tourne autour du saule sous lequel on a enterré ses lettres ! ajouta l'autre garçon.

— Manifestement, l'esprit n'a toujours pas trouvé le repos, déclara Youssouf.

— J'ai fait pipi dans ma culotte, brailla Mehmet.

Ils attendirent que la mariée vampirisée quitte le cimetière et détalèrent en direction de leurs maisons. La famille de Youssouf attendait dans la rue, inquiète. Grand-père Koudret entendit de loin les pleurs de son petit-fils et courut vers lui. Le garçon sauta dans ses bras et lui dit qu'ils devaient se cacher, car Sémiramis la Fidèle faisait le tour du village. On ne l'écouta pas et Alkan et Meryem se fâchèrent même, sous prétexte qu'il avait toujours la tête ailleurs, et pas aux études. L'année suivante, il terminerait l'école, il partirait à la ville, où l'accepterait-on avec de tels résultats ?! La leçon fut brusquement interrompue car, soudain, ils entendirent eux aussi la chanson qui avait retenti, un instant auparavant, au cimetière. Sur le trottoir apparut la mariée qui chantait. Youssouf courut se cacher dans la maison, mais ses proches ne le suivirent pas. Épouvanté, il jeta un coup d'œil par la fenêtre et vit son grand-père en train de parler avec Sémiramis la Fidèle. Koudret l'aperçut et lui fit signe de revenir. Il sortit et, lorsqu'il vit de près la mariée fantôme, il demeura muet de surprise : c'était l'idiot du village, Netcho le Disjoncteur, ivre et vêtu d'une robe de mariée. Les villageois lui donnaient leurs vieux habits, mais il n'enfilait que les vêtements féminins de fête. Grand-père Koudret se tourna vers son petit-fils, amusé, et s'exclama :

— Espèce de fabulateur !

Ils rirent de l'imagination de Youssouf sans soupçonner qu'ils le blessaient. Il hurla qu'il n'était pas un « espècedefabulateur » et qu'il les détestait tous, tous, surtout son grand-père, et il se réfugia dans sa chambre.

YOUSSOUF ET SES FRÈRES

Prends tout comme un instant éphémère,
ne dis pas que le monde était fascinant,
qu'il ressemblait à un conte insignifiant,
inventé pour un monde imaginaire[67].
ROUDAKI

La nuit lui parut infiniment longue. Il ne trouvait pas la tranquillité dans le lit douillet et les couvertures chaudes. Il n'arrêtait pas de penser. Sa colère à l'égard de ses parents était passée et il ne les détestait plus. Il regrettait ses paroles, le cœur serré en pensant à grand-père Koudret, il savait que ce dernier non plus ne pouvait dormir. Mais l'offense demeurait. Ce n'était pas tant la plaisanterie qui l'avait blessée, ni l'absurdité de la situation dans laquelle il s'était retrouvé. Il n'en voulait pas non plus à l'idiot du village, il ne savait pas ce qu'il faisait. C'était autre chose... une sensation qu'il ne pouvait exprimer, ni décrire... L'intuition le conduisait vers des territoires inconnus dont il n'avait pas entendu

67. Traduit du bulgare.

parler, qu'il n'avait pas appris à l'école, cela ne correspondait pas non plus aux récits sur la vie éternelle de grand-mère Hava. Il lui arrivait souvent de frapper dans un ballon avec des amis, de voyager en voiture ou de contempler le ciel nocturne et, à un moment donné, de se réveiller. Il avait l'impression de se rendre compte brusquement qu'il était en train de frapper dans un ballon ou de regarder les étoiles comme si, l'instant d'avant, il n'était pas le même, pas à cet endroit, qu'il était apparu soudainement, fugacement. Ce n'était ni affabulation ni état maladif déformant la notion de réalité, mais, précisément, cette intuition qui l'amenait ailleurs, ailleurs…

J'ai beau essayer de l'articuler, je reste uniquement dans la sphère des mots décrivant quelque chose qui, jadis, fut de la vie, tandis que le garçon à la lavande s'en souvenait alors, et le poursuivait inconditionnellement.

Il ne sentit pas le moment où il s'endormit, il se réveilla, mais pas grâce à la douce brise qui rafraîchissait son corps chauffé par l'après-midi de juillet. Il était assis au beau milieu du champ de lavande, sur la terre entre les énormes touffes de fleurs violet foncé. Il avait le regard dardé sur l'horizon lointain tout en se voyant de l'extérieur. Il n'avait pas peur, les deux points de vue, celui du contemplateur et celui du contemplé, se croisèrent, et alors, la tristesse inexplicable disparut de son cœur.

Cet heureux répit ne dura que quelques secondes et fut interrompu par deux femmes qui apparurent sur le chemin de terre. Youssouf les suivit. Il savait que la fillette de son âge était grand-mère Hava et que l'autre était très âgée, celle-ci, il ne la connaissait pas. La vieille femme marchait devant eux et les conduisait quelque part avec assurance.

Tout en marchant en silence, ils passèrent devant un cimetière ancien, abandonné, et à nouveau il fit sombre et froid. Seule la lune brillait, reflétant une lumière fantomatique. Autour des dalles funéraires s'éleva un brouillard dense dans lequel se mirent à luire des coquelicots rouges. Ils continuèrent à avancer, s'éloignèrent du cimetière et se retrouvèrent au milieu d'une vallée avec des centaines de moutons. En face d'eux surgit le trou d'un puits abandonné entouré de pierres taillées. La vieille femme se dressa devant et commença à y jeter des beignets. La petite grand-mère Hava se mit à crier, le troupeau de moutons à fuir dans toutes les directions, et la vieille femme disparut. La fillette demeura seule devant le puits, elle se pencha au-dessus du trou, contempla l'eau, tout au fond. Youssouf lui cria de prendre garde, mais elle ne le voyait pas, elle se laissait aller de plus en plus vers les profondeurs. Un instant avant qu'elle ne tombe, il la saisit par le bras et la tira vers le haut.

•

Le rêve s'arrêta là et il n'en resta aucun souvenir car, tôt le matin, grand-père Koudret réveilla son petit-fils pour l'emmener avec lui. Ils s'habillèrent chaudement, Koudret prit une pioche, ils sortirent le cheval de l'écurie et partirent à l'abreuvoir. Les derniers jours avaient été très froids, et les fontaines de la maison avaient gelé. Youssouf n'avait encore jamais conduit de cheval à l'abreuvoir dans le trou d'eau d'Ibriam aga lorsqu'il était glacé. Ils se dressèrent sur la berge, près de l'énorme plaque gelée, son grand-père lui tendit la corde pour qu'il retienne le cheval, et il commença à avancer sur le trou d'eau. Youssouf retint son souffle, il se souvint de grand-mère Hava qui avait raconté l'histoire du prophète Issa marchant sur l'eau. À présent, son grand-père aussi marchait de la même manière, la pioche à son épaule ressemblait à la croix que le prophète avait plus tard portée sur son dos. L'eau avait gelé, que boirait le cheval ? Et les poissons, ils devaient sûrement mourir pendant l'hiver, il les imaginait engourdis entre les couches glacées. Les coups de l'instrument tranchant firent voler en éclat les images que voyait Youssouf, et à travers le trou béant semblable à un puits, il vit qu'en dessous la vie continuait. Non seulement l'eau coulait, mais elle lui sembla même chaude. Le garçon conduisit le cheval qui trempa le museau dans le trou.

— Tu vois, ça, c'est magique, dit Koudret. Je n'ai pas besoin de preuves pour y croire. La neige tombe, tout devient blanc avant de retrouver au printemps ses couleurs. L'herbe pousse, les champignons pointent leur nez, la lavande bleuit, elle commence à embaumer, et tout le village change, la vie change. Pourquoi une quelconque mariée en pleine nuit dans le cimetière paraîtrait-elle plus merveilleuse ?

Youssouf ne répondit pas, il garda le silence.

— Est-ce que tu sais pourquoi on l'appelle ainsi, le trou d'eau d'Ibriam aga ? demanda son grand-père pour le rasséréner.

Youssouf secoua la tête.

— On raconte qu'un homme l'a creusé, Ibriam aga, paraît que c'était un homme riche. Il n'avait pas d'enfants, mais il désirait beaucoup en avoir et, après bien des années, le Seigneur exauça son vœu. Il lui envoya un fils. Mais le garçon tomba malade. De peur de le perdre, Ibriam aga fit à cet endroit un *kourban*[68] et pria le Seigneur de guérir son fils. Il promit de glorifier éternellement le nom du Seigneur. Le garçon guérit et le vieil Ibriam s'arma d'une pioche et, jusqu'à la fin de ses jours, il creusa un trou d'eau.

Youssouf se rappela son enfance, les nuits où grand-mère Hava lui racontait la vie des saints, d'Ibrahim et de son fils Ismaïl... Avant qu'ils ne repartent du trou d'eau, après toute cette semaine grise, le soleil se montra de nouveau et les neiges commencèrent à fondre.

---

68. Offrande sacrificielle d'un animal.

Cet après-midi-là changea la vie de Youssouf à jamais. Il ne cesserait plus de penser à ce qui allait lui arriver, mais il ne le soupçonnait pas encore. Ils se retrouvèrent, ses meilleurs amis et lui, pour récupérer le piège à esprits qu'ils avaient oublié en détalant après l'apparition de l'idiot. L'invention était toujours au même endroit, Youssouf et Ahmet la saisirent aux deux extrémités et la rapportèrent dans l'atelier de l'oncle Hikmet. Ils s'y attardèrent plus longtemps que prévu. L'Inventeur avait matière à raconter. Mehmet fut fort impressionné par les organes d'animaux dans le formol, c'était ainsi que sa grand-mère fermait hermétiquement des bocaux de viande de dinde. Hikmet leur présenta Eleonora, quelques jours auparavant il avait trouvé une poupée cassée qui parlait, il en avait sorti la puce électronique et l'avait reliée au poêle. Maintenant, lorsqu'elle manquait de bois, Eleonora disait « j'ai faim ». Après qu'ils eurent inspecté l'atelier, leur hôte leur donna à chacun un tabouret, il prépara une infusion de tilleul, et ils s'assirent devant le portail vert du garage. Il faisait beau, comme au printemps. Pendant qu'ils buvaient leur tisane, Hikmet leur raconta ses exploits de chercheur de trésors. À la caserne, l'un de ses amis lui avait donné la description des trésors du voïvode Valtchan et, des années durant, ils avaient arpenté rochers et éboulements sans rien trouver.

Youssouf sortit du buffet blanc un cahier jauni et présenta les schémas de leurs inventions communes, à l'oncle Hikmet et à lui, au fil des ans. La plupart étaient des fiascos, mais les dessins enthousiasmaient les deux frères. Ce qui les retint le plus longuement, ce fut l'idée de l'énorme ballon. Ils s'imaginaient la manière dont ils le construiraient, monteraient dedans ensemble et voleraient haut, bien haut au-dessus du village, jusqu'aux nuages d'où ils riraient en voyant les hommes minuscules sur la terre. Mehmet prendrait un sac rempli de pommes de pin et viserait les têtes des méchants garçons de l'école. Ahmet actionnerait les pédales de l'hélice arrière, le ballon volerait vite, comme un oiseau dans les airs, tandis que Youssouf tiendrait le volant durant leur vol sur les voies célestes. Dans la nacelle du ballon, il y avait aussi de la place pour l'oncle Hikmet, il fallait bien que quelqu'un regarde la carte et inscrive les nouvelles terres qu'ils découvriraient.

Hikmet fut le premier à ouvrir le jeu, tout à coup il dit à Youssouf de tourner à droite et il inclina le tabouret d'un côté, Ahmet leva les pieds pour actionner les pédales de la roue invisible, tandis que Mehmet fouillait dans ses poches pour tirer avec des pommes de pin imaginaires. Le capitaine du ballon s'informait constamment de la direction à prendre, et son grand-oncle l'assurait que c'était la carte la plus exacte au monde. Elle avait été écrite, disait-il, par son arrière-arrière-grand-père, le Hadji, le seul homme à avoir fait le tour de la Terre en un an, à pied qui plus est. Ils volèrent un certain temps en direction du désert arabe où se trouvaient mille merveilles. Ils virent de haut toutes les créatures des contes – géants, dragons, licornes, oiseau *Ank'a*[69] et bien d'autres encore. Hikmet avait du mal à compléter la carte du vieux Hadji, mais Youssouf ne se contenta pas de cette aventure : il tourna le volant vers le haut pour voir ce qu'il y avait au-dessus des nuages, puis au-dessus du ciel même. Ahmet était essoufflé par la fatigue mais il ne cessait pas d'actionner les pédales imaginaires. L'oncle tenta de changer de trajectoire car, selon lui, de l'autre côté du voile noir de la nuit il n'y avait rien et il était fort probable qu'ils se cognent la tête contre le bord de la matière, par erreur. Là, dans les hauteurs de la nuit éternelle, Youssouf découvrit une immense verrière derrière laquelle transparaissait un autre ciel. Ils jetèrent un coup d'œil au travers et demeurèrent médusés : de l'autre côté se trouvaient également trois garçons et un adulte qui essayaient de voir ce qu'il y avait dans l'autre ciel. Au début ils crurent que c'était un miroir, mais non. Le fond, derrière eux, était le village, en tout point semblable au leur mais retourné, les pieds en haut. Les deux ballons se rapprochèrent, les passagers à leur bord, jumeaux qui ne se connaissaient pas jusqu'alors, se firent de grands gestes en guise de salutation et descendirent vers la terre, chacun dans son propre monde.

---

69. Ou *Sîmorgh*, oiseau mythique, figure importante du Shâhnâme, grand poème épique persan de Ferdowsi. Il a inspiré de nombreux poètes et mystiques persans et, plus généralement, musulmans.

Le voyage fut assez éprouvant, surtout pour Ahmet qui souffrit de courbatures aux jambes. Youssouf, lui, était infatigable, il révéla aux garçons un autre secret : au-dessus du trou d'eau gelé, il y avait une autre verrière, sauf qu'elle donnait sur le monde souterrain. Il fit signe à ses deux amis et, pendant que le temps était encore beau, ils coururent voir l'étrange trou. L'oncle Hikmet cria dans leur dos de faire attention, mais ils ne l'entendirent pas.

Le trou d'eau d'Ibriam aga était aussi fascinant que ce matin-là, voire plus, la neige, sur ses rives, avait fondu et la nappe verte de l'herbe colorait le paysage. Le soleil de l'après-midi faisait descendre ses rayons au-dessus de l'enveloppe de givre, la parant de teintes chaudes, et le tableau glacé n'en était que plus ensorcelant. Youssouf incita les garçons à la prudence car marcher sur l'eau, même gelée, n'était pas pour les enfants : jusqu'à présent, seul le prophète Issa avait réussi à le faire, maintenant ils seraient les suivants. À petits pas précautionneux, ils atteignirent l'ouverture pratiquée à la surface. Youssouf leur expliqua que ce trou était l'œuvre des poissons eux-mêmes, pour pouvoir respirer. Ils trempèrent tous les trois la main dans l'eau et rebroussèrent chemin en direction de la terre ferme. Par inattention, Mehmet glissa et faillit faire le grand écart, mais ils le saisirent sous les bras et l'aidèrent à se tenir sur ses jambes. Ils cédèrent à la tentation de patiner sur la glace.

Ils vérifièrent la solidité de la patinoire autour d'eux et s'élancèrent. Ils s'entendirent pour rester près de la rive et demeurer éloignés les uns des autres pour plus de sécurité, puis ils s'élancèrent dans une course effrénée. Ils improvisèrent des compétitions - qui serait le plus rapide, qui pouvait d'un seul élan franchir la plus grande distance. Sans s'en rendre compte, ils s'enfoncèrent plus avant à l'intérieur du trou d'eau. Lorsqu'ils furent fatigués, ils décidèrent de terminer par une dernière compétition - celui qui arriverait le premier sur la rive serait le gagnant. Youssouf arriva le premier, mais, à l'instant où il mit le pied sur la terre ferme, il entendit un craquement derrière lui. Il se retourna et vit Ahmet horrifié. Il était le plus éloigné, cloué sur place, devant lui béait une énorme faille sur la glace. Ahmet fit un pas en arrière et la ligne de faille s'ouvrit. Youssouf lui hurla de ne pas bouger davantage, mais, dans sa panique, Ahmet tentait de se frayer un chemin pour courir vers la terre ferme. Il n'entendait pas les cris de son frère et de son meilleur ami. Il prit son élan, sauta bien haut au-dessus de l'abîme et atterrit si violemment de l'autre côté que la glace, sous ses pieds, s'enfonça, l'entraînant avec elle. Pétrifié, Youssouf se tenait sur la rive et ne parvenait pas à trouver le courage de bouger.

C'est alors que Mehmet se rua pour sauver son frère. Youssouf lui cria de revenir immédiatement sur la rive, ils courraient jusqu'au village et feraient venir les adultes… Mehmet rejoignit son grand frère et commença à le hisser, sauf que lui non plus ne savait pas nager.

Le soleil déclinait déjà, les derniers rayons pointaient de la colline, à l'ouest la surface gelée se mit à scintiller en rouge vif. Les yeux de Youssouf furent aveuglés, son corps se figea, ses jambes se firent lourdes, quelque chose le tirait vers le bas, comme s'il s'enfonçait lui aussi… Il tomba dans un état bizarre qui désormais allait le tourmenter, un frémissement fugace, un pressentiment. Au moment de l'horreur, il éprouva une sensation inexplicable de contentement et d'étrange et épais silence. Des années plus tard, il ferait le lien entre ce sentiment fugitif et son rêve d'enfant, dans lequel il s'était penché au-dessus du vieux puits à l'eau noire et avait vu son reflet à la surface. Peut-être n'était-ce pas un simple reflet, tout simplement un autre Youssouf, celui qui lui avait fait signe depuis le ballon, ou l'ombre inconnue qui, dans ses rêves, hantait le grenier ? Peut-être était-ce justement cette ombre qui éprouvait cet inexplicable contentement à présent aussi… Dans sa tête voletaient et se bousculaient des pensées fortuites, inachevées et confuses, son esprit se noya dans le chaos. Tout à coup, Youssouf aperçut au loin, sur un morceau de glace, une chaussure : la sienne. L'automne précédent, il avait offert ses vieilles chaussures à Mehmet, elles étaient un peu trop grandes pour lui, mais celui-ci les portait quand même, et à présent l'une d'elles avait glissé de son pied. Il eut de la peine pour elle, il fit quelques pas en direction du trou d'eau, s'arrêta, tenta de continuer, puis s'arrêta à nouveau. À quoi cette chaussure lui servirait-elle, elle était unique de surcroît. Il le pensa et en fut horrifié, ses oreilles devinrent sourdes. Son visage fit la grimace, ses yeux se remplirent de larmes devant l'horizon rouge... Il se mit à courir sur le chemin inverse, en direction du hameau le plus proche.

Les gens du village entendirent ses cris, cinq hommes se ruèrent vers le trou d'eau d'Ibriam aga, mais lorsqu'ils l'atteignirent, ils sortirent les deux frères bleuis et ne respirant plus.

•

Des heures angoissantes s'écoulaient. Proches et connaissances qui avaient entendu la nouvelle passaient d'une maison à l'autre, de celle des noyés à celle du survivant, ils questionnaient, soutiraient toutes sortes de détails. Ils reconstituaient minute par minute les morceaux brisés de la vérité. Youssouf s'enfonçait encore et encore avec ses amis, nageait vers la rive, courait jusqu'au village et recommençait depuis le début. Vers minuit, épuisé par la fatigue et l'horreur, il bégayait. Grand-père Koudret ne put en supporter davantage, il mit fin à cette torture, le ramena à la maison, le mit dans son lit et, après une longue veille, ils s'endormirent pour quelques heures.

Youssouf se réveilla le premier, il ne savait pas combien de temps s'était écoulé, ni si cette même nuit sans fin se prolongeait encore ? Il entendait le ronflement de son grand-père et ne voulut pas le réveiller. Il se glissa hors du lit, courut rejoindre grand-mère Hava et s'introduisit sous ses couvertures. Sa respiration légère, totalement dépourvue d'inquiétude, le surprit. Hava lui caressa la tête :

— Des choses pareilles, ça arrive aussi parfois, dit-elle, et elle se leva faire son *abdest* pour le *namaz* du matin.

Lentement et tranquillement, elle apporta la bassine dans la chambre, versa de l'eau chaude dans l'*ibrik*. Elle prit place et commença à prononcer la prière en chuchotant. Trois fois, elle se lava les mains jusqu'aux poignets. Trois fois, elle rinça sa bouche et son nez. Son visage - encore trois fois. De nouveau les mains, des doigts aux coudes. La tête - du front à la nuque, les pieds - des orteils aux chevilles. Lorsqu'elle eut terminé l'*abdest*, elle marcha pieds nus sur le petit tapis vert aux hiéroglyphes arabes brodés avec du fil doré et s'adonna à l'*ibadet*. Son rituel était fascinant. À chaque nouvelle position, son corps s'abaissait plus bas vers le sol. Après chaque prière, elle inclinait la tête, la relevait et continuait. Le tranquille chuchotement résonnait de plus en plus faiblement dans la chambre, il s'envolait bien loin et semblait se perdre aussi, là-haut, d'où quelqu'un regardait en direction de leur fenêtre éclairée.

Hava s'assit près de son arrière-petit-fils, elle lui caressa la tête en silence, ne disposant de rien de plus pour l'apaiser.

— Grand-mère, demanda Youssouf, toi qui es si vieille, est-ce que mes parents sont les seuls qui te sont restés parmi tes proches ?

— Tous sont là-bas. J'ai plus de proches morts que vivants.

— Tu n'as pas de peine pour eux ?

— Je n'avais pas le temps d'avoir de la peine, je suis entrée par une porte, ai jeté un coup d'œil autour de moi, me suis un peu perdue. Maintenant je sors par une autre, mais je n'arrive pas à deviner où elle mène...

Youssouf se l'imagina entre les deux portes, coincée dans une immense pièce. Il eut envie, un jour, d'écrire une histoire semblable, il lui vint l'idée de l'intituler « La chambre de la mémoire ». Il raconterait les souvenirs d'enfance les plus intimes auxquels son arrière-grand-mère revenait constamment... Les nuits durant lesquelles son arrière-grand-mère illettrée lisait les vies des prophètes... Sa rencontre avec l'arrière-grand-père Adem dont elle ne soupçonnait pas elle-même à quel point elle l'aimerait puis, toute sa vie durant, le détesterait... Les cauchemars de la vieille femme... Peut-être écrirait-il aussi quelque chose sur le voisin Moustafa, il ne savait pas sous quelle forme, mais c'était le seul proche, ami, contemporain de son arrière-grand-mère... Les paupières de Youssouf étaient pesantes, dans son imagination surgissaient de plus en plus de détails, il ne parvenait pas à se souvenir de tous, sans compter que cela n'était pas nécessaire. C'est alors seulement qu'il comprit ce que voulait dire son grand-père lorsqu'il l'avait qualifié d'« espècedefabulateur ».

Grand-mère Hava remarqua sa respiration lourde, elle le couvrit soigneusement, remplit le poêle de bois et ouvrit bien grand les battants des fenêtres pour aérer. Dans sa chambre, il était difficile de respirer à cause de l'odeur de lavande.

LES FEUILLES DE L'AUTOMNE

Je suis l'oiseau qui, je sais,
dans la séparation, tristement,
des toits du monde,
dans mon chant apparaît[70].
HÂFEZ

Durant tout le printemps tombèrent des pluies torrentielles, elles lavèrent le visage chagrin de Youssouf. Les jours passaient comme passent les nuages à la fin de l'été, dévoilant à son cœur des espaces tantôt lumineux, tantôt ombreux. Ahmet et Mehmet n'étaient plus là, pourtant, le soleil brillait comme si de rien n'était. Rien n'était. La nouvelle réalité était si fragile que Youssouf y faisait avec peine ses premiers pas, tout petits. Il était constamment assailli par des sensations fugaces de craquement, l'impression qu'à tout moment il allait tomber dans l'abîme et s'y perdre. Il devint taciturne. Il ne riait presque pas. Il ne courait plus, fou d'excitation, à la recherche de nouvelles

70. Traduit du bulgare.

inventions, il n'inventait plus avec son grand-oncle des machineries jusqu'alors jamais vues. Les histoires de grand-mère Hava résonnaient comme des contes – récits magnifiques, mais qui ne s'étaient jamais produits, sur un lointain là-bas, jadis. Fabulations d'êtres humains inconsolables Au désert des jours succédaient des nuits de cauchemars. Il se perdait dans de sombres labyrinthes parmi les innombrables visages des ténèbres, jusqu'à ce que le matin, il retrouve son chemin et que le soleil le réveille. Durant l'une de ces nuits, il rêva pour la première fois de l'énorme ballon qu'ils voulaient construire avec l'oncle Hikmet. Ils étaient à nouveau tous les quatre et s'élevaient au-dessus des nuages, de là ils contemplaient les contours terrestres tandis que le vent les emportait vers le soleil levant. C'était un doux pressentiment de bonheur, car les pluies printanières étaient porteuses non seulement d'oubli, mais aussi d'amour.

C'était sa dernière année à l'école primaire. La cloche sonna, Youssouf s'attarda dans la salle de classe, il sortit peu après ses camarades. La pluie l'atteignit alors qu'il était en marche, il s'abrita sous un auvent, dans la cour de l'école. Hazal s'y trouvait, elle aussi. Depuis qu'il était entré dans les courants troubles de l'adolescence, Youssouf était en proie à l'irrésistible désir d'être constamment près d'elle. Il comprenait de mieux en mieux pourquoi la fille de maître Chabann s'était comportée ainsi, pourquoi elle voulait continuellement le toucher... Il se rappela leur conversation, cet après-midi de canicule, dans la charrette décorée... Est-ce qu'elle le sait... Elle est la seule à le savoir... Elle est encore petite... Un jour, je lui avouerai... Il n'avait pas imaginé sa première déclaration d'amour, mais ce ne fut pas nécessaire, la pluie se chargea de l'aider. Il courut vers le jardin fleuri près de la clôture de l'école pour cueillir une énorme tulipe jaune qui lui arrivait à l'entrejambe. Il glissa, s'étala dans la boue et profita du fait qu'il était tombé par terre pour saisir la fleur et l'arracher avec les racines. Dès qu'il s'agissait d'amour, Youssouf se figeait, ses mouvements devenaient brusques, sa voix artificiellement basse, comme s'il faisait semblant d'être quelqu'un d'autre :

— Tiens, comme ça, tu n'attendras pas les mains vides ! dit-il à Hazal.

Elle lui jeta un regard noir, non seulement elle n'apprécia pas le geste, mais il la déçut. Elle ne supportait pas les fleurs cueillies :

— Elles réjouissent les yeux durant quelques jours, se fanent et ensuite on les jette, ajouta-t-elle.

— C'est bien pour ça que je l'ai prise avec la racine, on peut la replanter !

En attendant que la pluie cesse, ils décidèrent de ne pas remettre la fleur au même endroit mais de trouver un pot, Hazal pourrait quand même la prendre chez elle. L'oncle Hikmet habitait près de l'école, ils coururent dans cette direction.

Hazal examina l'atelier, les portraits, les bocaux. Rien ne retint son attention. Elle tira un tabouret près de la porte et s'y assit pour regarder la pluie tomber. Youssouf l'observait, il voulait l'intriguer. Il fit un geste pour saisir le bocal contenant la grenouille éventrée, sur l'étagère, mais par inattention il heurta une boîte pleine à ras bord de lettres, qui tomba. Elles voletèrent dans tous les sens, il commença à les ramasser. Hazal se leva pour l'aider, elle se mit à en lire certaines. Adressées à des inconnus, envoyées également par des inconnus, les lettres n'avaient rien à voir avec l'Inventeur. Il les avait achetées longtemps auparavant à des antiquaires pour des raisons qu'il ne se rappelait pas.

À ma chère petite maman. J'ai de la chance avec mon nouveau travail. Durant les jours de congé, nous partons en excursion avec les enfants. Ils n'arrêtent pas de demander quand ils iront chez grand-mère. Ils t'aiment beaucoup...

Frérot ! J'ai embouti la voiture. Je vais la faire réparer. C'est la seconde fois ce mois-ci...

Ma bien-aimée ! Ici, tout me rappelle toi. Surtout ton absence...

Absorbés par la lecture de ces vieilles lettres, ils oublièrent tous les deux le monde environnant. Ils n'étaient pas pressés de rentrer, même lorsque la pluie cessa de tomber. Attendri par leur émotion fébrile, l'Inventeur leur fit cadeau de toute la boîte. Ils se la partagèrent à égalité, fourrèrent les lettres dans leurs sacs à dos et se mirent en route pour rentrer chez eux. Quant à la tulipe jaune, elle resta chez Hikmet.

Qui aurait pu deviner que ce cadeau inattendu de mon grand-oncle se révélerait être le germe de notre histoire ?

Dès son retour, Youssouf s'enferma dans sa chambre, il se jeta par terre et, lettre après lettre, se mit à tourner les pages de l'étrange roman tissé par tant de destins humains. Des écritures – fruits de la nostalgie ou de la joie –, des mots, écrits par tristesse : ces messages qui n'avaient rien en commun construisaient un monde transparent et proche de Youssouf. Il ne se rendait pas compte du moment où il terminait une lettre et en commençait une autre qui le menait vers la suivante, puis la suivante... À chaque nouvelle ligne, tout devenait plus clair sous ses yeux, il sentait gonfler et voler dans son esprit des bulles de savon à la seule pensée qu'en cette même seconde, à l'autre bout du village, Hazal était assise sur le banc blanc et qu'il savait ce qu'elle était en train d'éprouver.

Meryem entra dans la chambre de son fils, elle attendit qu'il lui prête attention, elle ne voulait pas l'interrompre pour éviter qu'il soit brutal avec elle – elle respectait ses occupations. Elle lui dit qu'elle lui apportait une brochure concernant les écoles de la ville, il serait bon qu'il s'oriente vers l'une d'elles.

Ne recevant aucune réponse, elle laissa la brochure sur le lit et sortit. Youssouf s'efforça de continuer sa lecture sans se laisser distraire, mais les bulles de savon avaient éclaté, et la vision avait disparu. Il ne regarda pas la brochure, il ne voulait pas y penser pour le moment. Tu verras, ça va te plaire, lui disaient ses proches, tu rencontreras des gens nouveaux, tu te feras des amis... Il feuilleta rapidement le prospectus. À chaque page, on voyait la photo d'un collège, des cours remplies d'élèves revêtus sinon des mêmes uniformes, du moins des mêmes tee-shirts : serait-il bientôt, lui aussi, parmi eux ? Il n'avait pas envie de rester davantage dans sa chambre et sortit.

La nuit était tombée, il n'y avait pas âme qui vive dans la rue. Il s'accroupit par terre et s'appuya contre le mur de la maison. Il aimait le silence. Il aimait aussi méditer, il reconnaissait qu'il avait tort de se rebeller, mais cette résistance était plus forte que lui. Il était entouré de tant de choses intéressantes et inexplicables, si mystérieuses à déchiffrer, même le vent qui, en ce moment même, le rafraîchissait de son souffle, était plus pittoresque que l'ennuyeuse brochure de sa mère. Vraiment ! Quel long chemin le vent devait-il parcourir pour faire le tour de la Terre, arriver jusqu'à la maison de Youssouf, s'introduire à travers la clôture et, pour finir, faire ballotter le bout de papier qui s'était glissé entre les piquets... Son expression changea, il remarqua que ce bout de papier, en fin de compte, ressemblait à un rouleau, quelqu'un l'avait fourré là à dessein. Il en lut le contenu : *Mon cher ami ! Les années ont passé, n'est-ce pas, te souviens-tu de moi. Chaque jour, je reviens à cet après-midi pluvieux, tu sais lequel, j'aspire à te revoir... pour que nous échangions les deux moitiés que nous avons séparées au hasard dans notre jeunesse. J'espère que mes mots parviendront jusqu'à toi et avoir le bonheur de les voir accueillis dans ton cœur... À demain, peut-être ?*

Youssouf ne se rendit pas compte du bond qu'il fit, ni à quel moment il le fit, ni dans quelle poche il rangea le message, mais un instant plus tard, il se retrouvait dans sa chambre, le stylo à la main, penché au-dessus de la feuille jaunie d'un carnet. Jamais jusqu'à présent il n'avait eu à imaginer de réponse anonyme à une lettre anonyme. Il s'efforçait de conserver le même style, mais cela se révéla plus difficile qu'il ne s'y était attendu. L'excitation du début l'avait fourvoyé avant de l'abandonner complètement. Il essaya plusieurs variantes, puis se contenta de ce qui sonnait le mieux :

Ô, mon amie, bien entendu ! Si longues sont les nuits qu'on a envie de se rasséréner. J'accepte cette proposition. Demain midi, dans la cour de l'école – là où, tu t'en souviens, fleurissaient les tulipes... et toutes sortes d'autres fleurs.

Il n'attendit pas le lendemain matin, se faufila dehors, glissa la lettre à travers la clôture de la maison de Hazal, lança un caillou à sa fenêtre et se dissimula derrière un poteau électrique pour s'assurer qu'elle la recevrait bien.

Ils se retrouvèrent à l'heure convenue, échangèrent les deux moitiés, partagèrent leur enthousiasme commun, après quoi ils eurent l'impression d'avoir épuisé les sujets de conversation. Les tentatives répétées de Youssouf de rester dans l'esprit de leur rencontre ne suscitèrent aucune réaction et, peu après, Hazal rentra chez elle. Au bout de tant d'années, leurs caractères incompatibles s'étaient enfin rapprochés par les lettres, ne serait-ce que fugacement, mais tout se terminerait-il ainsi ? Que devait-il faire pour maintenir son intérêt ? Il ne pouvait se résigner à l'idée que leur relation demeurerait la même après ces deux jours de bonheur... Le soir, il déchira une feuille du carnet et lui proposa, si les lettres lui avaient réellement plu, d'aller en chercher d'autres chez l'Inventeur. Entre parenthèses, il ajouta :

Mais seulement à condition qu'on prenne nos vélos !

Il imagina un plan de sauvetage, au cas où son grand-oncle n'en avait pas d'autres, ce qui était le plus vraisemblable : il lui demanderait où il les avait prises, comment il avait eu l'idée de les collectionner, si lui aussi, jadis, avait été un chercheur d'histoires, comme ils l'étaient maintenant, Hazal et lui. Par ses questions, il trouverait matière à provoquer la curiosité de la jeune fille. Mais son idée échoua de manière inattendue : pour la première fois depuis qu'il allait le voir, l'Inventeur n'était pas chez lui. Ils l'appelèrent, l'appelèrent sous ses fenêtres et, pour finir, une voisine grincheuse leur cria par-dessus la clôture de ne pas venir le chercher les dimanches, « parce qu'il allait à la chasse aux pièces de monnaie ». Youssouf s'assit sur le petit tronc d'arbre, devant le portail vert, tête basse. Il comptait tellement sur cette occasion, mais après un tel fiasco, il était peu probable que Hazal sorte à nouveau avec lui. Elle le démentit en disant qu'il était tout à fait normal que monsieur l'Inventeur ait aussi sa propre vie, ils pourraient revenir plus tard. Elle monta sur son vélo et lui dit de la suivre, elle allait lui confier un secret.

Elle le conduisit au parc, dans le coin le plus éloigné, où presque personne ne se rendait. Ils laissèrent leurs vélos et appuyèrent leur dos contre le tronc d'un vieux marronnier.

— Ferme les yeux et devine où nous sommes, dit Hazal.

Youssouf flaira le piège, il réfléchit un instant avant de répondre :

— Dans la jungle !

— Ne fabule pas, je suis très sérieuse.

Il était tenté de prononcer la chose la plus stupéfiante que son imagination était capable de faire naître, d'énumérer les endroits les plus inattendus, mais aucun ne lui venait à l'esprit.

— On est dans le parc, dit-il. À l'ombre du vieux marronnier.

— C'est vrai. Mon endroit favori.

Il ouvrit les yeux et la regarda. Ils éclatèrent de rire, tous les deux, et demeurèrent ainsi un long moment. Ce fut le plus court jour sans fin dans la vie de Youssouf.

Le lundi, lorsqu'il lui rappela la visite projetée à l'Inventeur après l'école, pour qu'ils lui posent leur question, Hazal n'était déjà plus certaine de le vouloir. Il ne fallait pas, dit-elle, l'embêter avec leurs sottises. Youssouf ne put en croire ses oreilles : comment ça, des sottises, comment ça, ils devaient l'embêter, mais il eut beau insister, il ne put la convaincre. La dernière goutte de son excitation de la veille s'évapora. Après le dernier cours, il s'enferma dans la bibliothèque et y passa tout l'après-midi. Il feuilletait des livres pris au hasard, ne concentrait son regard que sur des mots isolés, créait des combinaisons de sens. Il en arriva à la section de littérature jeunesse, tomba sur les titres qu'il avait lus grâce à Hazal. Il se rappela la première fois qu'il l'avait aperçue à travers la longue-vue, jamais il n'oublierait cette minute, c'était comme un rêve... Sa main tira l'un des livres, sur le rayonnage, il l'ouvrit à la première page et lut la première ligne... elle semblait écrite pour Hazal, comment avait-il pu passer à côté ? Tout à coup, une idée jaillit ! Il devait immédiatement recopier la phrase et la lui envoyer comme une lettre anonyme.

Alice commençait à en avoir assez de rester assise sur la berge, à côté de sa sœur, sans rien à faire. Une ou deux fois, elle avait jeté un coup d'œil vers le livre que lisait sa sœur, mais il n'y avait ni images ni dialogues dedans[71].

Il était certain d'avoir trouvé le moyen de l'impressionner. Il y crut tellement qu'il déposa la lettre sans même attendre qu'elle la découvre. Il rentra, tout excité et comblé. Comme elle serait étonnée, Hazal, en se rendant compte qu'il la connaissait bien mieux qu'elle ne le soupçonnait ! Avant de s'endormir, il vérifia plusieurs fois si elle ne lui avait pas déjà laissé de message en réponse. Non. Le lendemain matin, la première chose qu'il fit fut de vérifier une nouvelle fois, mais, de nouveau, rien... Durant les jours qui suivirent, pareil... Manifestement, il s'était trompé...

Ses bons résultats de l'année écoulée s'étaient envolés. Ses parents le comprenaient, ils savaient à quel point il était difficile pour lui de continuer après ce qui s'était passé avec ses amis, mais le temps filait, il devait se ressaisir... l'école... l'avenir... la vie... autant d'obstacles qui, pour le moment, paraissaient insurmontables à Youssouf. Ils lui demandèrent s'il avait

71. Lewis Carroll, *Les aventures d'Alice au pays des merveilles, La traversée du miroir et ce qu'Alice trouva de l'autre côté*, trad. Laurent Bury, Paris, Le livre de poche, p. 49 (éd. Kindle).

regardé le catalogue, non, il devait le faire sans tarder et, s'il avait des questions, ils lui proposèrent de demander conseil à quelqu'un avant d'émettre un choix définitif. Meryem sentit son hésitation, elle s'assit à côté de lui et lui demanda sur un ton très amical ce qui l'attirait. La question lui sembla absurde, comment sa mère pouvait-elle lui demander cela ?! Il répondit que rien ne l'attirait ! Son père était à bout de patience, il le coinça lors d'un déjeuner et le força à dire ce qu'il avait enfin décidé. Youssouf n'avait pas de réponse à cette question. Alkan explosa :

— Si tu n'as pas envie d'étudier, dis-le tout de suite ! Au moins, je ne perdrai pas de temps avec des idioties !

Youssouf se leva de table et fit mine de partir. Sa mère fondit en larmes, elle hurla à son mari de ne pas parler ainsi à leur enfant, mais ce n'était plus la peine, son père avait raison. Il se tourna vers lui et dit qu'il n'avait pas d'exigences, ils pouvaient l'inscrire là où ils le voulaient.

Sur la palissade se balançait la énième lettre anonyme, Youssouf l'aperçut et se mit à rire à travers ses larmes.

J'ai tendu l'oreille pour entendre si l'eau faisait du bruit dans la salle de bains. Non[72]*...*

---

72. Première phrase de « Entends ta voix » (titre bulgare d'une nouvelle de l'écrivaine soviétique Maya Ganina).

Il n'avait aucune idée de ce que voulait dire le message mais il se rendit directement vers le vieux marronnier. Il n'espérait pas que Hazal y serait, mais c'était le seul endroit où il avait envie de se trouver à cet instant précis. Il appuya son dos contre le tronc de l'arbre, suivit des yeux une feuille qui tombait. Il la serra contre lui avec ses deux mains et ferma les yeux. Jamais auparavant il ne s'était senti ainsi... Il essaya d'imaginer qu'il était en train de regarder à travers la longue-vue, de se rappeler la sensation, de se leurrer lui-même... Il se représenta les lavandes de son grand-père, la récolte en juillet, les canicules et les arômes... Comme si tout était toujours pareil, sauf qu'il se sentait différent. Il ouvrit les yeux et vit une autre feuille en train de tomber. Et une autre. Elles étaient toutes vertes. Il leva les yeux et démasqua la cause de cette chute de feuilles prématurée.

— Je ne te laisserai pas me rejoindre en haut avant que tu n'aies répondu à trois questions, cria Hazal.

Youssouf s'écarta et leva les mains.

— Comment tu le savais ? demanda-t-elle.

— Quoi, comment je le savais ?

— Tu mens ! s'écria-t-elle.

— Si ta question porte sur la phrase : « c'est par hasard que je suis tombé dessus ».

— Pourquoi tu l'as envoyée, dans ce cas ?

— Le jeu me plaisait bien.

— C'est quoi, ce jeu ?

— Je ne sais pas. Nous écrivons des histoires...

Le lendemain retentit la dernière sonnerie et, avant même que la prof n'ait terminé la leçon, Hazal se précipita dehors. Youssouf tenta de la rattraper, mais elle avait déjà disparu. Lui qui espérait tellement la raccompagner... Il rentra seul, traînant la jambe sur le bitume en maugréant. Il se coucha et dormit tout l'après-midi. Il fit des rêves mais, lorsqu'il ouvrit les yeux, il les oublia tous. Il se sentait plus fatigué qu'avant, triste et perdu. Pourquoi tout devait-il être aussi difficile avec Hazal ? Frappé par un pressentiment, il bondit hors du lit et regarda par la fenêtre. C'était là !

Parfois, je me demande combien de devoirs, de soucis, de problèmes et même de joies une tête humaine peut-elle bien contenir[73] *?* avait écrit Hazal.

Le lendemain, Youssouf fouilla dans des dizaines de romans jeunesse à la bibliothèque de l'école, afin de trouver la première phrase la plus adéquate à lui envoyer en réponse.

73. Première phrase de la traduction bulgare du roman *Piège* de l'écrivain soviétique Arkadi Adamov.

Un esprit domestique qui souffre d'une rage de dents : ne dirait-on pas une calomnie à l'encontre d'une créature qui profite des services de tant de sorcières et de magiciens[74]*... ?* Certains de ces romans semblaient spécialement écrits pour leur correspondance. La phrase de Hazal ne se fit pas attendre :

Le borgne Zourlio est couché sur le flanc, et des rêves qui s'étendent comme des flots printaniers tournent autour de lui[75]*.*

Il lui était odieux d'ouvrir simplement les yeux[76], répondit Youssouf.

À la fin de l'année scolaire, ils sortaient désormais ensemble tous les jours, ils se promenaient dans leurs lieux favoris et passaient les après-midi au parc. Ils poursuivaient le jeu « Premières phrases de romans ». Ils veillaient à ne pas se trouver en même temps dans la bibliothèque afin de ne pas briser la magie du mystère de l'inconnu. Lettre anonyme à Hazal – se chuchotait parfois à lui-même Youssouf, presque comme une

---

74. Première phrase de la traduction bulgare de la nouvelle « Aquarelle » de l'écrivain russe Alexandre Grine.

75. Première phrase de la traduction bulgare du roman *Jours annonciateurs* de l'écrivain soviétique Vassili Belov.

76. Première phrase de la traduction bulgare du roman *Fenêtre* de l'écrivaine soviétique Nina Katerli.

déclaration d'amour... L'été commençait, le dernier et le plus beau, avec toute son insouciance et sa vague intranquillité face à ce qui était à venir. Les pages du carnet offert par grand-père Koudret étaient remplies, quant au non-dit, il n'avait pas de fin. Dans l'un des interlignes, alors qu'il était assis seul sous le vieux marronnier, méditant sur ce qui était tapi derrière le coin du temps, Youssouf écrivit :

Les feuilles qui tombent en automne ne repoussent que dans la mémoire.

Il se souviendrait à jamais de l'automne comme de la saison des séparations.

Ses parents avaient déjà décidé où l'inscrire. Ils l'en informèrent, lui dirent de ne pas s'inquiéter, le collège était prestigieux mais accessible, quoi que cela veuille dire. Ils avaient choisi cette classe parce qu'elle lui permettrait d'accumuler des connaissances générales avant de terminer le collège et de choisir ce qu'il voulait faire.

— Excellente affaire ! déclara Alkan. À la fois tu apprends, et à la fois tu as encore quat'cinq ans à te creuser la tête !

Qu'est-ce que j'aurais été heureux si me creuser la tête n'avait duré que quat'cinq ans...

Hazal transgressa la tradition des balades dans les lieux favoris et l'emmena en terrain inconnu – la ferme aviaire abandonnée aux confins du village. L'immense aire, avec ses dizaines de bâtiments pour couveuses, élevages de poules pondeuses, entrepôts pour fourrage, locaux pour le personnel, service vétérinaire, kiosque et divers autres, était entourée d'une clôture de barbelés, et l'entrée fermée par un cadenas.

— Tu as peur ? demanda Hazal.

— J'ai peur de rien !

— Alors entrons.

Ils firent le tour de la clôture jusqu'à un pieu où les longs barbelés s'interrompaient, Hazal tira vers le bas l'extrémité fragilisée et elle se détacha de son crochet. Ils se glissèrent à travers l'étroite brèche et entrèrent dans la partie interdite. La place bitumée était complètement fendillée par les mauvaises herbes, les jardins totalement impénétrables. Quelque part, à l'écart, moisissaient des chiffons, des bouteilles cassées et des boîtes de conserve qu'on avait jetés là. Les portes des baraquements étaient fermées à clef, ils ne les regardèrent que de l'extérieur. Ils marchaient, tout contents, parmi les ruines de ce monde abandonné, avec l'aplomb de pionniers. Ils se racontaient des épisodes parcellaires, d'après les souvenirs de leurs proches, essayaient de reconstituer l'histoire du domaine, le moment de la vente, le dernier claquement de la clef dans la serrure. Quand tout cela avait-il eu lieu ? Peut-être à l'époque des *changements*[77]... Les débuts et les fins étaient toujours liés à cette période. Ils se dressèrent devant l'immense ferme à œufs, au centre du domaine, remarquèrent la porte entrouverte. Ne résistant pas à la tentation, ils poussèrent les deux battants, on entendit le gémissement prolongé de la rouille, et un air froid leur traversa le corps. Ils franchirent le seuil. Les murs du hangar vide disparaissaient dans l'obscurité, les limites de l'espace s'estompaient, mais on voyait quelque chose. Au loin, un rayon de lumière aveuglante pénétrait à travers le toit défoncé comme à travers une lucarne et tombait sur le sol. Plumes et fientes, c'était tout ce qui restait. Leur aplomb en prit un coup, ils n'avaient plus du tout la sensation d'être des pionniers, bien au contraire...

— Partons ! s'exclama Hazal.

Youssouf hocha la tête, il se dirigea vers la sortie.

— Mais je veux te montrer un autre endroit, ajouta-t-il.

Il la conduisit au bout du domaine, là où se trouvaient une petite maison, cachée derrière les entrepôts massifs et, derrière, une balançoire métallique. Il lui dit de prendre place sur le siège et se mit à la balancer. Les axes rouillés réveillèrent les esprits des chiens errants alentour, le rire de Hazal s'éleva bien haut et passa comme un écho par-dessus les bâtiments abandonnés.

— Comment tu le connaissais, cet endroit ?

---

77. La chute du régime communiste en Bulgarie, le 10 novembre 1989.

Youssouf ne pouvait lui avouer pour la longue-vue, pas encore. Il mentit.

— Je ne me rappelle pas, c'était sans doute en rêve.

— Et qui a imaginé une balançoire pour enfants à un endroit pareil ?

— Ben, le propriétaire... sa fille était petite, elle avait quatre ou cinq ans, et ici, parmi les entrepôts et les machines, il n'y avait rien pour qu'elle joue, et pour éviter qu'elle s'ennuie...

— Ça aussi, tu l'as vu en rêve ?

— Non, ça, je l'ai inventé.

Leur idylle prit bientôt fin, car l'un des chiens errants se glissa par la clôture et les poursuivit. Ils réussirent à atteindre la brèche dans les fils barbelés et à les raccrocher à temps. Ils se jetèrent de dos sur la terre labourée après la moisson du blé, tandis que le chien aboyait de l'autre côté de la clôture et qu'ils riaient - l'idylle continuait...

Il se trouve dans certaines villes de province des maisons dont la vue inspire une mélancolie égale à celle que provoquent les cloîtres les plus sombres, les landes les plus ternes ou les ruines les plus tristes[78]..., était-il écrit dans la lettre anonyme de Hazal, envoyée un peu plus tard le même jour. C'était bien un paysage semblable, en effet, Youssouf ne le niait pas. Dans l'une de ces maisons, il voyait même son propre reflet. Très bientôt, il

---

78. Première phrase d'*Eugénie Grandet*, d'Honoré de Balzac.

déménagerait en ville, commencerait de zéro, vivrait sa propre époque de « changements »… Il était prêt à se séparer sans doute de tout, mais pas de Hazal, du moins pas maintenant, au point où en était sa vie, comment se passer d'elle ? De cette fille étrange et inaccessible. Hazal ne parlait jamais d'elle, elle ne montrait aucune émotion, ne permettait pas à l'autre de l'aimer, même si cela s'était produit tout naturellement, malgré elle. Elle portait son secret et c'était peut-être justement son auréole sibylline qui faisait d'elle une source inépuisable d'aspirations, ce qui était la manière la plus juste de la définir. Avec Hazal, tout paraissait à venir, débuts sans fins, sans suite ni développement. Même le jeu pour lequel ils se passionnèrent et qui les rapprocha par la suite, était l'échange de premières phrases, d'histoires qui ne faisaient que commencer.

Durant l'été, la bibliothèque de l'école était ouverte jusqu'en début d'après-midi, Youssouf devait attendre jusqu'au lendemain matin pour pouvoir trouver la ligne la plus adaptée comme réponse à la lettre. Ne pouvant attendre jusque-là, il eut recours aux livres de sa mère. Il tomba sur un titre intéressant – *L'ami étranger*, dans lequel il se reconnut plus ou moins, sans compter que sa première phrase, bien que plutôt laconique, correspondait aux pensées qui, encore peu auparavant, bouillonnaient dans son crâne : *Au commencement était un paysage*[79]…

---

79. Première phrase du roman *L'ami étranger* de Christoph Hein.

Les espoirs d'une année féconde furent déçus, les pluies torrentielles demeurèrent dans le passé, les rues du village se couvrirent de poussière. À la fin de l'été, à l'unisson du paysage de Youssouf en train de s'effondrer, au milieu de l'agitation accompagnant la recherche d'un logement et du tohu-bohu lié à son déménagement en ville, la terre dans les champs craquait et se fendillait. Un soir, ils eurent la visite de Mourat Hodja qui récoltait de l'argent afin d'organiser une prière pour la pluie. Ils l'invitèrent à entrer, le régalèrent. Au moment de partir, l'imam expliqua à Youssouf en quoi consistait le rituel et pourquoi il ne devait pas le manquer. Youssouf ne promit pas d'y assister, dit qu'il y réfléchirait et se déciderait éventuellement le lendemain mais, alors qu'il raccompagnait l'imam, il tomba sur un énième message :

Le Feu, l'Eau, la Terre et l'Air sont les quatre éléments somptueux avec lesquels, invariablement, mon âme vit dans une proximité joyeuse et mystérieuse[80]...

Avait-il le choix de ne pas y aller dès lors que Hazal l'y invitait ?

La procession partit très tôt le matin de la mosquée en direction du nouveau cimetière.

80. Première phrase de *Visions solaires* de Konstantin Balmont.

•

Au premier rang marchaient les enfants, derrière eux les hommes – tous, les bras tendus en avant et les poignets relâchés vers le bas. Au bout de la file, les femmes chantonnaient la prière « Munadjat[81] ». Après chacune de leurs strophes, hommes et enfants répétaient « Amen ». Du nouveau cimetière, ils poursuivirent en direction du *turbé* et, de là, vers l'ancien cimetière également. Youssouf et Hazal avaient rusé, ils étaient restés en arrière, près des grand-mères et lisaient avec elles la prière, mais dans la nouvelle édition en alphabet latin[82]. Youssouf bénéficia ainsi d'un nouveau privilège, il avait maintenant un bon prétexte pour passer la main sur l'épaule de Hazal, comment, sinon, pouvaient-ils lire et marcher du même pas ? Cela lui plaisait-il, à elle aussi ? Après le vieux cimetière, la procession descendit vers la Vallée des puits. Là les attendait un grand festin préparé par les autres villageois. Chacun avait apporté quelque chose pour ses proches, grand-mère Hava avait fait un pain rond et deux plats de petits pains au fromage.

— Que de monde ! s'écria Youssouf, ébahi.

— Et encore, ce n'est rien, rétorqua grand-mère Hava, si tu avais vu avant ! Il ne reste plus personne

---

81. Supplication, prière (du turc *münacaat*).

82. En 1928, sous Atatürk, le turc passe de l'alphabet arabe à l'alphabet latin.

de mon âge, le *guiotch*[83] a vidé la moitié du village et maintenant ce sont les jeunes qui partent gagner de l'argent à l'étranger…

•

Youssouf et Hazal passèrent l'après-midi ensemble. Ils examinèrent les sept puits de la vallée. Ils s'attardèrent particulièrement devant le plus ancien, qui n'avait ni levier, ni seau, ni manivelle, et dont l'orifice était condamné. Youssouf tenta de l'effrayer en disant qu'en bas gisait un dragon, raison pour laquelle on l'avait fermé.

— Je n'ai plus cinq ans pour te croire, répondit-elle.

— Dans ce cas, sais-tu de qui je tiens mon prénom ?

Hazal secoua la tête.

— Du prophète Youssouf qu'on a jeté dans un puits.

— Et comment il en est sorti après ?

— Comment veux-tu que je sache comment il en est sorti ?

Il passa la main sur le couvercle du puits.

— On n'aurait rien su de son existence s'il était mort…

— Des marchands l'ont trouvé et l'ont vendu comme esclave. Mais je soupçonne que c'est une

83. Déplacement, migration (du turc *göç*). Allusion à la « Grande excursion ».

invention pour que l'histoire se termine bien. C'est bien mieux de tomber dans un puits et d'y rester. Les histoires qui font peur sont les meilleures.

— Et mon prénom à moi, tu sais ce qu'il signifie ?

— Ts.

— Feuilles mortes qui tombent à l'automne...

— C'est beau...

— Tu peux inventer une histoire à mon sujet.

— Tu veux qu'elle soit belle ou qu'elle fasse peur ?

— Je te laisse choisir. Mais tu devras la raconter en une seule phrase...

Insensiblement, le ciel s'était assombri, ils levèrent tous les deux le regard vers le ciel et virent les nuages. Une pluie chaude goutta sur leurs visages, coïncidence ou présage ? Quelque chose incitait Youssouf à faire le pas suivant, à avouer la vérité, quelles qu'en soient les conséquences. Il écrivit son avant-dernière lettre anonyme à Hazal :

En cette année 1925, où l'on vit fleurir l'idylle de la mulâtresse Gabriela et de l'Arabe Nacib, la saison des pluies s'était à tel point prolongée au-delà du temps normal et nécessaire[84]...

Désormais, tout dépendait d'elle. C'était à elle de décider comment devait se terminer leur histoire. À

84. Première phrase de *Gabriela, girofle et cannelle* de Jorge Amado, trad. Georges Boisvert, J'ai lu, 2014.

sa grande surprise, sa réponse attendait depuis longtemps dans le tiroir. Il ne serait jamais venu à l'esprit de Youssouf qu'elle écrirait ces lignes :

Le premier lundi du mois d'avril 1625, le bourg de Meung, où naquit l'auteur du Roman de la Rose, semblait être dans une révolution aussi entière que si les huguenots en fussent venus faire une seconde Rochelle.

La première phrase des *Trois mousquetaires*. Hazal avait entendu parler de ce roman pour la première et dernière fois la première année à l'école, lorsqu'il l'avait apporté pour se vanter de son premier livre. Elle s'en était souvenue... vraisemblablement durant tout ce temps... Deux jours plus tard ils commençaient la nouvelle année scolaire, chacun à un endroit différent, Youssouf n'avait pas de temps à perdre. Il se permit de transgresser les règles du jeu et, dans sa dernière lettre anonyme, il compléta la citation avec ses propres mots :

C'est maintenant. Je sens que c'est maintenant la fin du monde[85].

Savourons ensemble notre dernier soleil couchant...

Ils montèrent au grenier, ouvrirent la fenêtre, s'assirent par terre et contemplèrent la vue, dehors. Les rayons

85. Première phrase du *Jade et l'obsidienne* d'Alain Gerber.

orange-rouge du soleil couchant tombaient au-dessus du châssis entrouvert, dessinant des vitraux sur le verre embué. Avant d'inviter Hazal, Youssouf avait réglé la longue-vue, il lui dit de regarder dedans. Elle s'approcha et vit le tableau que Youssouf contemplait depuis des années, sa maison à elle, son jardin, le banc blanc... Hazal s'écarta lentement de la longue-vue, elle ne dit rien, ne sourit même pas. Elle appuya la tête contre l'épaule de Youssouf, soupira, puis dit tout bas :

— Tu sens bon..., et elle s'endormit imperceptiblement.

Youssouf ne la réveilla pas, il ne brisa pas le silence ni l'harmonie de cette paix si longtemps attendue, il continua à regarder par la fenêtre ouverte où la lune venait de se lever, et il était heureux, comme jamais auparavant et jamais plus après.

LES POSSESSIONS DE M. MOUSSA

Dans les ruines du palais sous la poussière enseveli,
je vis un corbeau noir tenant un crâne dans ses griffes.
Il était là, inexplicablement. Et croassait : « les clairons, où ils sont ?
Pour la gloire de mon shah claironnez désormais ! »

OMAR KHAYYAM

LE MYSTÉRIEUX BIENFAITEUR

Le grand changement, dans le village, commença à minuit, au moment précis où Hikmet tourna la clef de sa vieille Moskvitch et partit en « expédition ». Sa passion de chasseur de trésors s'était passablement calmée au fil des ans mais, de temps à autre, des instants de faiblesse continuaient de le hanter. Il s'éclipsait en pleine nuit, faisait le tour des endroits où il soupçonnait qu'on avait enterré des trésors et rentrait chez lui avant le lever du soleil. Depuis qu'il avait fabriqué la Boîte à musique pour trésors en or, il l'utilisait. Le dernier modèle de cette invention était déjà obsolète, il ne fonctionnait plus comme il fallait, aussi fut-il contraint, cette fois-ci, de sortir avec son premier prototype. Ils l'avaient modifié ensemble, Youssouf et lui, pour en fabriquer un piège à esprits. Hikmet ne faisait pas toujours confiance aux lubies de son petit-neveu, parfois il ne voulait tout simplement pas briser son enthousiasme, il savait parfaitement qu'avec la Boîte à musique, on ne pouvait atteindre des résultats surnaturels de ce genre.

Il conduisait lentement dans le village, à une vitesse réduite la voiture était nettement moins bruyante. Il prit à l'ouest par le chemin de terre. À quelques kilomètres de là, il y avait un lac entouré de falaises, un petit bois, les vestiges de constructions anciennes et un vieux cimetière roumain. Il gara la Moskvitch, continua à pied. Le ciel était pur, la lune pleine, il n'avait pas même besoin d'une torche. Il monta jusqu'au sommet de la falaise, prit une profonde inspiration et actionna la manivelle de la Boîte à musique. Les sons de la machine retentirent dans l'espace, la nature se réveilla, des corbeaux se mirent à croasser, quelque part au loin un chien aboya.

Il atteignit un sentier pierreux, l'emprunta pour descendre. Il aperçut le reflet de la lune dans le lac, se dirigea vers l'eau. Plus il s'en approchait, plus on voyait des vaguelettes apparaître à la surface. Il découvrit que les vibrations de la machine étaient beaucoup plus fortes qu'il ne s'y attendait. Les vaguelettes s'étendaient très loin à l'intérieur du lac. Tout à coup, quelque chose sauta hors de l'eau. Un poisson ! Pourtant, il n'avait pas entendu parler de poissons sauteurs dans leur contrée. Il s'approcha encore un peu, un deuxième poisson bondit. Puis encore quelques autres. Ses pieds touchaient déjà presque l'eau lorsqu'une grenouille lui mordit la chaussure. D'autres grenouilles arrivèrent en nombre. Ses chaussures en furent couvertes. Il fit un pas en arrière, mais de l'eau n'arrêtaient pas de bondir des grenouilles qui le mordaient. Il cessa d'actionner la manivelle, s'écarta, secoua ses chaussures.

Il entra dans le cimetière roumain. Tourna de nouveau la manivelle. Il eut l'impression d'entendre un drôle de son, comme des pleurs, à peine perceptible, comme s'il venait des tombes. Mais c'était abusé, il n'y réfléchit pas vraiment. Peut-être que sous l'influence de l'imagination de Youssouf lui aussi, sans le vouloir, fabulait. Il franchit la zone des morts, s'approchant du bois. Il avait entendu plus d'une fois que des haïdouks enterraient leurs trésors sous les troncs d'immenses peupliers. Là, dans l'obscurité, il vit des yeux qui brillaient sans pouvoir déterminer à qui ils appartenaient. Au loin, d'autres paires d'yeux se mirent aussi à briller et il comprit qu'il était entouré. Il fit quelques pas très lents en arrière. À la lueur de la lune, il reconnut les animaux – des chacals. Il demeura pétrifié, ne pouvant ni s'enfuir ni se battre contre eux. C'est alors qu'il eut brusquement l'idée d'utiliser la Boîte à musique en guise d'arme. Il se mit à tourner la manivelle sur un rythme syncopé, en avant en arrière, afin de désarçonner les fauves. Son idée fonctionna, les chacals baissèrent la tête, cessèrent de gronder, ils n'osaient pas bouger devant les sons de l'animal en train d'agoniser en face d'eux. Avec une grande prudence, sans interrompre le tintamarre, Hikmet arriva jusqu'à sa voiture. Et alors, du coin de l'œil, il remarqua que le rythme irrégulier de la Boîte faisait se former un épais brouillard autour des pierres tombales du cimetière. Il n'avait pas le temps de s'arrêter pour vérifier. Il jeta la machine sur la banquette arrière, prit place au volant et démarra à une vitesse infernale.

Il n'arrivait pas à croire que l'invention de Youssouf fonctionnait réellement, n'était-ce pas une simple hallucination ? Il devait sûrement fantasmer... ou bien le brouillard autour des tombes était vraiment du brouillard, de la vapeur d'eau condensée... Il s'efforça de rejeter les possibilités fantasmagoriques et de penser froidement, mais quelque chose en lui savait que désormais ses recherches iraient précisément dans cette direction.

Tout en conduisant, il fut envahi par un pressentiment inquiétant : une lumière rouge illuminait le village. Une odeur de brûlé fit irruption à travers les vitres de la Moskvitch. La mosquée était en flammes. Les voisins étaient sortis en nombre, ils tentaient d'éteindre l'incendie avec des seaux d'eau, mais celui-ci se développait de plus en plus. Hikmet dépassa les gens dans la rue et alla appeler son jeune frère à l'aide. Les deux hommes conduisirent le tracteur avec sa citerne vers la mosquée, ils mirent en route la pompe hydrophore et éteignirent l'incendie. Mais la mosquée avait déjà brûlé, peu après son toit s'effondra.

Les villageois pleuraient. Quelqu'un déclara que c'était le résultat du manque de foi actuel, un autre que c'était seulement un avertissement de Dieu, que le véritable fléau était à venir. Koudret se mit à l'écart pour ne plus écouter de sornettes. Il soupçonnait que c'était un incendie criminel mais ne parvenait pas à saisir les mobiles d'un tel méfait. Avant de se séparer, les deux hommes fumèrent une cigarette. Hikmet profita de cet instant pour confier à son frère l'étrange phénomène qui s'était produit dans le cimetière roumain, mais Koudret ne l'écouta même pas jusqu'au bout :

— Quand est-ce que tu vas grandir ? Tu as presque soixante-dix ans, n'as-tu pas honte.

Hikmet essaya de préciser qu'il ne s'agissait pas d'une histoire de chasseur de trésors, juste de l'invention qu'ils avaient créée, Youssouf et lui, mais son frère se fâcha encore plus :

— Ça fait tellement longtemps que j'essaie de raisonner ce garçon, mais toi et son arrière-grand-mère, vous n'arrêtez pas de lui laver le cerveau ! Ça suffit maintenant !

Ils se turent. Hikmet n'en voulut pas à son frère, il savait que ses mots étaient dus à sa tristesse depuis le départ de Youssouf. La solitude tendait ses nerfs. Il monta dans sa voiture et partit chez lui. En chemin, il vit encore quelque chose qui attira son attention mais, ne parvenant pas à reconnaître les silhouettes, il oublia l'incident.

•

Le rêve heureux du royaume de M. Moussa germa en ce petit matin dans la baraque de Chombi Ismaïl. Les premiers clients étaient les Trois Bons à rien – la Limonade, le Sacripaint et l'Ex. Il n'était pas étrange de les voir ensemble, ils se rassemblaient presque tous les après-midi et buvaient jusqu'à la tombée de la nuit l'alcool bon marché proposé par Chombi. Le prétexte de cette rencontre fortuite, cette fois-ci, se révéla être différent, ils avaient tous les trois rendez-vous avec M. Moussa. La veille au soir, ils avaient reçu un appel téléphonique inattendu de cet inconnu, un bienfaiteur multimillionnaire qui venait de découvrir ses antiques racines dans ce village précisément. Ce qui était étrange, c'est qu'il les avait appelés tous les trois isolément sans mentionner les deux autres. La Limonade, l'Ex et le Sacripaint pensaient chacun être le seul auquel s'était adressé le rupin et ils se montrèrent jaloux. Ils prirent place à des tables différentes et commencèrent à attendre. Le temps passait, mais M. Moussa ne se montrait pas et aucun des trois ne se décidait non plus à partir. L'Ex, le plus diplomate du trio, essaya de dissoudre le groupe. Il se mit à parler à mots couverts :

— Non mais quel froid ! Faudrait pas qu'on s'enrhume !

— Non, non, répondit la Limonade. Il est très bien, le temps !

— C'est la canicule, la canicule ! renchérit le Sacripaint.

Voyant l'opiniâtreté de ses supposés concurrents, l'Ex voulut comprendre jusqu'à quel point les deux autres étaient au fait du cas M. Moussa. Il gardait l'espoir que, malgré tout, la Limonade et le Sacripaint étaient venus là pour d'autres raisons. Le rupin avait mentionné la fontaine en pierre dans la Vallée des puits, il prétendait avoir découvert par hasard sa photo dans de vieux albums de famille, elle aurait été construite par son arrière-arrière-arrière-grand-père.

— Hier soir, je sais pas ce qui m'a pris, lança l'Ex, j'ai vu en rêve la fontaine de la Vallée, j'ai pensé à elle toute la journée. Est-ce que quelqu'un sait quelque chose à son sujet, qui l'a construite, quand...

La Limonade secoua la tête, le Sacripaint émit un « ts » négatif avec sa langue. L'Ex se tranquillisa. Un instant, il se mit en tête qu'il était le seul élu de M. Moussa. Après un moment de silence, la Limonade raconta, lui aussi, son rêve :

— Je pars chercher du bois de chauffage, je marche sur les feuilles mortes et quelque chose grince sous mes pieds. Je regarde : rien, je lève la tête vers le ciel et je vois un aigle énorme, il vole au-dessus de moi, comme s'il voulait me dévorer. Est-ce que tu sais, qu'il fait, qui a planté cette forêt ? Moi, je me tais ! Essaie de comprendre qui c'est, sinon, tu ne t'en sortiras pas vivant. Je me suis réveillé et je me suis creusé la tête, c'est vrai, je ne sais pas qui c'est... Est-ce que l'un d'entre vous aurait entendu dire quelque chose ?

— Qui planterait une forêt ? Elle a poussé toute seule ! décréta l'Ex, tandis que le Sacripaint leur confiait son rêve alarmant :

— J'ai emmené le cheval se désaltérer dans le trou d'eau d'Ibriam aga. À un moment donné, je vois un vieillard qui devait bien avoir au moins quatre-cents ans, avec une barbe qui lui arrive aux genoux, en train de creuser sur l'une des berges. Grand-père, que je lui dis, pourquoi tu fais ça ? J'ai prêté serment à Dieu, j'attends que mes jours finissent... Maintenant que j'y pense, je me dis que le vieillard était sûrement Ibriam aga en personne, mais pourquoi donc il m'est apparu cette nuit...

Personne ne répondit au Sacripaint, ils s'enfoncèrent davantage dans le silence. Ils avaient pris conscience d'avoir entendu des bribes de leur conversation avec M. Moussa. Manifestement, le rupin descendait réellement des plus anciens habitants du village, peut-être même carrément de ses fondateurs. La bande des Bons à rien ne devait pas rater le poisson d'or, ils imaginaient les bénéfices qu'ils tireraient s'ils venaient en aide à M. Moussa. Ils s'avouèrent mutuellement qu'ils avaient rendez-vous avec lui et commencèrent à inventer des histoires sur la manière dont ils le connaissaient. Chacun s'efforçait de se mettre en avant et de prendre l'avantage dans cette compétition. L'Ex raconta que, quelques années auparavant, sa fille s'était rendue chez M. Moussa, en Angleterre, en tant que femme de ménage. La maison était immense, un vrai château, sur les murs étaient accrochées des cartes pour que les gens ne se perdent pas dans les interminables couloirs. La

Limonade soutenait qu'il connaissait personnellement M. Moussa :

— Vous le savez, moi aussi, je suis allé gagner de l'argent à l'étranger pendant cinq ans, comme chauffeur de camion. Deux fois il m'est arrivé de charger de la marchandise dans l'usine à chaussures de M. Moussa, à Rome, et de la transporter dans ses magasins à Paris et à Barcelone. Je n'ai jamais vu un atelier pareil, d'un côté ils élèvent des crocodiles, les écorchent, la viande, ils la vendent, et avec la peau, ils font des chaussures.

— Où est-ce que tu verrais un atelier pareil ! Ma fille a raconté qu'un soir elle était restée passer la nuit chez M. Moussa, là-bas, des chambres, y en a en veux-tu en voilà, et des spéciales pour les domestiques. Elle est sortie en pleine nuit et s'est perdue dans le noir, elle a regardé la carte, dans le couloir, s'est orientée et a pris la bonne direction. En chemin, elle a vu une porte entrouverte laissant passer une lumière éclatante. Elle a regardé à l'intérieur et a reconnu la silhouette de M. Moussa en compagnie d'un très, très vieux grand-père, elle a écouté pour entendre ce qu'ils se disaient. C'est comme ça qu'elle a compris que même les forces de l'au-delà l'aidaient. Ce qu'ils n'avaient pas réussi à terminer dans la journée, le vieillard l'achevait pendant la nuit.

— Lui, là, ce vieillard, c'est le père du saint du *tekké*, de la même manière que le nôtre se lève la nuit pour prier, toute leur famille en fait autant.

— S'il n'y avait que ça, rétorqua le Sacripaint, s'immisçant dans la conversation. Toutes les voitures qui viennent de l'Ouest, elles appartiennent à M. Moussa, la moitié des concessionnaires sont à lui. Sauf que personne ne le sait, il a fait exprès de leur donner un nom différent, pour ne pas payer d'impôts. Et il ne paie pas d'impôts parce que, cet argent, il le distribue aux pauvres.

— Tu vas pas en faire un Robin des Bois, se fâcha l'Ex, pourquoi tu le calomnies en disant qu'il ne paierait pas d'impôts. Lui, il a toute une fondation pour récolter des fonds, il nourrit des enfants, les habille. Est-ce que tu sais ce qui se passe en Afrique, et au Niger, au Kenya, en Somalie, en Inde... dans tous ces endroits dont tu n'as sans doute même pas entendu parler, des petits enfants meurent de faim et la faim fait enfler leurs petits ventres. Le pauvre Moussa, il se demande comment aider tout le monde, mais tu dis qu'ici il paierait pas d'impôts. *Kepazelik*[86] ! Il peut le sortir même de sa poche, c't'argent, mais il est modeste, modeste, aussi pur qu'une larme, il veut pas se vanter...

Les Trois Bons à rien s'enflammèrent tant qu'en un rien de temps ils en arrivèrent à la garde-robe de M. Moussa, à sa pointure, ses goûts en cuisine et même à son équipe de foot préférée. Peu à peu, sans s'en rendre compte, ils avaient échafaudé toute sa

86. Honte (turc).

biographie. Lorsque l'image fut devenue plus vivante encore que leur propre personne, inopinément le téléphone de l'Ex sonna. M. Moussa s'excusait, il venait juste d'atterrir à l'aéroport Ciampino, à Rome, des problèmes imprévus avaient surgi dans son usine et il devait les résoudre d'urgence. Il promit de rendre visite au village à la première occasion. Avant de mettre fin à la conversation, il pria les trois hommes d'informer les habitants du village de son existence, de ses intentions dénuées d'arrière-pensée et même, comme premier geste à leur égard, il demanda à chacun d'eux de dire ce dont il avait besoin, promettant de le leur fournir le plus rapidement possible.

La Limonade, l'Ex et le Sacripaint échangèrent un regard. Sentant dans quel sens le vent tournait, ils étaient prêts, à l'avenir, à exécuter tout ordre émanant de M. Moussa. Ils quittèrent le bistrot et partirent faire le tour du village, maison par maison, pour annoncer la bonne nouvelle de l'apparition de leur bienfaiteur.

•

La plupart des villageois vivaient au bord de la pauvreté. La misère n'avait pas quitté le village depuis l'enfance de grand-mère Hava. Elle se souvenait de l'indigence dans les hameaux, la bouillie de boue et de bouse de vache qui recouvrait les rues où, jadis, on marchait pieds nus. Le vent dispersait une odeur insupportable qui pénétrait par les fenêtres des maisons. Puis étaient venus les changements, les puanteurs s'étaient calmées. Les lavandes de Koudret avaient poussé, le village était devenu différent, désormais aux fenêtres parvenaient des arômes agréables. Durant les dernières années, les constructions n'avaient pas été entretenues et se dégradaient, la terre était laissée à l'abandon, et les lavandes de Koudret avaient vieilli avec lui. Les plantations diminuaient, les ouvriers aussi, la force qui résistait à la destruction naturelle faiblissait. Dans cette situation, l'apparition de M. Moussa se révélerait, de fait, être un rêve difficilement explicable dans son essence, voire le souffle du souvenir d'un autre monde, merveilleux, mais au début, les villageois ne reconnurent pas leur sauveur.

La Limonade, l'Ex et le Sacripaint allaient de maison en maison, parlaient de ce mystérieux rupin-bienfaiteur qui avait récemment découvert qu'il était originaire de leur village, de ses voitures, de ses usines, de sa maison, de sa fondation et de tout plein d'autres choses. Les villageois écoutaient, stupéfaits, hochaient la tête et répétaient : « Dieu veuille que ça lui profite ! » Mais lorsqu'ils devaient exprimer ce dont ils avaient besoin, ils faisaient les modestes, refusaient l'aumône ou trouvaient de bonnes raisons de décliner l'offre. Ces refus étaient compréhensibles, après avoir été durant tant d'années trompés et utilisés, les gens n'avaient plus confiance. Ils étaient méfiants, s'imaginaient recevoir des cadeaux et régler ensuite des dettes jusqu'à la fin de leur vie. Les Trois Bons à rien n'insistaient pas, ils rétorquaient à chacun qu'il ratait une occasion en or, mais que ça ne regardait que lui. Après quoi ils se rendaient dans la maison voisine et recommençaient depuis le début.

•

Ce même jour, l'imam Mourat Hodja faisait lui aussi le tour du village, récoltant cette fois-ci de l'argent pour la restauration de la mosquée brûlée. On ne lui refusait pas, chacun donnait son obole « modeste, mais de bon cœur », le regard baissé. L'imam encourageait les villageois, il parlait avec entrain et répétait : « Nos cœurs sont petits, mais celui de Dieu est grand ! » Il entra aussi dans la maison de Koudret, parla du malheureux événement :

— On a l'âme qui frémit devant un tel spectacle...

— On a tous eu peur hier.

— Pourquoi hier, que s'est-il passé ? demanda l'imam, étonné.

— Ben c'est hier que la mosquée a brûlé et qu'on est venus en aide...

— Comment ça hier ! C'était ce matin !

— Hier ! Je m'en souviens très bien, je suis venu avec le tracteur pour éteindre l'incendie...

Mourat Hodja vit par hasard quelqu'un qui passait dans la rue et il lui demanda si l'incident avait eu lieu la veille ou le matin, Koudret fut très étonné par la réponse. Il ne réfléchit pas plus aux raisons de sa méprise, l'imputa au sommeil matinal qui avait suivi, manifestement il avait eu l'impression qu'il s'agissait de deux jours distincts.

Peu après le départ de l'imam arrivèrent à leur tour les Bons à rien. Ils débitèrent presque d'une seule traite la nouvelle du bienfaiteur mythique, à force de répéter toujours la même chose, leur discours avait commencé à ressembler à une étrange chanson. Koudret n'éprouvait que mépris à l'égard des Trois Bons à rien, d'ailleurs, c'était lui qui leur avait trouvé ce sobriquet. Il interrompit leur tirade par une question railleuse :

— Il vous paie cher de l'heure, votre bienfaiteur ?

— L'heure n'est pas à la plaisanterie ! décréta sèchement l'Ex. Pour une fois, pense un peu aux autres...

— C'est une chance pour le village, tous en profiteront, dit la Limonade. Toi, tu as de l'argent, pas nous... Nous aussi, on en veut ! ajouta le Sacripaint.

— Ça fait des années que j'aide tout le monde, maintenant encore, je n'ai jamais renvoyé personne pour quoi que ce soit !

— C'est vrai, s'immisça la Limonade, mais tes lavandes, elles arrivent à peine à te nourrir, maintenant.

— Les gens travaillent gratis ! s'enflamma le Sacripaint.

— Comprends-nous bien, reprit l'Ex, nous te sommes reconnaissants, mais tu le vois bien toi-même, le monde change, il faut regarder vers l'avenir. On veut pas rater notre chance par fierté...

Le Sacripaint s'adoucit à son tour, il dit à Koudret d'imaginer les immenses surfaces plantées de lavande, un outillage moderne et tout ce dont il pourrait avoir besoin pour recouvrer sa grandeur passée... Koudret refusa de participer à une ânerie pareille et les fit sortir de chez lui.

À la fin de la journée, les Trois Bons à rien s'en retournèrent à la baraque de Chombi Ismaïl, ils prirent place autour de la table, commandèrent chacun un verre de l'alcool bon marché et se plaignirent de ne pas avoir pu exaucer la demande de M. Moussa. Personne, au village, n'avait accepté sa proposition. C'est alors que, contre toute attente, le téléphone de l'Ex se mit à sonner. M. Moussa voulait s'informer de l'avancée des affaires et il fut très affecté par l'échec de son geste cordial. Il n'arrivait pas à croire que dans tout le village il ne se soit pas trouvé une seule personne vivant en périphérie, dans une petite maison avec de grandes fenêtres, une treille foisonnante, des moutons dans l'enclos, une cour avec un puits et, dans cette cour, un vieillard solitaire, qui ait besoin d'aide... L'Ex, brusquement, se souvint du grand-père Suleyman, c'était le seul auquel ils avaient omis de rendre visite. Les trois compères se mirent en route et trouvèrent le vieil homme dans son jardin en train de trimer pour tondre l'herbe. Ils lui racontèrent toute l'histoire. Grand-père Suleyman n'avait rien à perdre, il déclara que s'il pouvait acquérir un petit tracteur pour les travaux domestiques, sa vie en serait simplifiée. Les Trois Bons à rien transmirent le vœu de l'unique partisan de M. Moussa et, le lendemain matin, grand-père Suleyman se réveilla avec un motoculteur dernier cri devant sa maison. Il le prit en main et n'arrêta pas de sillonner les rues de toute la journée. Les gens le regardaient avec envie. Peu à peu, ils prirent conscience de ce qu'ils avaient raté. Le petit tracteur de grand-père Suleyman resterait dans les mémoires comme le premier des miracles accomplis par le nouveau protecteur du village.

•

La baraque de Chombi Ismaïl était pleine à craquer, les hommes harcelaient les Trois Bons à rien, les suppliant d'appeler encore et encore M. Moussa, mais son téléphone était éteint. L'humeur générale devenait de plus en plus sombre, la jalousie à l'égard du grand-père Suleyman faisait partie des émotions qui apparaissaient le plus à la surface. On sentait planer dans l'air la présence de ce grand mystère, qui était ce M. Moussa ? Ils se rappelaient des bribes de conversation avec lui. Ils démêlaient les fils de son origine, on l'avait baptisé du prénom de son arrière-grand-père Moussa. Quant à son arrière-arrière-arrière-grand-père, il avait construit la vieille fontaine, d'elle, on savait que c'était un riche qui l'avait érigée en mémoire de sa défunte fille, mais rien de plus... Personne ne se rappelait ses parents, quand étaient-ils partis ? Avaient-ils vraiment vécu dans le village ? Même les plus âgés ne parvenaient pas à résoudre cette énigme. Ils remontaient aux migrations qui avaient eu lieu au fil des ans, après la Libération, durant les guerres, la Grande excursion... les déplacés demeuraient en groupes, on pouvait suivre facilement leur trajectoire, mais Moussa était un cas différent...

•

Obsédé par cet intolérable mystère, Memich le Tambour se rendit dans la Vallée des puits, il examina la vieille fontaine, descella la plaque au-dessus du bec sur laquelle était gravée une inscription en hiéroglyphes arabes, puis il s'achemina vers la maison de Nerimane abla. Ces dernières nuits, elle faisait le même cauchemar et ne s'en souvenait que sous la forme d'images – un arbre solitaire qui, soudain, s'enflamme et brûle, un homme et une femme, la roue d'une charrette, un chemin de terre et les pleurs d'un nouveau-né. La voyante examina la plaque et traduisit l'inscription

[87]نوراه مكدج بابشلا حاورال امىركت

Le message était confus, et puis, n'était-ce pas une métaphore, un pressentiment inquiet concernant le sort des générations à venir ? La voyante ne demeura pas longtemps perplexe, elle prit sur le rayonnage le livre volumineux intitulé *Notre histoire*, une chronique écrite à la main, elle aussi, qui se transmettait de génération en génération, comme le *Répertoire antique des saintes traitées injustement par leurs maris*. Elle vérifia le nom. La première page était déjà consacrée à Haroun le Fondateur, père d'Ibriam aga et grand-père d'Ismaïl le Favori. Il était venu de terres lointaines sur un char en or et avait transformé le village entier. Devenu aveugle de chagrin, il avait passé ses dernières années en deuil après la perte de son petit-fils. Il n'y avait rien de plus... Au lieu de fournir des réponses, le livre ouvrait vers davantage de questions : qui était ce petit-fils ? Si la fontaine avait été érigée en mémoire de la défunte fille, qui étaient les jeunes gens mentionnés sur la plaque ?

Nerimane abla et Memich le Tambour demeurèrent sans voix, ils sentaient que la clef de la révélation de ce grand mystère était sous leurs yeux, mais que quelque chose leur échappait. Ils passèrent tous les deux les doigts sur l'ornement en relief de la plaque qui ressemblait à une fleur. Peut-être était-ce là que se cachait la

87. En hommage aux âmes des jeunes, ton grand-père Haroun (arabe).

formule magique, mais ils ne reconnaissaient pas cette plante. À coup sûr, ce n'était pas une fleur : un buisson, un arbre ? Ils tranchèrent en faveur d'un saule. Peu après, comme percée en plein cœur, Nerimane abla se redressa, prit sur le rayonnage l'épais volume contenant les descriptions des saintes, l'ouvrit à la page déjà familière sur Sémiramis la Fidèle et commença à lire : « Fille du berger Seliaydine... Une nuit le saule, dans leur jardin, prit feu... Elle vit le visage du Seigneur... Je te veux pour femme... Demande-moi à papa... Durant la nuit, le saule s'enflamma de nouveau... Elle se donna dans sa chair à son bien-aimé... Le ventre de Sémiramis gonfla... Personne ne crut qu'elle portait l'enfant du Seigneur, on la calomnia... Son père la chassa... Sémiramis se pendit... au même saule. » Pendant qu'elle lisait, Nerimane abla revoyait les images de son rêve, elle en avait déjà oublié le dénouement. Très vraisemblablement, la jeune fille ne s'était pas pendue, comme le disait la légende, elle avait trouvé le salut. Elle portait l'enfant, non pas du Seigneur, mais justement du petit-fils de Haroun le Fondateur, Ismaïl. Alors, les deux jeunes gens s'étaient enfuis du village et ils avaient donné à l'enfant, qui avait survécu, le nom de Moussa, l'arrière-grand-père de M. Moussa.

Tout concordait. Il y avait de cela bien, bien des années, le village avait commis un péché à l'égard de l'arrière-grand-père non encore né de M. Moussa et, à présent, les voies impénétrables du destin avaient envoyé à son tour son arrière-petit-fils pour que les héritiers de ceux qui avaient péché rachètent grâce à lui l'injustice d'antan. C'était la raison des lettres de la sainte : rappeler la faute non rachetée et, dans le même temps, annoncer la venue de M. Moussa.

À l'instant où ils eurent démêlé le fil de l'énigme, ils sentirent tous les deux le souffle glacé du vent qui s'était engouffré dans la pièce et ils virent une colombe blanche passer devant la fenêtre. Nerimane abla poussa un soupir de soulagement et chuchota à Memich :

— Allez ! Va le raconter à tout le monde. Dis-leur quel genre de personnes nous sommes...

À partir de ce moment, ils n'eurent tous que cette histoire à la bouche, les hommes se rassemblaient dans la baraque de Chombi, les femmes chez Nerimane abla, répétant et complétant inlassablement l'histoire cousue de fil blanc de M. Moussa. Ils continuaient à l'appeler, lui ne répondait pas, contribuant ainsi à son insu à faire gonfler toujours plus le ballon imaginaire. C'est alors que, inopinément, la villageoise la plus âgée, grand-mère Atché, se rappela la naissance de l'arrière-grand-père Moussa en question. Elle-même avait un an ou deux, dans son souvenir le plus ancien elle avait glissé la tête à travers les planches de la clôture en bois de l'enclos pour le bétail. Elle ne savait pas comment elle s'était retrouvée là, mais, dans la pénombre, elle avait vu sainte Sémiramis en train d'accoucher de son fils en catimini. Puis un homme était apparu, il avait chargé sur sa charrette la jeune accouchée avec le nouveau-né et ils avaient tous disparu dans les ténèbres.

L'histoire de grand-mère Atché déclencha toute une série d'autres souvenirs. Aucun d'eux n'était lié à M. Moussa, ils étaient tous personnels, mais quelque part, un bref moment, ils croisaient les conjectures concernant ce qui s'était passé avec cette famille après qu'elle avait fui le village. Ils inventèrent tant d'histoires et de fantasmagories qu'à la fin il fut impossible de distinguer le souvenir de la légende, la vérité de l'invention, de savoir qui étaient en fin de compte l'arrière-grand-père Moussa, Ismaïl le Favori, Haroun le Fondateur... Tout ce chaos humain prit une seule chair et forma l'image de M. Moussa, Moussa le Favori. Leur Moussa, celui qui apportait le pardon et, après le pardon, le salut...

SOUS LE DÔME VIDE

Alors que la mythomanie générale était à son comble, l'Inventeur décida de rendre visite à son cadet. Ils s'étaient vus pour la dernière fois lorsqu'ils avaient éteint l'incendie. Cette rencontre avait créé une tension très forte entre les deux frères, non pas qu'ils aient eu envie de s'offenser mutuellement, mais parce que depuis bien des années ils ne parvenaient pas à se comporter comme de vrais frères. Ils se rappelaient leur enfance, une réalité presque inventée, durant laquelle le jeu semblait être la vie même, ils attendaient le printemps avec excitation et le retour du médecin voyageur, ami de la famille, de ses lointaines pérégrinations. Le docteur Moshé leur rapportait des cadeaux, des cartes postales, du chocolat, qu'ils se partageaient à égalité et, pendant qu'ils les suçaient, ils se délectaient au plus haut point en écoutant les histoires invraisemblables de cet original. C'est à l'adolescence que les deux frères commencèrent à découvrir leurs différences. Un jour, le docteur Moshé rapporta pour la première fois deux cadeaux différents : un kit pour réaliser des greffes végétales et une vieille longue-vue. Ils n'hésitèrent pas dans leur choix, l'un d'eux courut immédiatement dans le jardin pour observer l'infini caché sous l'écorce de l'arbre, tandis que l'autre avait eu du mal à attendre la tombée de la nuit afin d'apercevoir pour la première fois le lointain infini d'aussi près. Les inoffensifs cadeaux du docteur voyageur devinrent la ligne de faille entre les destins des deux frères, Koudret s'immergeant dans la vie, tandis qu'Hikmet observait pour toujours les étoiles.

Hikmet ne voyait pas, dans le prétexte de sa visite ce jour-là, une tentative d'excuse, les deux frères étaient tellement fiers que pas une seule fois ils ne s'étaient mutuellement demandé pardon. Bien plus, Hikmet espérait convaincre son frère de l'importance de la boîte musicale-piège à esprits et même lui demander un peu d'argent pour acheter les pièces nécessaires à l'invention. Ce n'était pas pour lui, un jour, lorsque Youssouf reviendrait, il lui en ferait cadeau.

L'automne s'était installé dans les couleurs des feuilles, le vent les balançait et elles voletaient dans l'air, dans une mélancolique danse de l'amour. Les deux frères s'assirent sous la treille de la cour. L'Inventeur venait rarement, et ce, surtout pour voir sa mère, quant à Koudret, il allait encore plus rarement rendre visite à son frère aîné. Leurs rencontres, durant ces dernières années, étaient surtout concentrées sur la découverte de nouveaux signes de vieillissement. Hikmet avait commencé à compter les rides sur le visage de son frère et, chaque fois, il était stupéfait d'en voir apparaître autant de nouvelles. Ce jour-là, il fut surpris par tout autre chose : les doigts de Koudret se mirent à trembler pendant qu'il allumait sa cigarette. Il eut pitié de lui, son cadet l'avait devancé dans le vieillissement.

— En quoi puis-je t'être utile ? amorça Koudret.

L'Inventeur n'allait jamais droit au but. Il répondit à la question par une question.

— Et toi, t'es-tu utile ?

— Oui, encore, répondit sèchement son frère.

— Heureux de l'entendre !

Hikmet but bruyamment une gorgée de café.

La petite cour donnait sur la rue, lorsque la conversation s'étiolait, on pouvait prendre pour prétexte les passants dans la rue. C'est ce qui arriva avec l'imam Mourat Hodja, qui se dirigeait quelque part à pas pressés. Ils le suivirent du regard. Depuis la nuit de l'incendie, Hikmet n'était pas sorti de chez lui, passant tout son temps dans l'atelier, et il n'était pas au courant des nouvelles au village.

— Il collecte des aumônes pour la restauration de la mosquée, mais il est peu probable que ça suffise. Les gens n'ont pas d'argent..., dit Hikmet.

— Il n'est pas venu chez moi.

— Il sait que tu n'as rien, qu'est-ce qu'il pourrait te demander.

Dans son ton âpre, l'Inventeur vit une occasion de parler de son manque d'argent :

— Celui qui a donne, celui qui n'a pas prend. Le monde est fait ainsi, tu ne crois pas ?

— Tiens, ces bons à rien pensent aussi comme toi, ils se prennent même pour des apôtres, maintenant...

La compagnie des Bons à rien traversait la rue, une douzaine d'hommes sur leurs talons. Koudret raconta brièvement l'affaire avec M. Moussa, évidemment de son point de vue, et la résuma ainsi : une grande escroquerie. Le gros problème des deux frères, durant toutes ces années, résidait dans leur impossibilité à trouver dignes l'avis et le comportement de l'autre. Hikmet reprochait à Koudret son scepticisme et son cynisme, tandis que Koudret s'indignait de la rêverie stérile et de la bouffonnerie de Hikmet. Attisé par le énième préjugé de son frère, l'Inventeur oublia la raison de sa venue et commença à chicaner :

— Newton, il lui a suffi que tombe une unique pomme pour avoir l'idée de l'attraction terrestre, tandis que nous, même si toute la gravitation nous tombait dessus, nous ne remarquerions même pas la pomme...

— Quant à moi, je n'attends pas que la pomme me tombe sur la tête, je pars, j'achète et je possède. Tandis que toi, tu viens me demander. C'est ça, le problème.

— Tu pars, tu achètes et tu possèdes ? Ensuite, tu manges, jettes les restes, achètes de nouvelles pommes et manges encore, jettes encore, encore et encore. C'est ça, toute ta philosophie ! Acheter et manger !

— Ça ne change rien au fait que j'aie des pommes, toi, non !

— Seul celui qui n'a pas peut deviner comment trouver. Et ensuite, les autres comme toi devinent, grâce à lui, comment en profiter. Heureusement que je n'en ai pas !

Hikmet but la dernière gorgée de café et fit mine de partir.

L'imam, toujours pressé, traversait la rue.

— Si tes inventions valent autant la peine, tu peux suivre l'exemple du hodja et récolter des *stotinki* dans un petit bol..., dit Koudret.

Hikmet lui jeta un regard hargneux tandis qu'il recommençait à lui raconter la raison pour laquelle l'imam collectait de l'argent, comme s'ils n'en avaient pas parlé un instant auparavant. L'Inventeur en fut surpris, puis il lui demanda s'il se rappelait ce qu'il avait mangé la veille. Koudret ne comprit pas la question, il répondit qu'il n'essayait pas de se souvenir de choses inutiles.

— Comment appelle-t-on ce légume : long, droit et orange ?

— Je sais ! Les lapins en raffolent. Ce légume !

— Tu te le mets sur la tête pour te protéger du soleil et, en hiver, pour que ton cerveau ne gèle pas, c'est quoi ?

Les yeux de Koudret s'agitèrent, il leva deux fois le menton pour dire quelque chose avant de baisser le regard.

— Le chapeau aussi, tu l'as oublié ?

Koudret rétorqua qu'il s'en souvenait très bien mais que, tout à coup, c'était parti...

— Et comment s'appelait, poursuivit l'Inventeur, le médecin voyageur de notre enfance ?

Koudret dit que, même après sa mort, il ne pouvait oublier le médecin juif de son enfance :

— Shalom, répondit-il.

Hikmet comprit que son frère était atteint de la maladie de l'oubli. Cette découverte fut un gros choc pour lui car elle était annonciatrice de mort. À partir de ce jour-là, il sut qu'il s'ensuivrait un long et pénible adieu, jusqu'à ce que tous les souvenirs s'effacent et qu'à la fin, les deux frères n'existent plus l'un pour l'autre. Il n'était pas préparé à cette séparation. Il partit.

La compagnie des Bons à rien aiguillonnés par les villageois continuait d'appeler M. Moussa tous les jours et à des heures différentes dans l'espoir de saisir le moment le plus opportun, mais il ne répondait pas. Il les avait abandonnés. Au bout d'un moment, l'attente s'épuisa, les hommes cessèrent de harceler l'Ex, la Limonade et le Sacripaint, les femmes cessèrent de rendre visite à Nerimane abla. La vie devait retrouver son cours habituel, même s'ils avaient conscience d'avoir raté une occasion. Entre-temps, l'imam Mourat

Hodja cessa de récolter des fonds pour la restauration de la mosquée. L'argent réuni se révéla être extrêmement insuffisant, il y en avait assez pour nettoyer les ruines et faire de menues réparations, mais il était impensable de reconstruire le toit et le dôme démoli. Hommes et femmes participèrent au nettoyage, ceux-là mêmes qui, jusqu'à récemment, harcelaient les Bons à rien et Nerimane abla. Mus par un aiguillon intérieur tacite, ils se retrouvèrent parmi les vestiges de la mosquée incendiée et, aux côtés de Mourat Hodja, des heures durant ils s'affairèrent et nettoyèrent la cendre par terre. Ils finirent et s'assirent dans la salle de prière sous un toit ouvert sur le ciel.

Jamais, durant leur vie, ils ne s'étaient sentis aussi démunis. Ils tentaient de parler de choses du quotidien mais une force invisible s'immisçait dans la conversation et perçait les silences. Cette présence invisible se sentit le plus fortement au moment où, au-dessus de la mosquée, passa un vol de corbeaux et où une unique plume, noire comme le charbon, se balança dans les airs, descendit à travers le dôme ouvert et plana un long moment avant d'atterrir dans le giron d'une femme. La villageoise éclata en sanglots. Les autres, autour d'elle, commencèrent à la tranquilliser, tandis que les hommes soufflaient bruyamment. En cet instant d'insurmontable tristesse se produisit le miracle tant attendu, le téléphone de l'Ex retentit. La villageoise la plus âgée, grand-mère Atché, saisit le combiné et s'écria à travers ses larmes :

— Moussa ! Mon garçon ! Nous t'avons oublié mais toi, tu ne nous oublies pas...

Des voix de femmes se firent entendre presque en chœur :

— Pardon, pardon !

La suivante, en termes d'âge, grand-mère Perouzé, prit le téléphone et ajouta :

— Ne crois pas qu'on t'ait oublié. On se souvient de tout. On a retrouvé la mémoire, tu nous as ouvert les yeux.

— On s'est rappelé aussi ta mère, intervint une autre femme, la sainte mère, Sémiramis la Fidèle, plus d'une fois elle nous a rappelé nos péchés, mais nous, nous étions stupides. Maintenant, nous nous souvenons de tout !

— On a retrouvé la mémoire ! On a retrouvé la mémoire !

— Dis-lui que son père aussi, on s'en souvient ! s'écria l'un des hommes. Ismaïl le Favori est plus homme que tous les hommes, un exemple pour nous, notre idéal !

— Notre papa ! Notre papa ! ajoutèrent en chœur les hommes.

M. Moussa ne nia pas ce qu'il entendait. Il accepta les excuses et demanda pardon lui aussi. Il demanda en quoi il pouvait leur être utile, mais les réponses étaient confuses :

— Nous avons besoin de toi !

— C'est seulement maintenant que nous t'avons découvert !

— Ce n'est pas à toi de nous aider, mais à nous, comment, sinon, racheter notre faute...

Aussi fiers que fussent les villageois, dans leur ton perçait une pudeur enfantine. M. Moussa leur rappela que sa proposition tenait toujours, chacun d'eux pouvait dire de quoi il avait besoin, il essaierait de l'aider. Les villageois continuèrent à tourner autour du pot. Il les assura qu'ainsi il se sentirait mieux. Grand-mère Atché reprit le téléphone :

— Tu es tout seul, tandis que nous, nous sommes nombreux. Comment pourrais-tu aider tout le monde ?

M. Moussa demanda un moment de réflexion. Il raccrocha et rappela peu après. Il leur présenta, comme c'était décrit dans le projet, un plan de changement total, de restauration et de modernisation du village. Il promit de créer un business qui permettrait à chacun d'avoir du travail, selon ses moyens, de sorte que, peu à peu, la vie dans cet endroit oublié de Dieu prenne des allures paradisiaques. Pour ce faire, il fallait que la Limonade, le Sacripaint et l'Ex ouvrent un guichet devant la baraque de Chombi Ismaïl où chacun déclare ses compétences et décrive ses biens. Ils n'avaient qu'à lui envoyer la liste et se préparer à voir leur rêve le plus ambitieux se réaliser. Il promit également de construire une nouvelle mosquée, la construction pouvait commencer dès maintenant. Il remercia une nouvelle fois, dit qu'il avait enfin trouvé sa vraie famille et raccrocha.

Les villageois eurent du mal à attendre le lendemain. Les Trois Bons à rien ouvrirent un guichet devant la baraque de Chombi, comme on le leur avait demandé, et ils commencèrent à établir l'interminable liste. Des plus jeunes aux plus âgés, presque tous les habitants du village firent la queue : untel aimait les poules, untel savait fendre du bois, cultiver des tomates, faire des conserves de fruits, conduire un tracteur, avait un permis de conduire pour camion, untel travaillait dans le bâtiment, était pêcheur, et cætera, et cætera. Ils décrivirent aussi leurs biens, les terres et le matériel agricole qu'ils possédaient. Parmi les candidats se trouvait Hikmet. Pour profession, il mentionna électricien, comme autres intérêts : chasseur de trésors, et, pour biens, une « Moskvitch 412 », année de production 1981, 75 chevaux, de couleur beige. Les derniers à s'inscrire sur la liste furent les Trois Bons à rien. Ils exprimèrent le souhait de diriger le business à venir de M. Moussa, entre parenthèses – *De toute façon, ce boulot, on le fait déjà...* Aucun des trois ne possédant quoi que ce soit de matériel, ils indiquèrent fièrement : *Uniquement notre honneur et notre dignité !*

Ils envoyèrent les documents et, quelques jours plus tard, M. Moussa répondit. L'hétérogénéité des compétences des candidats exigeait que l'on crée plusieurs entreprises, afin que chacun puisse se réaliser dans son domaine. En ce qui concernait l'équipement, l'investisseur fit une offre très correcte pour racheter le matériel excédentaire et proposa de louer les terres pour une durée de vingt ans. Les villageois recevraient de l'argent en espèces, des loyers réguliers et, lorsqu'ils commenceraient à travailler, des salaires également. Ils acceptèrent cette proposition de bon cœur. Durant les jours qui suivirent, les Trois Bons à rien allèrent de maison en maison et signèrent les contrats. Outre les biens des villageois, M. Moussa acheta par une vente aux enchères secrète les entrepôts de l'ancien TKZC, les maisons vides aux confins de la coopérative, la ferme aviaire abandonnée, les vergers non cultivés, l'usine de chaussures qui avait fait faillite, ainsi que le chantier inachevé au centre du village.

Le grand changement commença. Des gens vinrent de la ville, ils démontèrent les éléments métalliques des bâtiments et les bradèrent. Quelqu'un fit remarquer que rien qu'avec la ferraille, même si elle avait été vendue pour pas grand-chose, M. Moussa avait amorti ses dépenses, mais cela n'avait pas d'importance. Bientôt, tous auraient du travail et un salaire. Avec ce que leur avait rapporté la vente, ils achetèrent de nouvelles machines et firent bientôt marcher le business. Entre-temps, ils creusèrent la première fondation de la nouvelle mosquée. L'architecte, un jeune homme novateur dans ce domaine, spécialement invité d'Edirne, présenta les plans d'un lieu de prière qui évoquait davantage une coquette habitation. Les raisons qui motivaient cette vision étaient pragmatiques, un entretien facile et de faibles charges. Mais ce choix était aussi dicté par un élément conceptuel – la hauteur du minaret devait faire trois fois la taille de la mosquée, afin que la tour s'élève bien haut vers le ciel et que, de là, entre terre et nuages, le muezzin adresse ses prières au Seigneur. Les villageois furent si impressionnés par cette idée qu'ils cédèrent le plus bel endroit du village – le terrain de foot.

L'Inventeur Hikmet devint l'électricien en chef dans les entreprises de M. Moussa, responsable de la maintenance des machines et de l'alimentation électrique des entrepôts. On lui confia la tâche supplémentaire de conduire un groupe chargé de découvrir le char en or de Haroun le Fondateur, arrière-arrière-arrière-grand-père de M. Moussa. Hikmet ne croyait pas à l'existence de ce trésor, il était impossible qu'il n'en ait pas entendu parler durant toutes ces années, mais il prit cette tâche comme un divertissement. Peu après son affectation, il retourna rendre visite à son frère cadet. Il lui restait encore à tenter de rétablir le lien entre eux, perdu au moment de leur adolescence. Il voulait lui faire plaisir, lui dire qu'il avait mis fin à ses étranges découvertes et avait commencé un travail sérieux. Il était désormais utile aussi aux autres, gagnait bien sa vie et, avec un peu de retard, suivait les traces de son frère cadet. Mais il ne souffla pas un mot concernant le char de Haroun le Fondateur. Il répéta que c'était un travail sérieux, vraiment sérieux. Koudret l'écouta jusqu'au bout avant d'éclater de rire :

— Sérieux ?! Si tu prenais un seau de *kiretch*[88] et chaulais les bordures des trottoirs, tu serais dix fois plus utile qu'avec cette ânerie.

Hikmet ne releva pas, il savait qu'il était inutile de discuter avec son têtu de frère. Il changea de sujet de conversation, parla de la lavande, les champs étaient de plus en plus à l'abandon, les plantes dépérissaient, comment comptait-il leur redonner vie ?

— J'attends qu'elles se dessèchent complètement pour les arracher, et ensuite en finir moi aussi.

Koudret n'avait jamais été aimable mais, ces derniers temps, son comportement devenait de plus en plus insolent. Il refusait catégoriquement la discussion. Même si le diagnostic expliquait dans une certaine mesure les causes de ce changement, la patience de Hikmet s'épuisait. Il se dit qu'il s'infligeait tout cela uniquement parce qu'il entretenait l'illusion qu'ils allaient mettre du baume sur leur relation avant la fin. Mais cela pouvait-il vraiment se produire puisque ça n'avait jamais été le cas ? Pourquoi se sentir coupable de quelque chose qui, en réalité, n'existait pas... Quelle

---

88. Chaux (turc : *kireç*)

était sa faute ? Il décida qu'il valait mieux qu'il parte plutôt que de se laisser déstabiliser par de telles pensées.

Non seulement Koudret refusait l'idée du « royaume de M. Moussa », comme l'avaient un jour défini les Trois Bons à rien, mais il s'obstinait à critiquer et contrecarrer quiconque osait s'exprimer sur ce sujet. Par cette attitude, non seulement il se fit des ennemis, mais il perdit le respect des villageois. Ils le soupçonnaient de calomnier à dessein le nouvel exploitant parce qu'il tremblait de peur à l'idée qu'il soit un frein à ses revenus. Les gens s'éloignèrent tellement de lui que personne ne voulait plus travailler dans les champs de lavande. Furieux de l'insolente logorrhée de ces « Je-sais-tout », Koudret décida de ne plus rien demander à personne. Il prit sa houe et se rendit dans les champs pour creuser les rangées entre les touffes.

Le premier jour, il fut terriblement fatigué, ses mains tremblaient et, le soir, les douleurs l'empêchèrent de s'endormir. Il ne se rappelait pas la dernière fois où il avait tenu un outil. Mais il s'y accoutumerait, avec un peu d'exercice, bientôt il aurait de l'endurance et n'éprouverait plus de difficulté. Pour lutter contre la fatigue, il s'accordait de fréquentes pauses. Parfois, il restait la journée entière au champ. Il ne se plaignait pas mais ne supportait pas le fait que, toutes les demiheures, le long du champ de lavande passaient les camions de M. Moussa, que les chauffeurs le klaxonnaient et se moquaient de lui. Ces mêmes gens qui, des années durant, avaient travaillé pour Koudret...

C'était une saison pluvieuse, l'herbe poussait dru. Koudret piochait à une extrémité du champ et, le temps d'arriver à l'autre bout, il devait recommencer depuis le début. Le cercle insensé de cet enfer atteignit son paroxysme lorsque les lavandes fleurirent et que leurs fleurs se révélèrent être aussi minuscules que des chenilles ; il savait que les pluies torrentielles dilueraient l'huile contenue dans les petites graines. Encore une récolte qui ne couvrirait ni les dépenses ni le travail effectué. Koudret le savait d'avance, il n'avait pas besoin d'attendre la moisson. Il ne croyait plus aux miracles. Il jeta la houe au beau milieu du champ et rentra chez lui.

Il passa quelques nuits blanches à réfléchir. Il restait planté devant la cheminée, scrutait la carte postale que lui avait envoyée son cher ami Jean-Pierre. Il avait le cœur brisé par le chagrin mais l'issue était claire. Il se rendit pour la dernière fois dans le champ de lavande, savoura longuement la vue de cette terre où il avait passé presque toute sa vie, prit une décision fatidique et laboura les champs. En rentrant, il n'osa pas tourner la tête pour regarder la terre noire derrière lui. Il se renferma sur lui-même et cessa de sortir de chez lui.

LA MALADIE DE L'OUBLI

C'était incroyable, enfin la vie avait pris le chemin de l'horizon rêvé. L'activité de M. Moussa gagnait de l'ampleur à une vitesse inimaginable, peu à peu le village ressemblerait, de fait, à un jardin d'Éden. Quelle force se cachait derrière tout cela ? s'interrogeaient les villageois, et ils frémissaient devant cette puissance incommensurable. Ils se demandaient s'Il apparaîtrait un jour mais, dès qu'ils se rendaient compte qu'ils soulevaient de nouveau la question, ils changeaient de sujet. Pourquoi se le demander puisqu'ils n'avaient pas de problèmes et vivaient bien ? Un lapsus de l'un des ouvriers changea totalement leur vision des choses, il raccourcit l'adresse en disant Gospod, « Seigneur » au lieu de gospodinn, « monsieur », et peut-être n'avait-il pas tort.

L'étendue des possessions de M. Moussa atteignit tous les maillons de la production. On fit renaître les vergers et construisit une fabrique de jus et de conserves de fruits. On coupa la grande forêt et l'on exporta du bois. Les pêcheurs jetaient des filets dans le trou d'eau d'Ibriam aga, chaque jour une camionnette remplie de poisson frais partait en direction de la ville.

Ils construisirent des systèmes de forage, et la terre commença à s'irriguer abondamment. Les ingénieurs agronomes importaient des produits destinés à l'entretien des plantes, ainsi que des engrais, ils traitèrent les sols de manière si excessive que l'on obtint des rendements jamais vus dans toute l'histoire du village.

L'Inventeur Hikmet éprouvait, lui aussi, de la satisfaction. Il allait de chantier en chantier et était responsable de tout ce qui comportait de l'électricité. Les gens le respectaient, personne d'autre ne pouvait déceler les défaillances rien qu'au son produit par les machines. Pour la première fois, Hikmet commença à éprouver les tentations de l'homme important. Comme il lui aurait été facile de s'élever en profitant de la dépendance des gens, c'était sûrement cela qu'avait eu en tête son pragmatique de frère. La réalité du royaume de M. Moussa et son atelier d'inventeur faisaient partie de deux mondes différents. Contre toute attente, on vit apparaître des preuves de l'existence du trésor de Haroun le Fondateur, Hikmet y crut aussi. Les expéditions qu'il organisait ne se distinguaient en rien des grandes fouilles archéologiques. Il ne se cachait plus, s'équipait de tous ses instruments et conduisait ostensiblement la Moskvitch dans le village aux heures les plus animées du jour et de la nuit.

Malgré tout, il n'arrêtait pas de penser à son frère. Il fut accablé en apprenant que les lavandes avaient été labourées : que ressentait Koudret ? Il voulait lui rendre visite, vérifier sa santé et l'état d'esprit dans lequel il se trouvait à la fin de l'ère de la lavande, vraisemblablement ce n'était plus le même. Il avait peur de ce qu'il allait trouver, de l'accueil qui lui serait fait, parviendraient-ils à se parler ou se disputeraient-ils dès le pas de la porte ? Lors de ses tournées dans le village, Hikmet jetait constamment un coup d'œil en se demandant s'il le croiserait, mais son frère ne se montrait jamais. En revanche, sa mère était souvent assise sur le banc, devant leur maison. Il s'arrêtait un instant auprès d'elle, s'enquérait de Koudret, puis, pudiques, ils secouaient la tête et gardaient le silence. L'Inventeur n'avait rien d'autre à faire, il s'adonna encore davantage à son travail.

Les possessions de M. Moussa se mirent à ressembler à un rêve irréel. Les villageois reçurent leur part, ils réparèrent leurs maisons, leur démarche changea, de même que la manière dont ils parlaient. Ils ne le cédaient en rien à leur famille gâtée qui avait émigré durant la Grande excursion. Pendant les fêtes, les immigrants de Turquie revenaient et, comme toujours, rivalisaient de succès, mais à présent, mal à l'aise, ils ne restèrent pas longtemps. Les garants de la méga-entreprise – les Trois Bons à rien – avaient continuellement l'oreille collée à leur téléphone, ils s'étaient équipés de voitures de service et, lorsque leur activité s'accrut considérablement, ils voulurent avoir leurs propres bureaux. La gare routière inachevée, au centre du village, devint le cœur administratif de ce royaume. Le rez-de-chaussée était un grand hall en verre, au premier étage se trouvaient les pièces des Bons à rien, de la comptabilité et d'autres bureaux. Le dernier étage était inhabité, c'était un couloir qui n'en finissait pas, sans portes des deux côtés, mais derrière l'unique porte massive, tout au bout, se trouvait le bureau de M. Moussa. Une fois le bâtiment construit, elle fut fermée à clef et jamais plus elle ne s'ouvrit.

•

Un après-midi ensoleillé, Koudret se sentit si bien qu'il mit à nouveau le nez dehors. Il s'assit sous la treille de la cour. Il était d'humeur souvent changeante, comme si, chaque jour, il était un homme différent. Parfois, sa raison fonctionnait comme avant, il discutait normalement avec sa famille, faisant même naître l'espoir que l'ancien Koudret reviendrait. Cette journée était la plus belle qu'on ait vue depuis assez longtemps. Par un heureux hasard, l'Inventeur passa précisément à cette minute dans la rue et les deux frères se croisèrent. Sans réfléchir à l'accueil qui lui serait fait, Hikmet fit taire ses doutes, s'arrêta spontanément, descendit de voiture et s'installa à table près de son frère. Il ne pouvait s'enlever de la tête le diagnostic concernant Koudret. Il commença machinalement à l'interroger, à vérifier sa mémoire et demeura sidéré en ne trouvant aucune trace de la maladie. Koudret riait en retour, comme s'il venait de découvrir un poisson d'avril qui aurait duré des années. L'Inventeur décida de ne pas gâcher ce moment, il oublia la démence. Les deux frères étaient prêts à se rapprocher. Ils avaient la conviction intime que c'était pour la première et dernière fois.

Contrairement à leur précédente rencontre, cette fois Hikmet parla des nouveautés qui avaient lieu au village. Koudret participait activement, poussant des « oh » et des « pfou », mais sans faire d'esclandre. Il admit progressivement s'être peut-être trompé concernant M. Moussa, surtout en voyant l'excitation de son frère. Il le félicita, se réjouit de ses succès, mais on voyait que ce n'était pas sincère. Hikmet s'en rendait compte, il en fut touché mais aussi agacé. Il préférait les moments où ils débattaient et se disputaient, campant jusqu'au bout sur leurs positions. Malgré tout, il lui répondait avec la même bienveillance et la même compréhension.

— Sais-tu ce que je remarque ? demanda Hikmet.

— Quoi donc ?

— Ben voilà, nous aussi, on a vieilli...

C'était décidément une journée particulière, car elle apporta un autre miracle. Devant la porte apparut un homme très âgé. Vêtu d'un imperméable gris, d'un chapeau à larges bords, une valise à la main, et si voûté qu'il ressemblait à une tortue centenaire. À sa vue, les deux frères, redevenus enfants, coururent à sa rencontre.

C'était le docteur Moshé. Ils se mirent à lui poser des questions tous les deux à la fois, comme autrefois dans leur enfance, lorsqu'ils attendaient durant des mois son retour au village. Des décennies s'étaient écoulées depuis ce temps-là, ils ne soupçonnaient pas qu'il puisse être encore vivant.

— Je suis habitué à ce qu'on me croie mort dans ce village et à leur démontrer le contraire, déclara le docteur Moshé.

Grand-mère Hava vint se joindre à eux, elle aussi, et quelque chose grinça dans les rouages du temps.

— Comment ne pas perdre la boule, s'émerveilla Hikmet, on est là, comme dans notre enfance... Comme si cinquante ans ne s'étaient pas écoulés. Elle est où, cette époque... Envolée !

— C'est vrai, tout est pareil, ajouta Koudret avec une excitation enfantine.

— Au contraire, c'est différent, rétorqua le docteur Moshé. À l'époque, je n'avais pas de carapace, maintenant si.

— Le vieux Hadji ne cessait de répéter : « Moutons nous sommes et le monde ressemble à une bergerie, vers sa porte la mort nous conduit[89] », ajouta grand-mère Hava.

Lors de ses visites, en plus de nouvelles intéressantes concernant le monde, le docteur Moshé avait

---

89. Abdullah Jafar Ibne Mohammed Roudaki (NDA).

toujours quelque chose d'inquiétant à communiquer. Koudret l'invita à aller à l'essentiel.

— Je n'ai rien à dire, prononça le docteur Moshé. Avant, j'étais horrifié, mais il y a longtemps que je suis tranquille. Sûrement parce qu'il n'y a plus rien à faire de plus...

Hikmet ne l'avait jamais vu aussi désespéré. Il objecta, réfuta, donna l'exemple des possessions de M. Moussa. Il proposa une petite promenade dans le village pour que Moshé se convainque de lui-même qu'il avait tort. Puisqu'ici, au village, on avait réussi, on pouvait espérer pour le monde...

— Tu étais pourtant un garçon intelligent, répondit le docteur Moshé. Apparemment, la vieillesse t'a changé.

Les mots du docteur Moshé le frappèrent comme une gifle. Il n'arrivait pas à croire qu'il les entendait de lui, précisément. Qu'était-il arrivé à Moshé ?

Des jours durant, Hikmet ne parvint pas à s'affranchir du souvenir de cette rencontre. La voix du docteur Moshé s'était nichée dans sa tête. À certains moments de la journée, il l'entendait, elle lui parlait. Hikmet imaginait des discussions hypothétiques avec lui et, par-dessus le marché, il en ressortait perdant. Il frémit... Comment était-il possible que Moshé, même un Moshé fictif, ait de nouveau raison... Jour après jour, l'Inventeur commença à répertorier les changements irrémédiables survenus dans le village depuis l'apparition de

M. Moussa. Il eut brusquement la vision de l'ampleur qu'ils pourraient prendre. L'idée de cette découverte inattendue s'empara de lui et, par une nuit d'orage, elle fit naître un rêve prophétique. Il rêva qu'il avait les yeux d'un oiseau en train de voler bien haut au-dessus du village. La terre était en feu, les maisons s'écroulaient, on entendait des hurlements d'enfants, il voyait leurs vains efforts pour se sauver. Une intolérable puanteur flottait dans l'air. Il se réveilla en nage. Il se répétait que ce n'était qu'un rêve, seulement un rêve, mais il n'en fut pas soulagé pour autant. C'était un signe. Il devait cesser de travailler pour M. Moussa, lui faire obstacle, tenter d'arrêter cette machine... Mais ses forces ne suffisaient pas. La seule chose qu'il réussit à faire, ce fut de provoquer des courts-circuits dans l'alimentation électrique, quelques explosions, de faire la preuve qu'il était devenu obsolète et de tout quitter sans que cela ait de conséquences. Il ne regrettait pas d'avoir renoncé, il déplorait uniquement de devoir rendre les vieilles cartes du trésor de Haroun le Fondateur. Il les laissa dans le bureau de l'un des Trois Bons à rien et se dirigea vers la maison de Koudret.

Il était impatient de faire la surprise à son frère, de lui annoncer la nouvelle et, pour la première fois, de reconnaître qu'il avait commis une erreur. Ils étaient désormais deux contre M. Moussa. Ils convaincraient aussi les autres, peu à peu le village se ressaisirait et se débarrasserait de ce fléau avant qu'il ne soit trop tard, mais ses espoirs s'éteignirent bien vite. Koudret n'avait plus toute sa tête, il ne restait pas trace de leur précédente rencontre. Il était d'humeur maussade, se comportait avec arrogance et, lorsqu'il comprit que son frère avait enfin quitté M. Moussa, il en fut étonné :

— Mais quand as-tu travaillé pour lui ?!

Le futur fut immédiatement rayé, et le présent fut condamné à l'effacement. Hikmet s'inclina devant la réalité, dans la terrible maladie de l'oubli, il y avait au moins quelque chose qui préservait l'être humain. Alors, l'Inventeur se mit à parler de l'enfance, l'espace-temps le plus protégé dans lequel ils pouvaient s'abriter, que personne ne pouvait leur enlever. Ils se retrouveraient, encore et encore, là où ils ne réussiraient jamais plus, dans leur vie consciente, à être les mêmes l'un pour l'autre.

Il rentra chez lui épuisé, s'enferma dans l'atelier. Il prit place derrière son établi et demeura ainsi, des heures durant, la tête vide, sans penser à rien. Toute la nuit il demeura éveillé, totalement concentré, l'esprit anormalement calme. Dans le silence des heures les plus sombres, avant le lever du soleil, l'air dans l'atelier se mit tout à coup à vibrer aux sons d'une musique inopinée. Hikmet prit peur car ce n'était pas une mélodie mais un crissement infernal. Le temps qu'il se ressaisisse, le son s'arrêta, Hikmet jeta un regard circulaire et vit la manivelle de la boîte à musique de Youssouf qui se balançait. À cause de ses engagements à l'égard de

M. Moussa, il l'avait oubliée. L'invention s'était spontanément rappelée à son bon souvenir, comme si elle l'incitait à l'achever. Hikmet ne pouvait s'expliquer d'où lui était venue l'idée de se promettre de l'achever. Uniquement parce qu'il l'offrirait à Youssouf ? Son intuition lui suggérait qu'il avait une motivation plus profonde, mais qu'il était peu probable qu'il la perce à jour. La réponse, sans doute, viendrait plus tard...

La nuit, l'Inventeur travaillait à la boîte à musique, le jour, il rendait visite à son frère. Leur mère se joignait à eux, à son tour elle racontait des histoires, comme autrefois, dans leur enfance. Elle revenait souvent sur l'histoire de Youssouf et de ses frères, les yeux de Koudret s'illuminaient :

— C'est ainsi que s'appelle aussi mon petit-fils, n'est-ce-pas ?

Ils le lui confirmaient et il s'enfonçait dans le silence. Hikmet trouvait l'harmonie, même dans ce cercle quotidien. Il était reconnaissant de cette nouvelle découverte, quoiqu'aussi tardive. Lors de l'une de ces rencontres-séances, au beau milieu de l'histoire du jour où les deux frères avaient reçu leurs premiers vélos du docteur Moshé et apprenaient à en faire, Koudret vécut à nouveau le moment où il était tombé du sien et s'était égratigné la jambe. Il courut vers son frère et, à la fois effrayé et honteux, montra le sang qui coulait sur son genou :

— Regarde ! Tu le diras pas à maman, hein ?

Hikmet lui mit un pansement, le fit remonter sur le vélo, le saisit par la selle et le soutint, le temps qu'il apprenne à garder l'équilibre. À cet instant, deux des camionnettes de M. Moussa passèrent à vive allure dans la rue et firent revenir Hikmet dans le présent. Il regarda en direction de la clôture, demanda à l'un des passants pressés où il allait.

— On a découvert le char en or de Haroun le Fondateur. J'y cours pour ne pas rater ça !

Hikmet regretta cette occasion manquée, mais pas tant, il faisait enfin quelque chose d'utile, enfin... Il s'assit près de son frère et, ensemble, ils voyagèrent à travers le temps...

La maladie continua à s'accentuer. Koudret ne parlait de plus en plus souvent que pour lui-même, il n'entendait pas les gens autour de lui, ne s'intéressait à rien. Lorsqu'on le laissait sans surveillance, il se faufilait hors de la maison et arpentait les rues. Il se perdait, oubliait le chemin du retour. Tous, au village, le connaissaient, avaient pitié de lui, peut-être même l'aimaient-ils encore, ils le reconduisaient chez lui et ne repartaient pas avant de s'être assurés qu'il n'était pas seul et qu'il ne se sauverait pas à nouveau. À bout de patience, ses proches se révélèrent être impuissants et ils commencèrent à l'enfermer à clef dans sa chambre...

À la fin de l'automne, des années après son premier appel fatidique, M. Moussa annonça que son emploi du temps s'était enfin libéré et qu'il pouvait rendre visite au village. Le motif de cette visite coïncida avec l'ouverture de la nouvelle mosquée dont l'achèvement avait pris plus de temps que prévu. L'idée du jeune architecte faisait impression sur le schéma, mais sa réalisation se révéla à la limite du possible. Lorsqu'on dépassait une certaine hauteur, la tour du minaret devenait instable, mais son faîte perçait le ciel. L'œil humain distinguait à peine la petite fenêtre par laquelle le muezzin allait chanter.

La nouvelle de la venue de M. Moussa fut source de plus de peur que de joie. Les villageois le prirent pour un audit et un rapport d'activité. Que trouverait-il à son arrivée ? Ils devaient s'y préparer, lui organiser un accueil extraordinaire. Tout le mois de décembre passa en nettoyage et en rafraîchissement. Les entreprises de M. Moussa furent astiquées au centimètre près. Les institutrices, à l'école, répétaient toute la journée avec les enfants. Les grands-mères se rassemblaient au club des retraités pour se rappeler les vieilles chansons qui n'existaient plus. Ils organisèrent des tournois de *gurech*[90] et des courses de chevaux : les traditions du village. Par quel autre moyen pouvaient-ils impressionner M. Moussa ? Ils regrettaient seulement que ce ne se soit pas produit durant l'été. La dernière partie des préparatifs était le banquet. Dans

---

90. Lutte (*güreş* en turc).

toute l'histoire du village, il n'y avait jamais eu et il n'y aurait jamais pareil festin !

M. Moussa arrêta une date en janvier, il annonça qu'il arriverait à midi. Le jour fatidique commença dès le petit matin. Les villageois réfléchirent à ce qu'ils allaient lui dire, lui montrer et à la manière dont ils lui exprimeraient leur reconnaissance infinie. L'heure fixée arriva et les plus proches du directeur, les Trois Bons à rien, garèrent leurs voitures aux trois sorties du village, puis ils se mirent à attendre. Une demi-heure s'écoula, une heure entière, deux heures... mais il ne se montrait toujours pas. Son téléphone était de nouveau éteint. Les villageois ne perdaient pas patience, puisqu'il l'avait promis, il tiendrait sa promesse. L'attente les fatigua tellement que les hommes décidèrent de se rendre vers la nouvelle mosquée pour vérifier si l'on entendait le muezzin lorsqu'il chantait à travers la petite fenêtre perchée tout en haut. L'imam Mourat Hodja commença à monter à l'échelle métallique sur la façade de la cour mais, avant même d'être arrivé au milieu, il eut le vertige. Un autre tenta de se hisser. Il se sentit mal, lui aussi. Après plusieurs tentatives infructueuses, ils décidèrent que le muezzin chanterait avec un micro à partir de la petite pièce de la mosquée. Quant aux femmes, elles coururent vers la cantine de l'école pour commander aux cuisinières des gâteaux spéciaux que M. Moussa devait goûter à tout prix. Sur la place, il ne resta que les enfants, préparés pour la cérémonie, et la femme de ménage.

Au moment le plus inattendu, au grand regret des villageois, on vit apparaître dans la rue trois limousines noires semblables, aux vitres sombres et aux plaques d'immatriculation rouges. Les enfants aperçurent quelqu'un qui leur faisait des signes de la limousine du milieu, mais ils ne parvinrent pas à bien le voir, car la voiture ne ralentit pas. De la dernière limousine descendit un homme en costume et lunettes noires, qui leur lut un discours au nom de M. Moussa. Les villageois accoururent mais ils ne réussirent à entendre que les derniers mots. Après toute cette excitation et cette attente, M. Moussa n'était même pas descendu de voiture pour faire la connaissance des villageois.

La rencontre manquée se transforma en désir frénétique de festoyer. Pour quelques heures seulement, le village s'oublia. À tel point que, dans sa folle beuverie, le plus rustre des Trois Bons à rien, le Sacripaint, fit sortir le char en or de Haroun le Fondateur de la salle vitrée qu'ils avaient construite en guise de vitrine pour l'exposer, et fit le tour du village dedans. Vers minuit, les jeunes prirent une chaîne hi-fi portative et s'organisèrent une petite fête nocturne au milieu des ruines de la mosquée délabrée. Cette nuit-là, le ciel fut lourd de nuages noirs, un orage s'annonçait, comme on n'en avait jamais vu.

Pendant que la folie se déchaînait au village, dans l'atelier au portail vert, Hikmet travaillait à son invention. Ces derniers mois avaient été fructueux pour lui, il avait découvert la manière de faire marcher la machine. Il savait que, cette nuit-là, il parviendrait à la terminer. Il ne se coucherait pas avant d'avoir capté, dans le réseau électromagnétique de la boîte à musique, un souffle, une image ou un infrason d'essence surnaturelle. Après minuit, les violents coups de tonnerre de l'orage qui s'annonçait commencèrent à le distraire. Il ferma la petite fenêtre de l'atelier – il la gardait ouverte uniquement à cause de la fumée de cigarette. Il était proche du résultat. Il actionnait la manivelle et, au bout d'un nombre de tours défini, il inscrivait quelque chose dans son carnet. Il recommençait, encore et encore. À un moment donné, sur l'épais rideau de fumée de cigarette, entre les antennes de l'invention qui pointaient, apparut un étrange jeu de lumières et d'ombres. Cela ressemblait à un hologramme mais Hikmet ne disposait pas de moyens suffisants pour pouvoir maintenir une image constante. Il comprit que les antennes captaient désormais les fréquences surnaturelles, mais comment les déchiffrer ? Il réfléchit longuement à ce problème. Il était si concentré, si dilatées étaient ses pupilles que, vu de l'extérieur, il avait l'air dément. Tout à coup, il eut l'idée de la solution. Il débarrassa son établi de tout ce qui se trouvait dessus et y posa le téléviseur noir et blanc. Il le démonta et relia les câbles du kinescope à la boîte à musique-piège à esprits. Il imagina le moyen de relier également le vieux gramophone à l'installation comme un phonogramme. L'invention était prête.

Hikmet prit une profonde inspiration et actionna la manivelle...

Au même moment, à l'autre bout du village, Koudret dormait dans sa chambre sans soupçonner le moins du monde ce qui se passait au village. L'orage le réveilla. Il se dressa devant la fenêtre froide, il n'avait pas encore commencé à pleuvoir. Brusquement, il lui vint à l'esprit qu'il oubliait quelque chose. Il devait s'en souvenir ! Il s'affaira dans la maison et tomba sur une carte postale au-dessus de la cheminée. De qui était-elle ? La lumière se fit et il fut non seulement illuminé par l'idée que tout était clair, mais il s'adressa même des reproches - cela faisait deux semaines entières qu'il n'était pas allé voir ce qui se passait dans le champ où il venait de planter de la lavande. Éberlué par le fait qu'il ait pu oublier avec autant d'insouciance ce qui était le plus important dans sa vie d'agriculteur, Koudret prit immédiatement la décision d'aller vérifier l'évolution de la première culture odoriférante du village.

Il sortit de la penderie le pantalon vert à carreaux, pour des raisons inexplicables il eut du mal à le trouver. Il enfila son polo noir préféré, les chaussures en cuir d'autrefois portant les traces indélébiles d'un passé révolu. Il mit son manteau couleur bordeaux, acquis lors du séminaire des agronomes d'Europe de l'Est qui s'était tenu à Moscou. Il posa sur sa tête sa casquette à visière, avec laquelle il cachait sa calvitie, sans compter que, par temps froid, elle lui tenait chaud, et partit. Au moment où il sortit, le vent froid givra les petits poils de ses narines, ce qui, évidemment, ne pouvait l'arrêter. Puisque, toute une vie durant, il ne lui était rien arrivé, la probabilité que cela se produise ce jour-là était infime. En chemin, il fut traversé par l'idée inhabituelle d'entrer dans la mosquée pour prier. C'était un vendredi, jour où les hommes se rassemblaient pour prier, mais lui ne l'avait jamais fait jusqu'à présent. On lui avait souvent reproché sa désinvolture à l'égard de la religion, mais son entêtement juvénile le poussait à désobéir par provocation. Voilà que maintenant se glissait dans son âme l'étrange sensation de responsabilité vis-à-vis de quelque chose qui avait été reporté des années durant, sans disparaître pour autant. Il décida que le jour était enfin venu et que la tête dure de Koudret pouvait enfin faire preuve d'humilité.

Dans la mosquée, il tomba sur quelque chose d'inouï. Elle était remplie de jeunes gens qui buvaient et dansaient dans l'obscurité, sous le plafond démoli. Surpris, il s'adressa à celui qui se tenait le plus près de lui. La réponse qu'il parvint à entendre malgré la musique assourdissante était que ce n'était pas une mosquée. Le jeune homme le fit sortir. Vexé de ne pas être au courant des derniers changements survenus au village, Koudret se mit en chemin, nerveux. Manifestement, ce n'était pas non plus un jour de prière. Au moins, il n'avait plus aussi froid. Il sortit du village. Malheureusement, c'est le moment que choisit le ciel indécis de janvier pour faire tomber des gouttes. Si au moins ça avait été de la neige, se dit-il, il ne se serait pas mouillé, mais bon, c'était pas si grave, s'il n'arrêtait pas de marcher, il ne pouvait pas attraper froid. Il regrettait seulement de ne pas avoir pris sa voiture, quelle mouche l'avait piqué de partir à pied. La pluie le fit changer d'itinéraire, la route faisait un bon détour, aussi tourna-t-il au premier croisement pour emprunter le chemin de terre. Il passa le long du trou d'eau d'Ibriam aga, pesta longuement contre les ordures accumulées par la coopérative agricole. Il marcha par hasard sur une couche de bébé et sa chaussure fut mouillée par un caca jaunâtre. Il se glissa avec peine hors de la décharge. La pluie redoublait mais il était trop tard pour rebrousser chemin. Quelques minutes suffirent pour que les sillons labourés par les tracteurs se remplissent d'eau et se mettent à briller comme d'antiques rivières sur la terre noire. Ils apparaissaient un instant, éclairés par les éclairs, puis la seconde d'après, ils sombraient de nouveau dans l'obscurité, suivis de coups de tonnerre dont l'écho se propageait longuement dans le crâne de Koudret.

Il glissa dans la boue et l'un de ses pieds s'enfonça dans une flaque profonde, lorsqu'il en sortit, il lui manquait une chaussure. Il enleva aussi l'autre. Dans le vieux cimetière, il pouvait désormais avancer bien plus facilement, il n'y avait pas de flaques, pas de boue, il marchait pieds nus sur l'herbe mouillée et il accéléra même le pas. Mais c'était tellement glissant qu'il perdait constamment l'équilibre et roulait par terre. Son costume en fut complètement déchiré. Heureusement, le champ de lavande, sa terre promise, se trouvait juste derrière le grand cimetière. Il parvint à se traîner jusque-là, mais ce qu'il vit lui causa un grand choc. Où était la lavande ? À bout de forces, il s'assit à l'une des extrémités du champ et ne put se relever.

À la même minute, le gramophone de l'Inventeur commença à émettre d'étranges sons. Hikmet savait qu'il avait capté la fréquence attendue depuis si longtemps. Il en eut la chair de poule. Les flocons de neige, sur l'écran du téléviseur, se mirent à prendre forme et, tout à coup, ils dessinèrent le visage de son frère. Sauf qu'il n'était pas âgé, mais retourné en enfance, c'était le visage dont se souvenait son frère aîné. Les lèvres de Koudret se mirent à remuer et il dit, sur le ton le plus chaleureux, comme pour s'excuser :

— Mon grand frère, je suis mort ! Tu ne le diras pas à maman, dis ?

La main de l'Inventeur lâcha la manivelle. Une seconde plus tard, l'image disparut.

Grand-père est mort, vaincu par la maladie de l'oubli, à l'endroit où, plus de quarante ans auparavant, il avait planté les premières lavandes qui avaient changé incroyablement toute sa vie ultérieure.

LA VALLÉE DES PUITS

LUNDI

Ici il n'y a pas de roses, mais on entend parler
du monde des roses en fleurs jeunes et vieux
Et sans les regarder,
je sens un parfum merveilleux[91].
ALISHER NAVOÏ

Des années après avoir quitté le village, Youssouf se rendit compte qu'il avait toujours voulu appartenir à la ville. Il lui fallut peu de temps pour vaincre ses préjugés et se lancer des défis inconnus. Il rencontra l'amour. Il permit aux nouvelles expériences de remplacer les peurs et d'étouffer les voix jalouses de son ancienne vie. Il aimait marcher dans les rues, s'asseyait sur les places les plus animées, allumait une cigarette et observait les gens qu'il voyait sans doute pour la première et dernière fois. Il scrutait leurs visages, s'efforçait de déchiffrer leurs histoires – les visages révélaient tellement de choses ! Il allait à des concerts dans des salles à moitié vides, rencontrait des visages connus, les saluait,

91. Traduit du bulgare.

certains lui semblaient proches, même s'ils n'avaient jamais échangé la moindre phrase.

Bien que Youssouf fût satisfait de sa nouvelle vie, le torrent du temps rongeait insatiablement la chair des jours passés. Des détails insignifiants lui échappaient, une autre fois des histoires entières, les noms et les visages de personnes chères, comme si la chambre de la mémoire avait été oubliée, porte entrouverte. Ce qui faisait naître la tristesse la plus poignante, ce n'était pas la perte de la réalité d'antan, mais le sentiment que Youssouf éprouvait alors à son égard. Il ressentait le lent et irréversible effacement d'un moi bien à lui qui, peut-être, n'avait en fait jamais existé mais dont il avait cru qu'un jour il existerait tout de même. Peu à peu, ce sentiment l'abandonnait, laissant des vides derrière lui, puis les vides disparaissaient à leur tour, et, pour finir, leur souvenir même. Alors, Youssouf, ébahi, se souriait à lui-même et répétait, comme beaucoup d'autres avant lui : « On dirait que ce n'était pas moi ? » Et heureusement, il y avait les rêves, car c'étaient eux qui conféraient la dose nécessaire de vérité à l'insurmontable gravitation du quotidien.

Durant le troisième semestre à l'université, il fit la connaissance de Sara. Il lui dit, en plaisantant à moitié, que les taches de rousseur brunes sur son visage blanc complétaient élégamment le vert de ses yeux, ce serait quelque chose qu'il aurait plaisir à voir le matin en se réveillant. Elle était suffisamment timbrée pour le croire et l'aimer. Après avoir terminé ses études, il commença à travailler dans un magasin d'instruments de musique, ils louèrent un appartement plus grand et se mirent ensemble. À la grande déception de ses parents, Youssouf ne devint ni enseignant ni médecin et, malheureusement pour lui, la profession d'« espèce-defabulateur » n'existait pas encore. Les après-midi, Sara lui tenait compagnie dans le magasin, attendant qu'il finisse son travail, et, jusqu'à la tombée de la nuit, ils se promenaient dans les rues. Il lui montrait des passants au hasard, disait « Imagine un peu ! » et esquissait tout un destin possible en s'enthousiasmant à tel point qu'il concluait toujours par un « Il faut le décrire ! » Sara s'attendrissait lorsqu'elle le trouvait dans le salon, le matin, entouré de tasses de café, la voix éraillée, les yeux rougis. Il avait dû écrire encore toute la nuit. Elle riait de ses personnages farfelus, haussait les sourcils aux passages dans lesquels il parlait de lui à la troisième personne. Lorsque certaines expressions produisaient une impression sur elle, elle plaisantait en disant qu'il pouvait ouvrir une imprimerie pour vœux de bonne chance. Parmi les innombrables visages et figures apparaissait le Garçon à la lavande, il surgissait soudainement entre les feuilles. Le seul endroit où les souvenirs errants pouvaient vivre à nouveau. Là où était aussi Hazal. Ha-zal... Une mélodie qu'il fredonnait souvent, un rayon qui se frayait un chemin entre les feuilles d'automne jaune-rouge, éclairait des coins voilés de sa conscience. Elle faisait brusquement irruption, comme un déjà-vu, et laissait derrière elle des souvenirs de désir et de mélancolie. Il n'y avait qu'une vérité, et aucune troisième personne n'était en mesure d'exprimer les dimensions du manque...

Hazal demeura à jamais la première phrase du livre que je feuilletais constamment sans jamais oser le lire jusqu'au bout...

Le matin où Youssouf apprendrait la nouvelle de la mort de son grand-père était ensoleillé, ne trahissant en rien ce qui allait suivre. Des pas retentirent dans l'appartement, la porte de la cuisine s'entrouvrit, les charnières se mirent à grincer, puis la porte d'entrée claqua à son tour. Sara se rendait au marché. La journée commençait comme toujours... Quelques instants plus tard, Youssouf était déjà en route vers sa région natale et quelque chose lui prédisait que sa vie subirait un changement irréversible, sans qu'il sache encore de quel genre.

Avant d'arriver, il s'efforça de se préparer émotionnellement. Il connaissait le milieu : là, tout se vivait avec une souffrance qui n'était pas nécessaire, enterrements et mariages se ressemblaient par le fait que les pleurs y dominaient. Dans tous ses souvenirs d'enterrements du temps de son enfance était présente la figure de la pleureuse. En l'occurrence, cette figure antique avait pour nom tante[92] Gulfidan, une dame rondouillarde qui ne manquait aucun enterrement et pleurait chaque défunt comme s'il lui avait été très proche. Espérons au moins qu'elle n'y sera pas, se disait Youssouf. Dès qu'il entra dans le village, il remarqua la foule dans les rues. Devant sa maison natale s'étalait la longue queue formée par les voitures des amis du défunt qui, ayant appris son décès subit, étaient immédiatement venus pour un dernier adieu. Contrairement à ses attentes, personne ne pleurait, quant à grand-mère Hava, elle accueillit même son arrière-petit-fils avec un sourire. L'office à la mosquée prit fin, on chargea le *tabut*[93] sur la remorque, et le cortège funèbre se mit lentement en marche vers le cimetière. Les hommes se relayèrent avec la pelle pour recouvrir la fosse de terre et prirent congé de Koudret. Au moment de partir, Youssouf eut spontanément l'idée de les inviter à prendre un verre le soir dans l'établissement de Chombi Ismail en mémoire de son grand-père.

Chombi Ismail reçut la commande, il fit venir sa vieille mère pour l'aider et ouvrit l'aile spéciale qu'on utilisait pour les anniversaires d'enfants et les sévères beuveries les soirs d'élections. Les propriétaires de

---

92. *Lelia*, littéralement « tante », s'utilise non seulement comme terme de parenté, mais aussi pour désigner toute femme de la génération de la mère et marquer à la fois la proximité et le respect.

93. Cercueil en turc (NDA).

l'établissement nettoyèrent la salle, aérèrent, balayèrent le sol, essuyèrent la poussière, remplacèrent les ampoules grillées au plafond, changèrent même les nappes grises, maculées de taches de nourriture. Satisfaits de leur travail, Chombi Ismail et sa vieille mère prirent place à deux tables différentes, ils allumèrent une cigarette et inspectèrent la salle à la recherche de quelque chose qui clocherait. Rien ne clochait. Ismail se prit à rêver : c'était devenu si agréable, comme pour des fiançailles. Sa mère entendit le mot « fiançailles » et comprit ce qui détonnait : les nappes. Elles étaient trop chamarrées, mais, faute de réserve dans les gammes plus sombres, ils furent contraints de remettre les grises, maculées de taches de soupe aux tripes et d'*imambayaldi*[94]. « C'est pas grave, dit la mère d'Ismail, c'est pas mal que pour la mémoire d'un mort ça sente aussi un peu la vie. »

Aux environs de sept heures du soir, l'établissement était déjà plein. Les invités, pour qui les raisons de cette invitation demeuraient un peu floues, s'étaient pomponnés comme pour un banquet. Les tables regorgeaient de nourriture, de bière, de limonade jaune dans des bouteilles en plastique, mais personne n'y touchait encore. Un silence embarrassé s'installa. Youssouf

94. L'*imam bayıldı* (qui signifie « l'Imam s'est pâmé de plaisir » en turc) est un plat d'aubergines confites très apprécié en Turquie et dans les pays balkaniques qui furent longtemps sous domination ottomane.

remarqua les regards qui exprimaient l'attente, il vint se dresser sur le petit podium tout au fond de la salle et salua les invités. Chombi Ismail et sa vieille mère, assis à l'une des tables du fond, fumaient avec concentration et, de temps à autre, faisaient des commentaires comme quoi ce jeune homme pourrait devenir député. Autour d'eux, les gens chuchotaient, eux aussi. Youssouf observait leurs réactions, il n'était pas difficile de deviner ce qu'ils se disaient. L'écart entre eux et lui était devenu si manifeste qu'il suscitait des sentiments ambivalents, pas seulement chez les invités, mais en lui-même également. Dans la journée, il avait pu se rendre là où son grand-père, quelques heures seulement auparavant, avait rencontré la mort. Les pieds de lavande, depuis longtemps déracinés, continuaient de fleurir dans sa tête. Il vit aussi ses proches, si jeunes et vifs dans sa mémoire, condamnés désormais à porter le sceau du temps sur leurs visages. Youssouf sentit qu'il se déconcentrait, il se tut. Regarda les invités. Revêtus de leurs habits neufs, embellis et souriants, ils étaient tristes malgré tout.

Pour finir, Youssouf adressa son dernier adieu à son grand-père avec la chanson favorite de ce dernier, interprétée par Orhan Gencebay, et retourna à sa place. La musique invitait à boire, les gens revinrent à leurs sujets quotidiens, et le moment se transforma en fête, comme cela avait été préalablement pensé.

•

L'Inventeur avait guetté pendant toute la journée le moment favorable pour discuter avec son petit-neveu. Il saisit deux bières et s'assit à côté de lui. Il était le seul proche de Youssouf avec qui la relation s'était rompue immédiatement après son départ. Ce qu'ils savaient l'un de l'autre leur était transmis par les autres membres de la famille. Hikmet était triste que son meilleur élève, le seul, ait trouvé sa vocation ailleurs, quant à Youssouf, on l'avait expressément averti de faire attention à ce qu'il disait à son grand-oncle, sous prétexte que « ses planches étaient bancales ».

— Mes félicitations, dit l'Inventeur en trinquant avec son petit-neveu.

Après ce qu'il avait entendu, son petit-neveu pensa que son grand-oncle avait voulu dire « mes condoléances » mais qu'il s'était trompé.

— Mes félicitations à toi aussi !

— C'est pour nous un succès inouï ! Toi et moi ! Je n'ai jamais douté de tes idées, même si, alors, je ne saisissais pas tout. Maintenant, tout est clair. Santé !

Youssouf ne comprenait pas un traître mot à ce que baragouinait son grand-oncle. Pour la première fois, il eut la sensation qu'ils avaient échangé leurs places, tous les deux. Il essaya de continuer dans le même esprit, répondant sans savoir de quoi il parlait.

— Tu aurais dû voir son visage s'imprimer sur l'écran, poursuivit l'Inventeur. Ça n'a duré qu'une ou deux secondes, mais c'était plus que suffisant pour prouver que la conservation de l'énergie a un champ d'application bien plus grand que les chercheurs ne le soupçonnent.

— Ah bon ? Intéressant...

— Et comment... Notre découverte dépasse de loin la physique, bien plus que toutes les autres sciences, elle prouve de manière irréfutable qu'il y a une vie après la mort !

L'Inventeur fut troublé par le regard interrogateur de son petit-neveu, ce n'était pas ce genre de réaction qu'il attendait :

— Ton piège pour les esprits fonctionne ! s'écria-t-il. Ton grand-père m'est apparu en personne, il m'a demandé de le faire revenir à la maison !

Youssouf se leva, prétexta la fatigue...

— Il faut absolument que tu viennes demain pour t'en convaincre toi-même ! cria Hikmet en partant.

Youssouf rentra tard. Il pénétra dans son ancienne chambre d'enfant, les draps propres sentaient l'adoucissant pour bébé. Malgré la fatigue, il n'avait pas encore envie de dormir. Il ouvrit la grande penderie. Il aimait fouiller dans les tiroirs du bas, on y trouvait de petites portes insoupçonnées vers le passé lointain. C'est ce qui se produisit, il trouva son ancien journal intime. Il le feuilleta, se rappela le jour où il l'avait reçu ; le soir même, il avait écrit et biffé la première phrase :

~~*Aujourdui la metrece ma mi près de la choze la plus degoutante de la tere... HAZAL.*~~

Étrange, cette sensation de revenir là, comme s'il se voyait de l'extérieur, en quelque sorte. Le souvenir ressemblait à la citation de livre, comme s'il ne s'agissait pas de lui, mais d'un autre garçon. Quel déterminisme... comment son grand-oncle l'avait-il formulé... force invisible, faille à travers laquelle on passe, s'efface... loi de la soustraction ? Il ne parvint pas à retrouver l'expression exacte mais continua à feuilleter le journal.

Il descendit au rez-de-chaussée, fuma quelques cigarettes l'une après l'autre sous la treille. Fixa le regard sur la maison d'en face où vivaient, naguère, le fameux maître-artisan en charrettes, Chabann ousta, et sa fille Gül. Tout à coup, un bruit parvint de la maison, le grincement d'une porte rouillée. Ce son n'était pas seulement celui d'une porte qu'on ouvre dans une maison abandonnée, mais comme le passage au-delà de la chambre scellée de l'enfance. Il fut assailli par des sensations provenant de ses plus jeunes années. Il s'approcha. L'intuition lui dictait que, comme à travers les ténèbres entourant la maison, il reverrait ses anciens voisins, son grand-père, voire lui-même parmi eux. Il vint se dresser près de la clôture des voisins et découvrit la source de ce bruit mystérieux : un chat errant. Il rit de sa fantasmagorie, mais resta encore un certain temps sans bouger. Il n'arrivait pas à partir.

Entre les trous des barbelés rouillés, il aperçut un bout de papier. Était-il possible que ce soit, non, c'était peu probable, il rejeta la première pensée qui lui vint à l'esprit. Il se retourna pour revenir vers la treille, mais ses pieds ne bougeaient pas, son cœur battait dans ses tympans, des gouttes de sueur perlèrent à son front. Il tira avec deux doigts le message et le déplia...

Par un après-midi de février ensoleillé et enfumé, je revins à la maison, auprès de Sheila, par le boulevard longeant le fleuve[95]...

C'était un rêve. Ça ne pouvait être la vérité...

95. Première phrase de *Homecomings* de Charles Percy Snow (NDA).

MARDI

Pour cette lettre j'aurais donné ma vie :
dès que j'ai lu l'objet de mon désir,
dans un océan de larmes frémissant je plongeai,
telle une feuille sur la blanche écume jetée[96].
ALISHER NAVOÏ

La maison s'emplit d'une odeur de beignets. C'est ainsi qu'il se rappelait son enfance – l'été embaume la lavande, l'hiver la friture. À la maison, c'était toujours grand-mère Hava qui faisait la cuisine, elle n'acceptait aucune aide de sa belle-fille Meryem. En cette matinée silencieuse, Alkan aussi s'affairait dans la cuisine, il rinçait encore une fois les assiettes déjà nettoyées. Youssouf s'assit sur la chaise de son grand-père, il appuya les coudes sur la table, comme le faisait Koudret, et attendit la première fournée. Sa mère le regarda longuement et sortit pour pleurer. Avant qu'ils n'aient commencé à manger, quelqu'un cria de la rue. Alkan regarda et, à travers la clôture, il reconnut son oncle qui

96. Traduit du bulgare.

n'était même pas entré dans la cour. Il l'invita à prendre le petit déjeuner, mais Hikmet refusa, il ne faisait que passer, il voulait voir rapidement Youssouf. Celui-ci enfila les savates de jardin roses devant la porte et alla le rejoindre. Les yeux de l'Inventeur étaient rougis, son visage gonflé. Il était venu, dit-il, pour rappeler qu'il attendait sans faute une visite dans la journée. Hava parvint à se traîner dehors, elle lui cria de venir manger des beignets, mais Hikmet refusa.

— Tu ne manges rien ! Viens, je vais te les envelopper dans du papier journal !

— Maman ! Je suis rassasié !

Hava rentra en répétant « Toute sa vie durant il n'a jamais mangé assez, ce garçon, toute sa vie ! » Le petit déjeuner ne dura guère longtemps, Youssouf voulait se promener dans le village, quant à ses parents, ils partirent en ville vaquer à leurs occupations. La dernière à rester à table fut grand-mère Hava, pour finir les restes. Repue, elle rota, remercia le Seigneur, puis mit dans une assiette quelques beignets qu'elle apporta au voisin Moustafa presque centenaire.

Peu après la mort de grand-père Adem, plus de trente ans auparavant, un après-midi, Hava avait placé son tabouret près de la clôture et, pour la première fois, elle avait appelé son voisin pour un *mouhabet*[97]. Jamais auparavant ils n'avaient discuté aussi librement tous

---

97. Petite conversation (*muhabet*, turc).

les deux. L'insupportable jalousie d'Adem, qui s'était manifestée peu après les noces, avait entravé toute la vie antérieure de l'épouse. Autrefois, les maisons voisines avaient été jumelles, maintenant, seuls leurs contours les rapprochaient. Celle de Hava était fleurie et bien entretenue, tandis que l'autre se dégradait, rien ne poussait dans le jardin. Moustafa disait pour plaisanter que le mauvais œil d'Adem portait la poisse à ses fleurs mais que maintenant qu'il avait cassé sa pipe, il pouvait se faire tout un jardin botanique. Il avait montré une pousse, dans un coin, et dit :

— Regarde ce que ton mari m'a envoyé du ciel. Un mûrier ! Il veut que je te fasse de la confiture !

— Ça ne lui a pas suffi toute sa vie, faut qu'il envoie des mûriers de là-haut. Il a qu'à se faire de la confiture là-bas !

Trente ans plus tard, le plus important combat de Moustafa se révéla être l'éradication de ce même mûrier dans sa cour. À son réveil, le matin, il priait d'abord le Seigneur, ensuite il injuriait l'arbre en guise de deuxième prière. Pour finir, il décida de le couper. Pour des raisons incompréhensibles, son projet tombait toujours à l'eau, mais le vieil homme ne désespérait pas. Il trouvait toujours de nouveaux moyens qui lui permettraient de détruire ce fléau lentement et sûrement.

•

Youssouf explorait le village, il n'était pas pressé. Il cherchait les différences entre avant et maintenant. Il éprouvait de la satisfaction à découvrir que les détails demeurés dans sa mémoire étaient bien plus nombreux que ce qui s'offrait à sa vue. Presque tout lui semblait changé, mais pas non plus nouveau. Il s'attarda plus longuement devant la nouvelle mosquée. La haute tour penchait d'un côté, comme celle de Pise. Personne, après les cordistes qui l'avaient construite, n'était parvenu à s'y hisser. Diverses images surgissaient sous ses yeux, les jeux sur le chantier abandonné, les champs de lavande, les visites, l'après-midi, dans le garage vert. Il se rappela le jour où, avec l'Inventeur, ils avaient décidé de construire une machine volante fonctionnant à l'air chaud. La construction de ce ballon n'avait jamais commencé, pourtant elle avait marqué toute son enfance comme un rêve réalisable. Il n'en aurait pas fallu beaucoup pour qu'elle soit fabriquée, qu'ils montent tous les deux dans la nacelle en osier et s'envolent au-dessus du village. L'un de ses plus beaux souvenirs : il avait amené ses amis dans le garage vert pour leur faire connaître son grand-oncle, ils étaient montés tous les quatre dans la nacelle en osier du ballon imaginaire, Youssouf tenait le gouvernail, Hikmet suivait sur la carte, tandis qu'Ahmet et Mehmet aidaient. Puis le ballon les avait emportés bien haut. Très haut… Tout à coup, Youssouf se retrouva devant la maison de son grand-oncle. Le jardin était le même qu'avant, le portail du garage toujours vert, mais la peinture s'écaillait. Tout était comme avant. Presque.

— Où est-ce que tu traînes ? Ça fait longtemps que tu aurais dû être ici ! s'écria Hikmet.

Il y avait longtemps que l'Inventeur s'était préparé pour son numéro. Sur l'établi étaient disposés le téléviseur noir et blanc ainsi que le système complexe d'engrenages et de disques actionnés par une manivelle. Sans mot dire, ils prirent place tous les deux, et le spectacle de son et lumière de Hikmet commença. Durant les cinq premières minutes, hormis le fait que Youssouf eut la tête qui tournait à force de se concentrer devant l'écran blanc, il ne se passa rien de particulier. Puis, brusquement, une étincelle jaillit entre les disques métalliques, et les flocons de neige, sur l'écran, se mirent à bouger. Ils retinrent leur souffle. Pendant plus d'un quart d'heure, Youssouf cilla très souvent en haussant les sourcils afin de prévenir la douleur qui menaçait de s'installer dans sa boîte crânienne. Pour éviter que sa tête éclate, il s'autorisa une seconde à regarder ailleurs et vit l'expression de son grand-oncle. Hikmet tournait la manivelle avec un acharnement animal, la bouche grande ouverte, les yeux comme vitreux. La séance dura un temps indéterminé mais, à la fin, leurs oreilles étaient assourdies, leurs têtes rugissaient. L'expérience prit fin de manière forcée car le mécanisme qui mouvait le tout se désagrégea, des rouages se mirent à voler, tandis que de la fumée sortait du téléviseur.

— Stop ! s'écria Youssouf.

— Quoi ?! Je n'entends rien.

— Ça ne marchera pas !

— Quoi ?!

Il dut pousser son grand-oncle pour le faire sortir de sa transe. La main de Hikmet semblait s'être collée à la manivelle, elle saignait. Mais la plus grande douleur venait de l'intérieur, il se recroquevilla sur sa chaise et fondit en larmes. Immédiatement après, il hurla : « *Felix, qui potuit rerum cognoscere causas*[98] *!* » se leva, s'éclaira la gorge et d'une voix totalement différente s'écria « *Kepazelik*[99] *!* J'ai oublié la couverture spatiale ! » Il arpenta le garage, réfléchissant tout haut et parlant si vite que Youssouf n'arrivait pas à le suivre. Son grand-oncle semblait perdu, il devait le calmer. Il réussit à le convaincre qu'ils devaient démonter l'invention et l'assembler à nouveau, ensemble. Ils passèrent un accord et décidèrent de commencer dès le lendemain. Hikmet prit appui contre sa chaise, il alluma une nouvelle cigarette et se pencha au-dessus des plans. Youssouf scruta ses mains tremblantes, il eut pitié de

98. « Heureux celui qui a pu pénétrer la cause des choses ! » extrait du chant II des *Géorgiques* de Virgile (en latin dans le texte original).

99. Quelle honte (turc).

lui, lui demanda de fumer moins, mais son grand-oncle était déjà ailleurs.

— Je ne fume pas, répondit-il. Je bois du feu.

Youssouf se mit en chemin vers sa maison, malade et fatigué, prêt à se coucher et à s'endormir sur-le-champ, mais il lui suffit de voir le bout de papier glissé à travers le grillage de la porte d'entrée pour se réveiller.

Plus tu es resté longtemps loin de la maison où tu as grandi et laissé tes premières années, plus intranquille bat ton cœur lorsque tu t'approches de nouveau du seuil natal[100].

Il s'affala sur son lit et presque aussitôt se mit à rêver. Il était assis à l'une des extrémités d'une salle de bains aux carreaux blancs fortement éclairée, il n'y avait ni porte ni fenêtres. En face de la pièce, se trouvait un grand cerisier du Japon en fleurs. Il se leva et se dirigea vers l'arbre. Il vit entre les branches aux boutons roses une mésange qui sautillait. Il essaya de l'attraper mais l'oiseau s'envola à la recherche d'une issue qui n'existait pas. Dans sa tentative de sortir de là, il commença à se cogner contre les murs, si violemment qu'à la fin il s'écrasa. Il resta sur les murs blancs une tache rouge, et un mince filet de sang se mit à couler suivant le chemin

---

100. Première phrase de la nouvelle « Le grand feu » de l'écrivain soviétique Konstantin Fedine.

des joints jusqu'au sol et à mouiller les pieds nus de Youssouf. Il se réveilla, horrifié par ce cauchemar. Il rejeta la couverture pour voir si ses pieds n'étaient pas en sang. Il regarda la pendule, il était trois heures et demie du matin. Que signifiait ce rêve ?

MERCREDI

Sans toi j'ai éprouvé le chagrin violent
et la joie d'attendre le cœur ardent -
Ô Dieu, durant la nuit je me demande -
que recèlera notre future rencontre[101] ?
ROUDAKI

Il passa tout l'après-midi chez son grand-oncle. Ils démontèrent la machine. Recommencèrent depuis le début à réfléchir et calculer. Au fond de lui, Youssouf savait qu'il se souciait peu de savoir si l'invention allait marcher, le principal était qu'ils soient là ensemble, à faire ce qu'ils aimaient le plus. Quelques heures lui suffirent pour se convaincre que son grand-oncle devenait vraiment fou. Cette supposition se renforça lorsque Hikmet réfuta l'exactitude des chiffres et leur pertinence pour des équations de type particulier. Il renonça pour toujours aux mathématiques en déclarant qu'elles ne servaient même pas à calculer l'angle formé par le poirier tordu, qu'ils trouveraient probablement

101. Traduit du bulgare.

en se fiant uniquement à la dépendance fonctionnelle. Youssouf était entièrement d'accord. Lui aussi renonça aux mathématiques d'un geste irréfléchi. L'Inventeur se maîtrisa, il s'approcha de son petit-neveu, leva les mains et, d'une voix qui trahissait l'amertume, dit « La réalité n'est qu'un point de vue ». Youssouf vit son regard clair, ses pupilles dilatées, et il prit conscience du fait que ce n'était pas de la folie. Il partit décontenancé. Il priait seulement pour ne pas se laisser gagner par le mode de pensée de Hikmet, qui lui paraissait séduisant mais aussi dangereux.

En chemin, il croisa un garçon qui lui rappela quelqu'un de son enfance. Il avait le visage sale et une casquette à visière inclinée sur le côté. Il passait à une allure d'enfer dans les rues avec une voiture qu'il était le seul à voir. Le gamin tendit à Youssouf une enveloppe jaunie en déclarant sur le ton d'un secret absolu : « Tu as du courrier ! »

Vous qui me lisez, vous êtes encore parmi les vivants ; mais moi qui écris, je serai depuis longtemps parti pour la région des ombres[102].

Il leva la tête pour demander de qui était la lettre, mais le garçon avait déjà disparu. Hazal jouait avec lui sans

102. Première phrase de la nouvelle « Ombre », d'Edgar Allan Poe (traduction de Baudelaire).

se rendre compte qu'elle allait trop loin. Il devait la trouver et lui faire entendre raison, pour qu'elle renonce à ses plaisanteries. Il avait déjà Sara ! Il était heureux !

À neuf heures et demie, il appuya son dos contre le tronc du vieux marronnier. De temps à autre, il se tournait à gauche et à droite, baissait le regard et se laissait à nouveau emporter dans ses pensées. Dans sa tête retentirent les vers immortels de Hâfez. Il lisait dans les moments libres, quand il n'y avait pas de clients dans le magasin.

Silence béni - d'autre chose point n'est besoin.

Des yeux amis et un foyer - d'autre chose point n'est besoin.

Il s'écarta de l'arbre, fit passer le poids de son corps d'une jambe sur l'autre, sentit la fraîcheur s'infiltrer à travers les interstices de son vêtement.

Dans cette ville est-ce le bonheur ou l'amour que j'ai cherché -

il est temps de la quitter, loin de cet enfer se dérober !

La minute arriva. L'annonce de l'arrivée de Hazal vint du ciel - un marron lui tomba sur la tête. Il la vit. Durant tout ce temps, elle l'avait attendu là, en haut.

— Bienvenue, Garçon à la lavande.

— Tu t'es trompée d'adresse, il y a longtemps que cette personne n'habite plus ici.

Il fit mine de monter la rejoindre, mais elle le devança :

— Je ne te permettrai pas d'approcher avant que tu n'aies répondu à trois devinettes, afin de m'assurer que tu es bien toi et personne d'autre. Qui es-tu et qu'as-tu fait du Garçon à la lavande ?

— Encore ? D'accord. Je suis Youssouf. Je le connaissais dans l'enfance. Ensuite, je ne sais pas... parfois, les gens passent à côté les uns des autres.

— Tu ne l'aurais pas tué ?

— Non. Je ne l'ai pas tué... Passons plutôt à la troisième question.

— Qu'est-ce qui, une fois terminé, demeure à jamais ?

— Je crois que je ne vais pas le réussir, cet examen...

— Tu trembles encore à cause du froid ?

— Je crois que mon sang commence à circuler.

— Monte me rejoindre.

•

La tête de Youssouf rugissait. Il se jeta sur le tapis, il avait des vertiges. Pour la première fois surgit en lui la sensation que son corps se trouvait dans une espèce de membrane, de plasma, dans des dimensions existantes et inexistantes. Il touchait presque la matière perméable dans laquelle divers courants se croisaient, évoluaient dans l'espace autour de lui, jamais auparavant il ne s'était rendu compte de leur existence.

Il sentit sur son visage une sueur collante et chaude qui coulait sur ses joues, puis il entendit le bruit des gouttes sur le tapis et, un instant plus tard, les visions disparurent. Son esprit s'apaisa, les morceaux du miroir brisé reconstituèrent la totalité. Il se réveilla de nouveau dans sa chambre. Feuilleta son ancien journal intime. Il l'ouvrait au hasard, lisait des phrases isolées, c'était pour lui neuf et inconnu. Quand tout cela s'était-il passé ? Qu'était devenu le Garçon à la lavande ? Sa main se tendit vers le stylo dans le porte-crayon du bureau et, spontanément, dans l'un des interlignes, il inscrivit *Roman : fonde-ment*[103]. Il ne comprit pas lui-même d'où venait ce trait d'union mais il n'était pas un obstacle à l'idée qui lui était venue. Il éprouva le besoin irrépressible d'en faire part à Hazal. Il détacha une feuille d'un autre carnet, commença à écrire, biffa ce qu'il avait écrit, puis déchira la feuille. Il y avait une citation bien plus appropriée dans l'un de ses romans préférés, il alla chercher le livre dans la bibliothèque de sa mère. Il s'en souvenait depuis son enfance, sauf qu'alors la couverture noire et son volume n'avaient pas suscité son intérêt. Il le trouva.

103. Le jeu de mots est différent en bulgare : le mot *seurtsévina* signifie « essence », « cœur ». Le narrateur le divise en deux avec un trait d'union, obtenant ainsi les mots « cœur » (*seurtsé*) et « culpabilité », « faute » (*vina*).

Ça a été plus fort que moi, je me suis mis à noter cette histoire de mes premiers pas dans la carrière de la vie, alors que j'aurais pu m'en passer[104].

Aussitôt après, il laissa le bout de papier devant la porte de Hazal, lança un caillou à sa fenêtre, attendit qu'elle allume la lumière et rentra chez lui. Au bout de quelques heures seulement, il reçut une réponse.

Vathek, neuvième calife de la lignée des Abassides, était le fils de Moutassem et le petit-fils d'Haroun al-Rachid[105].

Il appréciait son sens de l'humour, Hazal était capable d'ironiser même au sujet de ce qu'il y avait de plus sacré, d'ériger un culte à ce qui était le plus prosaïque. Durant les jours qui suivirent, Youssouf jeta un coup d'œil à ce qu'il avait écrit dans divers brouillons, de plus en plus étonné de constater que ces récits ne le concernaient pas lui seulement, qu'ils contenaient davantage. Il écrivit à nouveau à Hazal.
L'histoire de Hans Castorp que nous voulons raconter – non en raison de lui (en qui le lecteur découvrira un jeune

104. Première phrase de *L'adolescent*, de Dostoïevski, Actes Sud, 1998 (traduction d'André Markowicz).

105. Première phrase de *Vathek*, de William Beckford, Libretto, 2017.

homme simple, quoique plaisant), mais pour elle-même, car elle nous semble éminemment digne d'être narrée[106]...

Hazal le comprendrait certainement, elle seule était capable de regarder la vérité à travers ce genre de prisme, tout comme, naguère, il l'avait vue, lui, en l'observant à travers l'œil de la longue-vue. Il ne s'était pas trompé.

Elle est assise, seule, et se souvient[107]..., écrivit Hazal.

Alors, il alla la rejoindre sans soupçonner que ce serait irréversible. Ils passèrent ensemble tout l'après-midi, et le lendemain, et le surlendemain. L'esprit des lettres anonymes, les rendez-vous secrets, les promenades à des moments impossibles, ainsi que les conversations sans fin les rapprochèrent à nouveau. Les années manquées ne se révélèrent pas être un abîme entre eux, ils recommençaient de zéro. Désormais, ils ne se retrouvaient plus seulement à des heures tardives et à des endroits secrets, mais aussi parmi d'autres gens. Des mois passèrent, ils n'étaient plus des enfants, ils comprenaient ce qui se passait et la manière dont cela continuerait...

---

106. Première phrase de *La montagne magique*, de Thomas Mann, Fayard, 2016 (traduction de Claire de Oliveira).

107. Première phrase du *Vieux gringo*, de Carlos Fuentes, Gallimard, Folio, 1990 (traduction de Céline Zins).

JEUDI

Nous sommes venus – d'où ? Et où allons-nous ?
Quelle raison nous maintient sans qu'on y ait accès.
Que d'âmes cristallines sous l'anneau de la voûte
se consument en cendre, en poussière, où est la fumée ?
OMAR KHAYYAM

Par habitude, les vieux voisins placèrent leurs petites chaises et s'accordèrent un court répit du fardeau quotidien. Cet acte simple et sacré se répétait tant de fois qu'ils avaient laissé des renfoncements sur la dalle de béton, des deux côtés de la clôture. Au-dessus d'eux, tel un nuage noir, descendait l'ombre immense de l'indestructible mûrier, elle recouvrait la maison tout entière et la faisait paraître presque noire. La énième tentative de Moustafa pour le détruire avait été, elle aussi, une catastrophe. Le poison n'avait pas agi, il avait même fait l'effet d'un engrais pour la terre, si bien que le mûrier avait encore plus de feuilles que jamais auparavant. Dans sa couronne s'était formé un écosystème autonome, indépendant des lois de la nature. Chaque jour, Moustafa observait l'installation de nouvelles espèces d'oiseaux. Il n'aurait probablement rien eu contre ce phénomène s'il n'avait été la victime des perpétuelles fientes à l'ombre de l'arbre. Ses fruits acides tombaient aussi, eux, personne ne les aimait. Mais les poules voisines n'étaient pas du même avis. Elles passaient par tous les interstices possibles et fourrageaient comme dans une mine d'or. Elles avalaient un fruit du mûrier par le bec et rendaient une mûre par le cloaque. Moustafa traversait le champ de mines de ces fientes en faisant très attention à ne pas marcher dessus car l'odeur demeurait longtemps sur ses chaussures. Les feuilles tombées sous sa chaise lui arrivaient aux chevilles. Bizarrement, elles ne s'accumulaient que dans sa cour. De l'autre côté de la clôture, chez Hava, il n'y avait pas une seule feuille, et elle riait du sort de son voisin. Ils essayèrent de parler de leurs maux de vieux, leur thème de prédilection, mais lui n'était pas tranquille, deux branches pendaient au-dessus de sa tête et l'entouraient des deux côtés dès qu'il ouvrait la bouche, comme si l'arbre était jaloux de la compagnie de la femme. Il les repoussait mais, l'instant d'après, elles revenaient. Hava se mit à rire au spectacle de ce combat absurde :

— On dirait un vieux couple.

— Un couple, oui ! rétorqua Moustafa. Je vais lui en faire voir de toutes les couleurs à cette maudite engeance ! cria-t-il. Puis il se tourna vers le mûrier et le menaça. Hé ! Hé ! Fais attention, parce que là, je vais appeler la tronçonneuse ! *Anladeum meu*[108] ?!

L'arbre entendit la remarque et s'écarta. Mais la tranquillité des deux vieux fut de courte durée, car un pigeon déplumé de la taille d'une poule se soulagea sur le crâne du vieillard qui, pestant à la fois contre le pigeon, le mûrier, le sentier qu'il empruntait, et le jour où il était né, rentra chez lui pour se laver.

•

— Tu sais, dit Youssouf à Hazal, autrefois grand-mère était sur le point de se marier avec le voisin Moustafa, mais elle a fait un rêve dans lequel elle a vu une prophétie, elle s'est imaginé que, si elle se mariait avec lui, sa lignée disparaîtrait. Ensuite, elle a rencontré grand-père Adem et les abeilles qui, jour et nuit, ne cessaient de bourdonner autour de lui. La tête de grand-mère lui a tourné, elle a été ensorcelée par Adem, c'est lui qu'elle a choisi, même si elle ne savait pas lequel des deux elle aimait. Puis elle a cessé de rêver, elle a aussi oublié la prophétie.

Hazal inclina la tête sur le côté, elle aimait bien quand il affabulait, elle aimait bien également la manière dont il racontait.

---

108. T'as compris (*anladım mı* en turc) ?

— Parfois je me dis, déclara-t-elle, que tu inventes d'abord les histoires et qu'ensuite, tu ne fais que me charmer.

— Au contraire, je n'invente rien. Il suffit que je ferme les yeux pour voir distinctement le jour où la petite Hava et le fils du berger, Moustafa, achètent une glace chez le marchand ambulant contre quatre œufs. Les nuits d'insomnie pendant lesquelles Moustafa sifflote dans la cour de la maison ses chansons tristes, tandis que les voisins pensent que c'est un oiseau. Je me rappelle l'enterrement du vieux Hadji, grand-père du grand-père de ton père, comme le disait grand-mère, c'est ce jour-là qu'ils se sont vus pour la première fois, grand-père Adem et elle... Tout est dans ma tête, comme si j'avais assisté à chacun des moments de l'histoire. Peut-être est-ce un souvenir, mais peut-être l'ai-je simplement rêvé...

— Et moi, comment vas-tu m'inventer ?

— Tu es déjà inventée. C'est exactement ainsi que je t'ai imaginée.

— Comment notre histoire se terminera-t-elle ?

— Il n'y aura pas d'histoire.

Hazal se tut, elle reposa sa tête sur son épaule, tourna le front vers lui et dit :

— Tu sens encore comme avant. Tout comme ce garçon-là.

Youssouf fut stupéfait :

— Qu'est-ce que tu as dit ?

— Tu sens encore la lavande, c'est ce que j'ai dit, Garçon à la lavande.

Au bout de tant d'années, était-il possible que l'odeur n'ait pas quitté son corps ? Il ne le croyait pas. Hazal se faisait certainement des idées.

— Toi aussi, tu commences à affabuler.

Durant la nuit, Youssouf entendit un bruit inhabituel, le vent sifflait à travers les branches du mûrier, cela ressemblait à un gloussement. Il n'y prêta pas attention, mais, le lendemain matin, il apprit que le berger Moustafa ne s'était pas levé de son lit. Tous les voisins accoururent pour l'aider. Pendant près d'une semaine, le vieil homme resta alité, malade, et pendant tout ce temps Hava veilla sur lui. Moustafa s'en remit, il se leva, recommença à sortir de chez lui et à s'acquitter de ses obligations quotidiennes, mais il savait désormais que la mort l'attendait. C'était l'habitant le plus économe qui soit au village. Au magasin, il n'achetait que du pain, n'utilisait qu'une seule lampe dans son unique pièce. Dans la journée, il allumait la radio, mais pour un petit moment seulement. L'été, il cultivait dans son potager des pommes de terre, des carottes, de l'oignon, bref, c'était quelqu'un qui niait le besoin d'argent. Le vieillard décida de répondre dignement à la mort en s'adonnant à des voluptés inconnues de lui. Il surmonta son plus grand défaut, se rendit au magasin et enjoignit à la vendeuse de lui remplir un sac entier de bananes, ce fruit exotique qu'il avait toujours convoité mais pas au point de gaspiller son argent. Sa générosité acquit de nouvelles dimensions lorsqu'il fit venir sa bien-aimée d'antan, Hava, et lui offrit le plus gros fruit du régime. Ils n'étaient plus assis désormais des deux côtés de la clôture mais sur le petit banc bas devant la maison de Moustafa. À chacune de leurs rencontres, ils mangeaient quelques bananes et, de manière tout à fait irresponsable, dans un geste presque de révolte, ils jetaient les épluchures dans la rue ou dans la cour, sous le mûrier. L'endroit se mit à ressembler à un tas d'ordures. Moustafa était content, en bonne santé et plein d'énergie mais son bonheur fut de courte durée car, par inattention, il marcha sur une peau de banane pourrie, s'écroula de tout son long sur les dalles en béton et mourut quelques jours plus tard. Cette nuit-là, le mûrier fit des fleurs.

Moustafa, personne ne le pleura, hormis Hava. Trois soirs de suite, elle répéta qu'elle le suivrait et, le quatrième soir, elle tomba malade, se tordit sur son lit et perdit conscience. Sur son lit de mort, ses proches l'entouraient, lui parlaient, se racontaient des souvenirs, puis ils commencèrent à préparer l'enterrement. Meryem qui, jusqu'à une date récente, ne parvenait pas à s'organiser dans la cuisine, fit preuve de talents culinaires inouïs. Alkan et Youssouf arpentèrent le cimetière pour trouver la tombe du père de Hava afin de l'enterrer près de lui. Ils firent venir aussi les parents de Turquie. Durant les jours qui suivirent, dans un état de demi-somnolence, elle commença à débiter des propos incohérents. Elle parlait à quelqu'un, mentionnait les noms de personnes qui, depuis longtemps, ne faisaient plus partie des vivants. La parentèle, autour d'elle, soupçonnait que les ancêtres étaient probablement venus pour l'accueillir et l'accompagner durant son lointain voyage. Peut-être Hava aurait-elle enfin trouvé le repos sans l'apparition du guérisseur ambulant, le docteur Moshé.

Il traînait sur son dos sa carapace centenaire, sa mâchoire qui pendait, trébuchait sur les mots, il ne voyait plus bien mais continuait de guérir. Il ausculta Hava qui avait déjà un pied dans l'au-delà, s'assit près d'elle, fouilla dans sa sacoche en cuir, en retira une seringue contenant un liquide jaunâtre et, de ses mains tremblantes, enfonça l'aiguille dans les muscles fessiers. Hava ouvrit les yeux, et ses premiers mots distincts furent :

— La poule Zumbula est bouillie, grand-mère !

Le guérisseur ambulant avait réussi à la faire revenir à la vie, mais elle n'était plus la même. Désormais, Hava voyait aussi bien les vivants autour d'elle que les morts dans sa mémoire. Se souvenait-elle constamment de son passé ou rêvait-elle tout simplement ? Leurs doutes prirent fin au moment où Hava demanda à son petit-fils de couper le mûrier dans la cour voisine, car Moustafa s'était éreinté à empoisonner l'arbre, et les branches se tendraient et l'entoureraient également dans l'au-delà. Il voulait poursuivre tranquillement son chemin. Youssouf prit la hache sous l'auvent et fendit l'arbre. Peu après, dans le jardin du défunt Moustafa s'épanouirent des fleurs encore jamais vues, répandant un parfum non pas de vieillesse, mais de printemps.

Dans tout le village se répandit la nouvelle de l'anomalie de Hava. Dès les premières heures du jour, Meryem lui faisait sa toilette, lui changeait ses vêtements, lui entourait la tête d'un foulard blanc et s'enfermait dans la cuisine afin de préparer des gâteaux et des boissons pour les visiteurs. Toutes sortes de personnes venaient lui rendre visite, ils lui posaient des questions sur leurs morts, pleuraient et souriaient, comprenant peu à peu que la vie des vivants n'était qu'une petite partie de ce qui se passait parallèlement autour. C'est ainsi que la femme du communiste, Perouzé, fit un court crochet, son mari lui manquait, elle apportait les saluts des enfants et quelques figues sèches, les préférées du défunt, mais elle rentra déçue, elle avait appris que son homme, là-bas, s'en était trouvé une autre et était enfin heureux. La vie des morts se révéla pleine de surprises pour les vivants. Après cet incident, les visites à Hava se firent plus rares.

Celui qui restait le plus longtemps avec elle était son fils Hikmet. Il prenait place dans un coin de la chambre, écrivait continuellement dans son carnet, sur ses genoux, puis, le soir, il continuait ses expériences. Youssouf l'avait persuadé que la machine ne fonctionnerait pas, mais il avait seulement fait semblant d'être d'accord. Des nuits durant il restait éveillé dans l'atelier, tournait les disques métalliques, tandis que sa mère, on ne savait pourquoi, se réveillait la nuit en poussant des hurlements sous prétexte qu'elle aurait entendu la terre pleurer.

VENDREDI

Ce vieux palais depuis longtemps s'élève vers les cieux.
De maintes lèvres royales le marbre blanc se souvient.
Un coucou dans ses ruines vient se poser :
Cou-cou, cou-cou... où est-il, où s'est-il caché ?
OMAR KHAYYAM

L'échelle en bois était pointée vers l'ouverture sombre du grenier, il s'y hissa. La petite porte éclairait les poutres fissurées au-dessus de sa tête. Il posa les pieds à la surface, ils s'enfoncèrent dans la poussière, ses cheveux se couvrirent de toiles d'araignées. Une sensation de peur et de satisfaction l'enveloppa, comme s'il découvrait pour la première fois son lieu favori. La lumière provenant de la fenêtre l'aveugla, il étendit les mains et continua à avancer lentement. Le sol grinçait, l'endroit préservait jalousement le silence. Il donna un coup de pied involontaire à la pendule, par terre, le coucou dans la boîte poussa un cou-cou. Il était encore là ? Les dernières mesures du ressort s'égrenèrent et tout redevint silencieux. Ses yeux s'accoutumèrent à la pénombre, il distingua enfin les contours de l'espace et des objets qui s'y trouvaient. À travers la membrane de l'oubli jaillirent, comme en songe, le métier à tisser de grand-mère Hava, les écheveaux de laine, le djezvé en cuivre verdi pour le café, le magnétophone. C'était peut-être justement ce à quoi ressemblait la Chambre de la mémoire, expression qu'une voix lui avait chuchotée dans l'un de ses rêves bien des années auparavant et qui, depuis, ne lui sortait pas de la tête. Il fouilla dans le carton le plus proche – assiettes et casseroles seulement. Il cherchait autre chose. Tout au fond, sous la pente du plafond, il trouva le vieux coffre, trousseau de l'une de ses aïeules. Parmi les vêtements et les chiffons pointait l'une des extrémités de la longue-vue, il l'avait cachée en partant pour la ville. Il l'apporta à la fenêtre, essuya le verre avec sa manche, tendit le trépied et regarda dehors. Était-ce la main qui orientait la longue-vue ou la longue-vue qui décidait toute seule de ce qu'elle allait montrer ?

Meryem s'affaire dans la cour. Elle se dresse devant la clôture latérale. Elle observe le sentier par lequel, jusqu'à une date récente, s'approchait Moustafa, le voisin. Elle touche la clôture par laquelle le voisin et grand-mère Hava s'échangeaient des assiettes, une pleine et une vide. Elle regarde en direction du tronc du mûrier coupé. Dehors, une voiture se gare. Meryem essuie ses larmes. De la voiture descend Alkan, il fait le tour et ouvre l'autre portière. Meryem monte, ils démarrent. Ils traversent le village. Les rues sont vides. Ils dépassent la baraque de Chombi Ismaïl avec ses deux éternels clients, l'Ex et le Sacripaint. Ils tournent devant l'école, fermée depuis longtemps. S'arrêtent devant le cimetière. Les tombes, maintenant, atteignent presque la clôture. Ils se promènent parmi elles. S'attardent à celle de grand-père Koudret. Meryem se rend auprès du voisin Moustafa, Alkan la suit. Ils se dirigent vers la voiture. Au loin on voit apparaître un cycliste. Un foulard est noué sur sa tête, sa barbe blanchie s'agite au vent. L'idiot du village ? Fait-il encore le tour des villages ? Il fonce sur la route, dépasse la voiture garée et continue sa course vers le village. Il tourne au premier croisement. Il pédale encore plus vite, la rue court sous ses pieds. Un trou dans le bitume. Le vélo fait un bond, l'idiot roule par terre. Des ombres jaillissent, glissent sur le bitume. Recouvrent le corps tordu par terre. Des mains noircies le prennent par les épaules, les jambes, elles le soulèvent, redressent son vélo. L'idiot monte en selle et démarre sans regarder en arrière. Ses sauveteurs le suivent du regard et reviennent à leur place. Assis sur le trottoir, ils décortiquent des graines en face d'une maison à moitié démolie. Le soleil roule lentement à l'ouest. La longue-vue fait le tour des ruines, s'élève au-dessus de la rue, continue au-dessus des maisons abandonnées, l'ancienne gare routière inachevée, l'ancienne usine de chaussures, la mosquée brûlée. La longue-vue descend, regarde à travers le dôme affaissé de la vieille mosquée. Un autre cycliste apparaît, cette fois-ci un jeune, un enfant. Il fait des tours le long des murs, tente des cascades, saute sur les obstacles. Essoufflé, il sort, descend la pente par habitude. La longue ligne s'amenuise au loin, la route continue en dehors du village. Des deux côtés, des tournesols très bas inclinent la tête vers la terre. Celle-ci, tellement traitée à l'engrais et à divers produits, a cuit comme du silex. Les pluies ne tombaient plus. Les forêts avaient été coupées. Le trou d'eau d'Ibriam aga était asséché.

Les villageois organisèrent une prière pour la pluie. Le rituel se répéta comme dans l'enfance de Youssouf. Tout le village se réunit dans la vallée. On emmena aussi grand-mère Hava. Elle n'avait jamais vu une foule pareille au même endroit, elle était stupéfaite. Devant ses yeux il n'y avait de place pour personne.

— Tant de morts ?! intervint Hikmet. Mais oui ! Et il alla s'isoler à l'ombre d'un arbre pour méditer.

Youssouf et Hazal s'isolèrent eux aussi. Il se rappelèrent ce jour-là de leur enfance, la pluie s'était déversée à grands seaux, comme pour les bénir. L'heure tournait, mais pas le moindre petit nuage à l'horizon. Les yeux des villageois étaient rivés au ciel avec une impatience enfantine et une foi naïve dans les miracles, mais ils ne savaient pas encore qu'ils étaient désormais abandonnés. Peu à peu, les gens s'égaillèrent et il ne resta que Hazal et Youssouf. Ils s'approchèrent du plus ancien puits de la vallée. Youssouf appuya les coudes sur l'anneau de pierre entourant le trou dont le couvercle avait été forcé, il scruta l'abîme sombre.

— Ça ne me plaît pas, dit Hazal. Allons-nous-en !

— Où on va ? Je n'ai jamais quitté cet endroit.

— Ça suffit, Youssouf... Partons.

— Youssouf ? Tu ne connais pas le Garçon à la lavande ?

— Je ne connais que toi, qui que tu sois des deux.

Youssouf saisit un caillou, il approcha l'oreille du puits, se tourna vers Hazal et lâcha le caillou à travers l'ouverture.

— Tu as entendu ?

— Je n'ai rien entendu.

— Il n'y a pas de fond. On dit qu'il y a une échelle dedans qui permet de descendre, mais personne ne sait où elle mène.

— Balivernes.

— Mais peut-être n'est-ce qu'un chemin vers nulle part.

— Ça fait peur...

— Enfant, je rêvais continuellement d'un jardin. Je m'imaginais que c'était celui de mon arrière-grand-père. Un endroit secret dans la forêt dont il était le seul à connaître l'accès. Il y avait un lac avec des nénuphars verts et des grenouilles centenaires, le parfum des acacias saturait l'air et c'était éternellement le printemps. Là, le temps n'existait pas, la vie était bloquée sur un seul jour. Le jour où Adem marchait parmi les ruches, trempait les doigts dans l'un des gâteaux de miel, touchait le front de Hava, le miel coulait sur son visage et elle fondait en larmes. C'est ainsi que je me suis imaginé aussi la Création.

Cette nuit, ils s'allongèrent ensemble pour la première fois et s'endormirent heureux. Le ciel était serein, les étoiles remplissaient toute l'étendue comme des gouttes cristallines et la chambre fleurait bon la lavande. Peu avant le lever du soleil, Youssouf vit à nouveau en rêve la salle de bains aux carreaux blancs. En face, le cerisier du Japon était toujours en fleur. Il s'approcha de l'arbre, la mésange était là, elle aussi. Il glissa une main à travers les fleurs et, cette fois, au lieu de s'envoler, l'oiseau se posa sur l'index de Youssouf. Il serrait si fort le doigt que Youssouf eut mal. Il regarda autour de lui à la recherche d'une issue. Cette fois encore, il n'y avait ni fenêtres ni porte. Il aperçut au plafond une lucarne, c'était de là que provenait la lumière éclatante. Mais c'était très haut, il ne pouvait l'atteindre. Il sauta deux fois, sans succès, et, la troisième fois, au moment où il prit son élan, l'oiseau s'envola, se cogna contre le verre infranchissable de la lucarne et s'écrasa. Le sang se mit à couler comme des gouttes de pluie sur la tête de Youssouf et il se réveilla.

Le jour se levait. Il eut envie de marcher un peu, de déambuler dans les rues désertes, il n'avait pas envie de rentrer chez lui. À l'un des croisements, à la périphérie du village, il décida brusquement d'aller à la vigne. Le soleil levant éclairait déjà la ligne de l'horizon. Ses pieds ne cessaient de marcher, comme si ce n'était plus lui qui les mouvait. Il ne s'arrêta que devant la clôture à partir de laquelle commençait la forêt. Devait-il rebrousser chemin ? Chez lui, tout le monde dormait encore. Peu après, le sentier qu'il suivait s'effaça et même la lumière de la nuit disparut. Puis, tout à coup, il se retrouva dans le champ de fleurs *tulu bouba* dont il avait tellement entendu parler par grand-mère Hava. Était-il vraiment proche ? Il continua à s'enfoncer dans la forêt. Il éprouvait une attirance inconnue, comme s'il connaissait le chemin. Il était déjà venu auparavant, plusieurs fois, cet endroit secret était en fait sa découverte à lui, sans qu'il l'ait jamais visité. Devant lui, dans toute sa splendeur apparut le lac de ses rêves, les acacias étaient là, en fleur. Il huma leur parfum qui se dissolvait dans ses poumons et saturait son sang. Ses sens s'aiguisèrent. Il percevait même les gouttes de rosée qui coulaient sur les feuilles. Les rayons du soleil se glissèrent à travers les sombres couronnes des arbres et descendirent sur l'eau. Le lac se mit à briller en rubans jaune-rouge, et le royaume de grand-père Adem resplendit.

Youssouf se hâta de rentrer chez lui, il réveilla Hazal, ils firent tout le chemin à travers la forêt, atteignirent le même endroit, mais ils eurent beau regarder avec attention, le lac avait déjà disparu.

SAMEDI

Sache que chaque grain de poussière posé sur la terre tel un est oiseau
une image chérie à l'haleine de vierge et de fleur.
De la chevelure aimée détache tendrement le grain de poussière
qui fut naguère de boucles sublimes une infime partie.
OMAR KHAYYAM

La solitude de Hikmet avait acquis des dimensions incommensurables. Les villageois ne l'appelaient plus désormais l'Inventeur, mais Hikmet le Fou. Ce sobriquet s'imposa vraiment lorsque l'idiot du village, Netcho le Disjoncteur, devint le meilleur ami de l'Inventeur de naguère. Youssouf rendit visite à son grand-oncle et le trouva sur le banc, sous le vieux marronnier devant la maison, en train de bavarder avec son nouvel ami d'infortune. Il s'assit à côté d'eux et écouta leur conversation. Depuis les premières heures de la matinée, les deux hommes avaient un débat acharné sur la question de l'existence réelle ou non de M. Moussa. Au moment où Youssouf les trouva, il fallait vraiment avoir une grande imagination pour comprendre de quoi il s'agissait.

— Le fait que mes oreilles ne soient pas aussi pointues que celles d'un lapin, hurla Hikmet, ne signifie pas que la mûre des ronces se distingue de celle du mûrier uniquement parce qu'elle pousse par terre !

— Ha ! Ch-chi-chienne qu-qui n'attend p-p-pas, ch-chi-chiots a-av-av-aveugles met bas.

— C'est bien ce que je te dis, non ! Il faut que tu sois aveugle pour ne pas le voir !!!

— N-n-n-non ! C'est toi, l'aveugle ! T-t-tu le sais mais c'est c-c-comme si tu le s-sa-sa-savais pas !

— M-m-m-moi... Tu... Aaah, non !

— Mais qui alors ? Moi ?

La dispute devint si âpre que Youssouf dut intervenir pour les réconcilier. Hikmet persistait à dire que Moussa avait été inventé par les villageois, tandis que Netcho le Disjoncteur soutenait le contraire, les villageois, d'après lui, ne l'avaient pas inventé, mais il leur avait semblé qu'il existait, de toute façon, dans les deux cas il n'existait pas. Les émotions s'apaisèrent un court instant mais, brusquement, une mouche piqua le Disjoncteur qui se tourna vers Youssouf :

— Au-au-au contraire ! T-t-t-toi, tu n'existes pas.

Sur ce, il partit.

C'était comme si Youssouf avait suivi sa voix intérieure mais, avant que l'occasion ne lui soit donnée de méditer sur ces propos, son grand-oncle le fit revenir à la réalité :

— Çui-là, l'idiot, il m'a soûlé ! Heureusement qu'il s'est cassé !

L'Inventeur se dirigea vers la maison, il tourna la tête et dit à son neveu de le suivre pour qu'il apprenne « toute la vérité sur la vie ». Sa dernière expérience consistait en un cadre de porte blanc fiché entre les potirons dans le champ de luzerne. Il l'avait découvert près de la clôture de son logement, convaincu à cent pour cent que l'étrange appareil était descendu du ciel et que c'était un cadeau des forces supérieures. Youssouf jeta un regard circulaire et remarqua que les voisins étaient en train de faire des travaux, mais il n'osa en faire part à son grand-oncle.

Ils procédèrent à l'expérience. L'invité de l'Inventeur, témoin muet de cette tentative, se tint à une distance d'environ trois mètres. « Maintenant, regarde très attentivement », le prévint Hikmet en prenant place juste devant la porte blanche. Il redressa sa colonne vertébrale, se concentra, prit une profonde inspiration, fit un pas en avant et passa de l'autre côté du cadre blanc. Youssouf ne put dissimuler sa perplexité.

— Tu me vois ? s'écria Hikmet.

— Oui, pourquoi ?

Lui aussi criait pour des raisons inexplicables.

— Mais est-ce que je suis le même ?

— Oui, comme tout à l'heure.

— Attends-moi, je reviens vers toi !

L'expérience se répéta, tout aussi infructueuse. Youssouf changea de place, les deux hommes se dressèrent l'un en face de l'autre et l'Inventeur passa de l'autre côté de la porte en faisant un pas en arrière.

— Et maintenant ? s'écria Hikmet.

— Même chose...

— Comment ça, tu ne me vois pas ?!

— Au contraire, je te vois comme tout à l'heure !

— Mais je suis différent, maintenant ! Regarde plus attentivement.

Youssouf sentit des gouttes de sueur perler à son front.

— Qu'est-ce que je dois voir ?

— Je suis dans la cinquième dimension !... Viens vérifier !

Youssouf s'approcha avec précaution de la porte, il passa l'une de ses mains à travers le cadre et toucha l'Inventeur.

— Tu sens mon corps ?

— Oui...

— Tu ne sens rien, tu en as seulement l'impression. Tu es dans l'illusion. C'est de l'imagination ou le souvenir que tu as de moi car tu m'as déjà mémorisé.

— C'est quoi, la différence ?

— C'est justement ça, la découverte. Le temps et l'espace forment les quatre dimensions, tandis que la cinquième se trouve à l'intérieur de l'être humain. Il a des enveloppes, comme les couches de l'oignon, des matriochkas du temps, disposées l'une dans l'autre, et elles existent toutes en même temps ! Tu comprends ? Ce qui, autrefois, était vivant continue de vivre. S'il a existé, cela veut dire qu'il existera toujours. Mais ce n'est pas tout, si elles se produisent en même temps hier et aujourd'hui, elles t'absorbent en elles demain aussi, ces trois points se croisent constamment, sauf que l'être humain n'en voit qu'un. Tu comprends ? Imagination, souvenirs, rêves, vivants, morts, tout cela circule autour de nous et se meut, formant la cinquième dimension. Mais nos sens ne résistent pas, ils se flétrissent, disparaissent, et nous oublions cette unicité et cette totalité de la matière. C'est la raison pour laquelle cette porte est apparue, elle aussi, c'était un signe, voire une mission, car je devais accéder à la vérité et la propager... Tu comprends, n'est-ce-pas ?

Youssouf ne savait pas s'il comprenait vraiment, mais le Garçon à la lavande le comprit. C'était pour cette raison que Hazal continuait de sentir l'odeur de la lavande sur son corps. Il n'avait pas de quoi avoir peur, car ce qui allait arriver s'était produit longtemps auparavant. Mais ses projets furent différés car Hikmet tomba gravement malade.

La famille de Youssouf le prit chez elle, il n'y avait personne d'autre pour prendre soin de lui. Son état ne s'améliorait pas, il ne parlait plus à personne, regardant seulement sa montre en secouant la tête et en comptant les secondes. Parfois, sa raison s'éclaircissait, il échangeait quelques mots avec Hava, mais brièvement et seulement le soir, dans la journée ils dormaient tous les deux. C'est ainsi qu'une nuit Hikmet lui demanda :

— Maman, est-ce que je suis fou ?

— Est-ce que tu vois ton papa derrière la porte ?

— Je le vois.

— Il va dire aux abeilles de venir te piquer !

Par la fenêtre fit irruption une lumière aveuglante. Hikmet vit les abeilles, des centaines d'abeilles bourdonnant dans toute la chambre de leurs petites ailes. Il ferma les yeux et s'abandonna au vent qui chuchotait dans l'air, se laissa emporter bien loin. Hava n'avait rien perçu, elle continua de parler avec lui durant toute la nuit, comme la veille, comme l'avant-veille, comme toujours par le passé et comme pour toujours dans l'avenir. Le lendemain matin, lorsqu'ils trouvèrent Hikmet mort, entre les doigts de sa main gauche ils remarquèrent sa montre et virent que le verre, au-dessus du cadran, était brisé.

DIMANCHE

N'aie pas peur – après le bruyant cours du temps
brillera un jour sur les peines un repos éclatant.
L'instant à chacun donné, vis-le complètement,
ne pleure pas le passé, de l'avenir n'aie crainte.
OMAR KHAYYAM

Dans le hall vitré de l'ancienne gare routière abandonnée, il n'y avait personne. Aucun pied humain ne l'avait foulé depuis longtemps. La poussière recouvrait les meubles délaissés comme un linceul blanc. Que faisait-il ici ? Pourquoi était-il venu ? Il monta les escaliers, le garde-corps était défoncé. Il avançait avec précaution, s'appuyant d'une main au mur. L'étage supérieur était encore plus désert, les innombrables portes, des deux côtés, faisaient penser aux mâchoires d'un immense fauve aux dents noires, comme dans la gueule d'une antique baleine. Il poursuivit son ascension. Il n'y avait plus de fenêtres, la lumière du soleil était trop faible, la seule lueur provenait de l'entrebâillement de la porte qui se trouvait au bout du couloir. Il traversa le tunnel sombre en direction de la bande lumineuse. Ses chaussures retentissaient sur le sol, et les silences entre ses pas lents avaient un écho lugubre, ses oreilles s'assourdirent. Il s'arrêta devant une porte noire, le cœur prêt à bondir. Tout à coup, un grincement brusque déchira le silence et la porte massive s'ouvrit. La lumière cacha tout le carré, ses yeux furent aveuglés. L'air se mit à bruire, comme si, dans la pièce, il y avait des ruches. Un instant plus tard, il parvint à distinguer les contours du cadre d'une fenêtre au bout du bureau. Il aperçut aussi l'épaisse silhouette de l'homme qui lui tournait le dos. Ce n'était qu'une silhouette. Sans aucun doute c'était M. Moussa. L'apparition de Youssouf ne le fit ni réagir, ni parler, ni bouger. Moussa attendait, peut-être se taisait-il à dessein, sentant l'effet provoqué par le silence, puis il se mit à parler lentement :

— Je m'en vais.

— Ne vas-tu pas au moins montrer ton visage ?

— Tu me reconnaîtras… et jamais plus tu ne seras le même.

Il se rua dehors, courut dans les escaliers, déboula sur la route. En face de lui marchait Hazal, il la prit dans ses bras. Les préparatifs du mariage avaient commencé depuis longtemps. Toute la parentèle avait été engagée, il ne fallait rien oublier. Dans l'euphorie générale, une lointaine tante sortit de son grenier fermé à clef la relique familiale, le matelas de noces de grand-mère Hava. Le cadeau avait été fabriqué par l'arrière-arrière-grand-mère Nazifé, la voisine Kadrié et la voyante guérisseuse sans logis, qui, tout en lavant la laine, avait dévoilé le secret du mariage heureux. « Tu verras ! Sur ce matelas, on ne fait que des gaillards ! » C'est ainsi qu'il avait commencé à faire partie du rituel familial. C'est sur lui qu'avaient été conçus Hikmet, Koudret, puis Alkan. Durant les années de changements, la relique avait disparu mais voici qu'elle faisait à nouveau son apparition pour le mariage de Youssouf.

On le décousit, le nettoya, on peigna la laine pour la rendre plus duveteuse. La tante qui l'avait déniché l'offrit fièrement aux jeunes mariés et recueillit les louanges de tout le village. Le lendemain était le jour du mariage, du banquet et de toutes les autres coutumes. Les jeunes mariés eurent du mal à attendre la nuit. Ils demeurèrent seuls, franchirent le seuil de la chambre, se débarrassèrent de leurs vêtements et se couchèrent. Ils s'endormirent, exténués par ce jour sans fin, épuisés d'amour et heureux dans les bras l'un de l'autre.

Dans la pénombre de la nuit, tandis que le jour précédent demeurait bien en arrière dans le passé et que le lever du soleil était encore inconcevablement loin, Youssouf se réveilla. À l'autre extrémité du lit, il vit Hazal, nue. Il voulut la recouvrir. Ses doigts touchèrent son corps... Il frémit. Poussa un cri. La secoua. Hazal ! Hazal ! Pas de réponse. Il se recroquevilla dans le lit comme un embryon, enfouit la tête sous les couvertures, la respiration accélérée, manquant d'air. Il se leva, son regard suivit le corps de Hazal, continua sur le lit et, entre eux, il vit une toute petite tache. Il en sortait quelque chose de pointu qu'il saisit avec les doigts et retira. Une vieille aiguille rouillée.

La nuit avançait. Dehors, le vent se déchaînait avec une violence inouïe, colportant les gémissements des maisons délabrées du village. Il sortit dans la rue. Sans penser où aller. Ses pas connaissaient le chemin. Dans la ruelle adjacente, quelqu'un pleurait, n'était-ce pas l'idiot ? La route le conduisit en dehors du village, il tourna au premier croisement, prit le chemin de terre. Le vent continuait à siffler, enveloppant les hameaux d'une puanteur insupportable. Elle provenait des fermes bovines de M. Moussa. Le remugle était la dernière chose qui soit restée après lui. Le trou d'eau d'Ibriam aga était depuis longtemps asséché, il traversa la terre craquelée. Quelque part là-bas, entre les interstices, pointait une chaussure pourrie, une seule et unique chaussure.

Le brouillard devenait plus dense. À travers son épais rideau, au loin, on distinguait les monuments de travers du vieux cimetière. Après lui venait un champ abandonné, l'ancien champ de lavande. Le chemin descendait vers la Vallée des puits. La lune, pleine et d'un blanc argenté, éclairait un nuage de brume dans les plaines. Où continuer ? Il se figea sur place, ferma les yeux, lorsqu'il les rouvrit, la nébulosité commença peu à peu à se dissiper et, à travers, il vit émerger deux silhouettes. Deux garçons, ses deux amis d'enfance. Mais maintenant tellement plus jeunes que lui. Ils l'accueillirent et cheminèrent avec lui.

On voyait tout clairement à présent. Un homme semblable à une apparition dans les contes de fées lui fit un signe de la main, autour de lui bourdonnait tout un essaim d'abeilles. Au milieu de la foule, Hikmet débattait avec flamme, entouré d'inventeurs. Le sentier menait au grand puits, dans la partie la plus basse de la vallée. Ses deux amis demeurèrent en arrière, il continua seul. Près du puits l'attendait son grand-père, tel qu'il se le rappelait, avec le gilet en peau, le pantalon à carreaux, la chemise noire et les chaussures marron, son regard affable et sa voix tranquille.

Ils s'assirent tous les deux sur le bord du puits. Ils restèrent ainsi jusqu'à ce qu'ils jettent un regard dans l'œil noir de l'abîme. Quelle force d'attraction possédaient les ténèbres – tapies dans le puits, elles semblaient les tenter. C'était un sentiment semblable à l'extase, un plongeon indescriptible dans la lumière, sans douleur ni regret, une fusion particulière avec l'absolu. Plus le fond s'approchait, plus Youssouf percevait distinctement un parfum lourd. Il s'enfonçait dans cet arôme, tout comme le jour où, enfant, il s'était endormi au milieu de la lavande. Depuis lors, il était le Garçon à la lavande... et il le demeurerait à jamais...

•

La porte s'ouvrit, la lumière du soleil fit irruption à l'intérieur en même temps que le bruit de la ville, les voitures, le klaxon du tramway au virage. Sara revenait du marché, elle posa le sac de courses sur la table. Elle apportait aussi une petite lavande en pot qu'elle disposa devant la fenêtre et arrosa.

— J'ai entendu dire que ça aidait contre les mites.

Youssouf leva le regard des feuilles de papier et vit le pot avec les petites tiges de lavande qui venaient de pousser, il vit aussi Sara.

— Tout ce qui fut. Mais qui sait ce qui fut exactement ?

— Espèce de fabulateur, s'écria Sara en riant.

Il rit lui aussi. La journée commençait. C'était le commencement d'une nouvelle semaine. On était lundi... Un lundi de plus...

INDEX ALPHABETIQUE DES NOMS AVEC LEUR SIGNIFICATION

ADEM : le premier homme. Père du genre humain et premier prophète dans l'islam. Adam.

AHMET : loué, aimé, mentionné avec gratitude.

ALKAN : qui a un sang héroïque dans les veines. Sang rouge.

ATCHÉ : (de Hatidjé), née prématurément, première née.

CHABANN : stupéfait, médusé. Huitième des mois lunaires du calendrier musulman. Intervalle, interstice.

ERMICH : saint homme.

GULFIDAN : buisson de rose.

HANZADÉ : enfant de souverain.

HAROUN : l'un des prophètes de l'islam. Frère aîné du prophète Moussa. Aaron.

HASSAN : beau, débonnaire.

HAVA : la première femme, Ève. Femme d'Adem, faite à partir de la côte gauche de ce dernier pendant qu'il dormait au paradis. Lorsqu'ils commencent à vivre ensemble, ils marquent le début de l'espèce humaine.

HAZAL : feuilles sèches qui, en automne, tombent des arbres.

HIKMET : science, pénétration. Philosophie, raison, mystère, sagesse d'Allah.

IBRAHIM : l'un des prophètes de l'islam. Le père des croyants. Charitable et compatissant. Abraham.

IBRIAM : variante dialectale du prénom Ibrahim.

ISMAÏL : l'un des prophètes de l'islam. Fils d'Ibrahim. Son père doit le sacrifier à Allah mais au moment où il doit remplir sa promesse, l'archange Gabriel apparaît et l'informe qu'il est sorti vainqueur de cette épreuve.

ISSA : l'un des grands prophètes de l'islam. Jésus-Christ.

KADRIÉ (de Kadri) : valeur, réputation, honneur, dignité.

KOUDRET : structure divine, création. Ce qui ne peut pas être fait de la main de l'homme. Force, pouvoir, puissance, biens, richesse.

MEHMET : variante turque du prénom arabe Muhammed (Mahomet).

MEMICH : variante du prénom Mehmet.

MERYEM : mère du prophète Issa. Vierge Marie.

MOSHÉ : voir Moussa.

MOURAT : but, finalité, désir.

MOUSSA : retiré de l'eau. Appelé à exécuter le testament du Seigneur. Il conduit le grand exode : la fuite des Juifs hors d'Égypte, ce qui fait de lui le prophète le plus important du judaïsme et l'un des vingt-cinq prophètes de l'islam. Thaumaturge.

MOUSTAFA : élu, aimé, distingué.

MUHAMMED : fondateur de l'islam et dernier prophète. Son prénom lui est donné par son grand-père Abd al-Muttalib pour glorifier les hommes dans le ciel.

NAZIFÉ : (de Nazif) pure, tendre.

NERIMANE : (de Nerim) héroïne, femme au cœur courageux.

NETCHO : (de Nadji) sauvé de l'enfer, qui a reçu la manne divine.

NOUSREDDINE : homme saint.

NOUSRET : vainqueur /victoire, triomphe, supériorité.

ORHAN : administrateur de la ville, juge.

PEROUZÉ : pierre précieuse, turquoise. Victoire, chance.

SABRIÉ : (de Sabri) patiente, compatissante.

SAFINAZ : timide, craintive, douce.

SELIAYDINE : (de Selahattin) croyant, dévoué à la foi.

SARA : femme du prophète Ibrahim et mère du peuple juif. Princesse, souveraine.

SEMAHAT : générosité, altruisme, bienveillance.

SÉMIRAMIS : reine assyrienne qui a créé les jardins suspendus de Babylone.

SULEYMAN : l'un des prophètes de l'islam. On raconte que lui étaient assujettis non seulement les êtres humains, mais aussi des animaux et des esprits qui le portaient sur un tapis dans tous les coins de son royaume infini. Salomon.

YOUMER : vitalité, enthousiasme.

YOUNOUS : l'un des prophètes de l'islam. Connu pour avoir été avalé par une baleine dans le ventre de laquelle il a vécu quarante jours. Jonas.

YOUSSOUF : l'un des prophètes de l'islam. Doué de la faculté d'interpréter les rêves. Ses grands frères, jaloux, le jettent dans un puits, mais, plus tard, des marchands d'esclaves le sauvent et l'emmènent en Égypte. Son nom signifie en hébreu « Que Dieu multiplie ! »

DANS LA MÊME COLLECTION
FICTIONS

AFYAN, Hovik, *Rouge*, 2024
(traduit de l'arménien par Anahit Avetissian)

APOSTOLIDES, Marianne, *Elle nage*, 2021
(traduit de l'anglais par Madeleine Stratford)

BLADOU, Romane, *Atlantique Nord*, 2023

BOILARD-LEFEBVRE, Alexandra, *Une histoire silencieuse*, 2025

BOUCHARD, Mylène, *Ma guerre sera avec toi*, 2006

BOUCHARD, Mylène, *La garçonnière*, 2009; 2013; 2020

BOUCHARD, Mylène, *Ciel mon mari*, 2013

BOUCHARD, Mylène, *L'imparfaite amitié*, 2018

BOUCHARD, Sophie, *Cookie*, 2008

BOUCHARD, Sophie, *Les bouteilles*, 2010

BOUCHET, David, *Soleil*, 2015

CANTY, Daniel, *Wigrum*, 2011

CARON, Jean-François, *Nos échoueries*, 2010

CARON, Jean-François, *Rose Brouillard, le film*, 2012

CARON, Jean-François, *De bois debout*, 2017

D., Louise-Amada, *Au temps sublime*, 2022

DeCHAMPLAIN, Virginie, *Les falaises*, 2020

DeCHAMPLAIN, Virginie, *Avant de brûler*, 2024

DESCHÊNES, Marjolaine, *Fleurs au fusil*, 2013

DESJARDINS, Antoine, *Indice des feux*, 2021
DROUIN, Marisol, *Quai 31*, 2011
DULUDE, Sébastien, *Amiante*, 2024
FULAŞ, Cristian, *Iochka*, 2022
(traduit du roumain par F. et J.-L. Courriol)
FULAŞ, Cristian, *La pire espèce*, 2025
(traduit du roumain par F. et J.-L. Courriol)
GAGNÉ, Mireille, *Le lièvre d'Amérique*, 2020
GAGNÉ, Mireille, *Frappabord*, 2024
GODIN, Louis-Daniel, *Le compte est bon*, 2023
GUAY-POLIQUIN, Christian, *Le fil des kilomètres*, 2013
GUAY-POLIQUIN, Christian, *Le poids de la neige*, 2016
GUAY-POLIQUIN, Christian, *Les ombres filantes*, 2021
HORVAT ČEČ, Željka, *Scènes villageoises sans cochon*, 2024
(traduit du croate par Chloé Billon)
KAWCZAK, Paul, *Ténèbre*, 2020
KAWCZAK, Paul, *Le bonheur*, 2025
KERIM, Burhan, *Le garçon à la lavande*, 2025
(traduit du bulgare par Marie Vrinat)
LAKMAKER, Tobi, *Ma sexualité en toutes lettres*, 2024
(traduit du néerlandais par Daniel Cunin)
LAVERDURE, Bertrand, *Bureau universel des copyrights*, 2011
LAVERDURE, Bertrand, *La chambre Neptune*, 2016
LEBLANC, Suzanne, *La maison à penser de P.*, 2010
LÉTOURNEAU, Sophie, *Chasse à l'homme*, 2020
LÉVEILLÉ-TRUDEL, Juliana, *Nirliit*, 2018
LÉVEILLÉ-TRUDEL, Juliana, *On a tout l'automne*, 2022
MARCOUX-CHABOT, Gabriel, *La Scouine*, 2018

MARCOUX-CHABOT, Gabriel, *Godpèle*, 2025

Mc CABE, Alexandre, *Chez la Reine*, 2014

Mc CABE, Alexandre, *Une vie neuve*, 2017

NASRALLAH, Dimitri, *Niko*, 2018
(traduit de l'anglais par Daniel Grenier)

NASRALLAH, Dimitri, *Les Bleed*, 2019
(traduit de l'anglais par Daniel Grenier)

NASRALLAH, Dimitri, *Hotline*, 2023
(traduit de l'anglais par Daniel Grenier)

SANGARCÍA, Eduardo, *Anna Thalberg*, 2023
(traduit de l'espagnol par Marianne Millon)

SCALI, Dominique, *Les marins ne savent pas nager*, 2022

TANNAHILL, Jordan, *Liminal*, 2019
(traduit de l'anglais par Mélissa Verreault)

TÉTREAULT, Matthew, *Tiens ta langue*, 2025
(traduit de l'anglais par Luba Markovskaia)

THÉORET, France, *Les querelleurs*, 2018

TREMBLAY, Larry, *Tableau final de l'amour*, 2021

TREMBLAY, Larry, *D'enfers et d'enfants*, 2023

TUCKER, Aaron, *Oppenheimer*, 2020
(traduit de l'anglais par Rachel Martinez)

VERREAULT, Mélissa, *Voyage léger*, 2011

VERREAULT, Mélissa, *Point d'équilibre*, 2012

VERREAULT, Mélissa, *L'angoisse du poisson rouge*, 2014

VERREAULT, Mélissa, *Les voies de la disparition*, 2016

VILLENEUVE, Mathieu, *Borealium tremens*, 2017

La Peuplade a été fondée
par Mylène Bouchard
& Simon Philippe Turcot.

Direction littéraire
Mylène Bouchard

Édition
Mylène Bouchard
Paul Kawczak
Marc-Antoine Gilbert

Révision linguistique
Pierrette Tostivint

Correction d'épreuves
Caroline Louisseize

Design graphique et mise en page
Atelier Mille Mille

Photographie en couverture
Paul den Hollander

Le garçon à la lavande a été mis en page en Lyon,
caractère dessiné par Kai Bernau
en 2009 et en Cru, caractère dessiné
par Dries Wiewauters en 2023.

Achevé d'imprimer en France
par CPI en mai 2025.

No. d'impression : 2083722